PANDENG
——ANHUI SHENG YUANZANG GONGZUO JISHI
（2019—2022）

攀登
——安徽省援藏工作纪实
（2019—2022）

时代出版传媒股份有限公司
安徽文艺出版社

安徽省第七批援藏工作队 ◎ 编著

攀登

——安徽省援藏工作纪实（2019—2022）

安徽省第七批援藏工作队 编著

时代出版传媒股份有限公司
安徽文艺出版社

图书在版编目（CIP）数据

攀登：安徽省援藏工作纪实：2019-2022/安徽省第七批援藏工作队编著.—合肥：安徽文艺出版社,2022.11
ISBN 978-7-5396-7544-2

Ⅰ.①攀… Ⅱ.①安… Ⅲ.①纪实文学－作品集－中国－当代 Ⅳ.①I25

中国版本图书馆CIP数据核字(2022)第175845号

出 版 人：姚 巍　　　　　　　出版策划：孙 立
责任编辑：宋潇婧　姜婧婧　　　装帧设计：张诚鑫

出版发行：安徽文艺出版社　　www.awpub.com
地　　址：合肥市翡翠路1118号　　邮政编码：230071
营 销 部：(0551)63533889
印　　制：安徽联众印刷有限公司　　(0551)65661327

开本：710×1010　1/16　印张：19.5　字数：380千字
版次：2022年11月第1版
印次：2022年11月第1次印刷
定价：88.00元

(如发现印装质量问题，影响阅读，请与出版社联系调换)
版权所有，侵权必究

本书编委会

编委会主任：汪华东

编委会委员：佘海舟　饶　睿　欧阳鸣　杨立生
　　　　　　　方　凯　张英明　石　磊　陈　平
　　　　　　　张亚东　曹文磊

执 行 主 编：张　和

执 行 编 辑：李为峰　阮晋豹　张明全　张理华

序一

我们是一家人

知道山南这个地方,是因为汪华东;或者反过来说也行,认识汪华东,是因为山南这个地方。华东和我曾经在北京见过面,印象中,这个人思维敏捷,充满激情,言谈极富感染力。因为彼此忙碌,此后交往的机会并不多。到了2019年上半年,情况发生了变化,华东和我的联系突然多了起来,我这才知道,他在西藏山南市援藏。他向我介绍中国海拔最高,也是世界海拔最高的乡普玛江塘乡,介绍边防连艰苦而忠诚的戍边战士,介绍边境上险象环生的山路,介绍援藏工作队开展工作的种种,甚至给我发来山南边防部队自制的土木工具图片……娓娓道来,如数家珍。

"山南,山南,到山南来吧!到山南来,你就理解了什么叫'老西藏精神',什么叫守土有责,什么叫脊梁,什么叫'清澈的爱,只为中国'……"在电话里,他的言辞恳切,声音急切,尽管因缺氧而上气不接下气。

山南,山南,到山南去。这似乎成了我这两三年内的一个梦想。援藏,这个我此前并不了解的概念,突然成了我思维世界的一个重要部分;山南,这个我原本一无所知的地方,突然间像旗帜一般在远方飘扬,呼唤我走向她、走进她。这一切,都是从安徽省第七批援藏工作队进驻山南之后开始的。

2020年春节过后,我就下决心,无论如何我得动身了,4月份,5月份,最迟不能超过6月份。然而由于疫情,眼看已经5月中旬了,我还是没有办法确定去山南的行程。怀着对山南的无限向往,我对华东说:"建议你们援藏工作队的同志每人写一篇文章,讲好山南故事,讲好援藏故事。"华东说:"有哇,我们已经布置了,正在组稿。你有兴趣,我尽快收上来发给你。"

我大喜过望,盼望了将近一个月,华东把第七批援藏队员所写的稿件打包发来。连续两天,我都是在感动和感慨中度过的。首先让我感慨的是,在那样艰苦的环境里,我们的援藏队员还能保持乐观的情绪,字里行间洋溢着充沛的激情和昂扬向上的精神。安徽省第七批援藏人员当中,有党政干部、医生、教师、律师、记者、工程技术人员等等,对于多数人来说,实际操作各显身手,写作不是强项。然而,捧在我手上的文稿,显然是经过字斟句酌的,严谨而不乏生动,简朴而不失丰满。特别值得一提的是,还有责任编辑、复审、终审,出版流程中的每一个环节都没有落下。

从这些文稿里,我看到了马鞍山的种子在山南的蔬菜大棚里落地生根,看到了思想政治教育种子在山南市第二高级中学孩子们的心里开花结果,看到了措美县艺术团在合肥的舞台上大放异彩,看到了"黄山大叶种翠绿1号"在错那县勒布沟茶产业基地冉冉升起,看见了"藏源山南号"航班、"西藏山南号"京沪高铁、"安徽援藏号"合肥1号线,携带皖藏人民的深情厚谊,奔驰在西藏广袤的土地上。

每一批援藏工作队员做了多少事情,都会有总结,然而,文字记载毕竟有限,更多的是写在山南人民的心里。我曾经同华东同志交流,请教他的援藏理念。他跟我讲了三句话:做稳定的压舱石、发展的加速器、友谊的连心桥。具体到工作层面,第七批援藏工作队思路十分清晰,一是实现由硬件到软件的转变,目前山南的很多学校和医院的基础设施都已经相当先进了,但是人才建设不匹配,好的东西得不到充分的发挥,所以很多医院的院长和学校的校长都由援藏干部担任,借此舞台培养当地干部的管理能力。二是实现由输血到造血的转变,由物资援助到项目引进,既授人以鱼,也授人以渔,发动当地群众自己干。三是实现由管肚子到管脑子的转变,从学生抓起,从娃娃抓起。以山南二高为例,这个学校是西藏最大的示范高中,援藏工作队的老师不仅给孩子们教授计划内课程,还尤其注重进行爱国主义教育和培养民族团结精神,组织师生到内地感受社会主义建设的伟大成果,增强中华民族优秀文化认同感。2021年,援藏工作队还邀请了二十多名宗教人士到安徽,看科大讯飞、看奇瑞,对这些人更新观念帮助很大。

互联网上关于援藏的消息很多,《中国教育报》曾大幅报道了援藏工作队的德育创新,《人民日报》、新华社、中央广播电视总台等主流媒体均广泛宣传,国家教育部民族教育司派出调研组到山南二高调研,总结民族地区思政教育经验。这些事实告诉我们,安徽省第七批援藏工作队的"三个转变"是援藏工作的一次成功创新,归根结底,这"三个转变"直抵本质——由物资援藏到精神援藏,由技术援藏到思想援藏,由阶段性接力棒式的援藏到一以贯之、一脉相承的持久性援藏。

援藏,不是一个抽象的概念,需要一群活生生的人去奉献、去牺牲。每期三年,背井离乡,从平原到高原,从城市到乡村,从内地到边疆,既要克服离愁别绪,还要克服高原反应。我一遍一遍地阅读稿件,不断被那些炽热的话语所激励,"虽然过节无法与亲人团聚,但我们帮助了许多人……""每个藏族孩子都是一朵格桑花""我还会回来看看美丽的羊湖、美丽的雪山、美丽的浪卡子"。

阅读中，我似乎看到了这样一些场景。在一次急诊抢救中，一位高原反应严重的医生，冒着危险冲进急救室，为藏族同胞做手术。也是这位医生，在十分艰难的环境里，完成了浪卡子县第一例无痛分娩术、第一例深静脉穿刺、第一例椎管内术后镇痛及静脉镇痛……还有一位教师，入藏前父亲去世，安排了父亲的后事，毅然进藏，用他的话说，缺氧不缺精神，使命在身，不敢轻言退却。因为高原反应，这位教师的右膝关节经常出现突发症状，导致行走不便，但仍然坚持上课，不仅教孩子们画画，还同当地藏族老师密切交流，传授绘画技巧和教学方法，以保证在援藏工作队离开之后，绘画教学仍然能够持续发展。

第七批援藏工作队的副领队，挂职担任山南市政府副秘书长，工作队、联系部门、分管科室，3个三分之一占去了他所有的时间，最忙的时候每天要打80多个电话，就这样，他还认了3个藏族女儿，都是残疾孩子，其中还有父母双亡的孤儿。周末有点时间，这位同志就要带上这3个女儿去逛超市，吃美食。到了援藏工作快要结束的时候，这位同志看着依依不舍的3个女儿，向总领队提出留在西藏，长期援藏。

一位在山南市人民医院工作的女医生，一边治病救人，一边教学，深感山南医学人才匮乏，毅然决定留下来。她在申请书里写道："我在藏工作的目的就是为了藏区同胞的健康……国是中国，家是西藏，死而无憾。"

措美县有一位孤寡老人，不适应供养中心的气候，援藏干部得知后，协调资金、人力，维修老人在村里的住房，并每月走访一次。有人问老人一个人住行不行，老人骄傲地回答："我不是一个人，我的孩子在县里工作，会经常带着蔬菜水果来看我……"援藏的故事很多，工作队员们付出的更多，那么，有回报吗？有。

一位女教师在文章里讲了这样一件事情:她在山南支教年头已久,身体抵抗力也越来越差,经常头疼失眠,往往一节课上下来,话都说不动。一位名叫达娃的藏族女孩在树林里用了整整一下午采了一盒蘑菇送给她。女教师看着这个浑身沾满泥水的孩子,问她为什么要费这么大的力气采蘑菇,这个腼腆的女孩低着头说:"老师,蘑菇可以抗'高反'。"

一位审计人员在浪卡子县开车遇险时,是当地藏民无偿地帮助他渡过了难关。

一位老师在下班之后回到宿舍,发现窗明几净,连厨房都被收拾得干干净净,是几个只有十来岁的孩子放学之后悄悄干的。

在同华东的通话中得知,感人的事情很多,队员们大都是克服了很多实际困难来西藏的,有的同志患病还念着工作,非常珍惜这几年的援藏时间。但是,华东说:"我们还是清醒地认识到,我们虽然是来援藏的,但我们没有资格居高临下,我们不仅要帮助山南人民,其实我们也需要山南人民的帮助。想想边防部队的官兵,想想隆子县的那个'三人乡',他们为什么不下山?因为他们在那里,就意味着那里是我们的国土。他们在守卫祖国,他们在为我们提供标杆,他们在帮助我们净化心灵,他们在帮助我们享受安宁幸福的生活。"

是的,援藏,不是单方面的赐予,而是双向帮助。这么多年来,在山南人民的心里,安徽人就像亲戚一样。在山南的大街上,有安徽大道,有安徽援藏家园,还会有更多的安徽元素。同时我们也相信,在江淮大地上,也必将会出现更多的山南元素。

山南市琼结县有个藏族妇女扎西央宗,丈夫王勇是汉族人,因工伤双目失明、双耳失聪,失去工作能力,但央宗没有放弃给丈夫治疗,做各种小买卖维持生活,养育一双儿女长大。山南电视台决定就央宗的事迹做一部短片,一名援藏记者受命采访,她在文章中说:"初见面时我很震惊。王勇已经62岁了,可看上去皮肤紧致,红润细腻,能吃能睡,心情愉快,完全不像常年在高海拔地区生活不能自理的失聪、失明病人!而扎西央宗看上去却比大她16岁的丈夫还要苍老,她的付出可想而知!"央宗会说汉语但不善言辞,拍摄数次出现僵局。女记者拉着她布满老茧的手和她聊天:"白天要照顾老王,你就等他晚上10点睡了再出去。骑电瓶车一个半小时到市区,天这么黑,路上会不安全。凌晨两三点卖完花不敢回家,随处窝一下,5点钟往村里赶,只为在他7点起床前做好早饭。作为女人这样做值吗?六年了!靠什么坚持?"一番话勾起扎西央宗无限心酸,泪水夺眶而出,她张口道:"我们是一家人啊!"

这句再普通不过的话,却让我无限感慨——援藏也好,奉献也好,牺牲也好,帮助也好,回报也好,都是值得的,因为我们是一家人。

徐贵祥

徐贵祥,中国作家协会副主席,中国作家协会军事文学委员会主任,茅盾文学奖获得者。

序二

让徽风皖韵绽放雪域高原

2021年7月23日,习近平总书记在拉萨接见援藏干部代表时,十分动情地说:"援藏精神是中国共产党的一个崇高精神,是中国特色社会主义的一个显著优势。缺氧不缺精神,这个精神就是革命理想高于天。你们在高原上,精神是高于高原的。这个事情必须一茬接一茬、一代接一代地干下去。一方面支援了西藏,集中力量办大事;一方面锻炼了干部、成长了队伍。援藏应该是你们一生中最宝贵的经历之一。"

总书记的每一句话,如涓涓细流滋润广大援藏干部的心田,激励着大家弘扬"援藏精神",砥砺奋进斗志,全身心投入西藏稳定发展生态强边四件大事,矢志为雪域高原长治久安和高质量发展奉献智慧、青春和力量。

心中有信仰,脚下见行动。自1994年中央第三次西藏工作座谈会拉开了对口支援西藏的帷幕,一批又一批援藏干部登上雪域高原,建功雅砻大地,这里就有安徽援藏干部的身影。安徽省对口支援西藏工作是从2002年开始的,相比于其他省市,晚进藏两届。时间上落后了,但工作上一点也不落后。近二十年来,安徽一共派出7批936名援藏干部,投入援藏资金22.28亿元,建成项目379个,为助力山南经济社会发展贡献了安徽力量，徽风皖韵已然绽放在雪域高原。

由于工作的地方和拉萨、山南两地路程较近，我去山南调研比较多，深深地感受到安徽援藏干部身上洋溢的澎湃激情、高远格局和奉献情怀。特别是安徽省第七批援藏工作队自2019年7月份进藏以来，明确提出"稳定压舱石、发展加速器、友谊连心桥"的援藏思路和目标，从产业、教育、医疗、旅游等多个方面发力，取得显著工作成效。在国家发改委对口援藏工作绩效考核中，综合考核和智力支持等多个单项考核等次为优秀。尤其需要指出的是，安徽对口支援山南市措美县、错那县、浪卡子县，3个县均为高海拔县，平均海拔在4300米以上，常年低压缺氧，自然环境恶劣，发展相对滞后，取得这样的成绩殊为不易，可喜可贺。

每一批援藏干部的援藏时间是有限的，在有限的时间不辞辛劳、不留遗憾、不负内心，安徽省第七批援藏干部做到了。他们带来了安徽理念、安徽资金、安徽项目、安徽做法，也带来了安徽文化、安徽才智、安徽情义、安徽形象，越来越多的安徽元素闪耀在雪域高原上。

三年的援藏经历，已然成为大家宝贵的人生财富。三年的风雨历程，都已洒落在字里行间。提前品读收录进来的每一篇文章，既有感同身受的触动，也有真情泼洒的欣喜；既见证了大家三年成长的磨砺和喜悦，也共情大家的不易与坚守；既是对自己的小结，也是对过往的敬意。

这一批援藏工作虽然结束了，但我相信，援藏情怀将永远镌刻在每个援藏干部的心灵深处。无论走到哪里，雪域高原都是惦念的远方和不变的牵挂。无论走到哪里，祝福大家明天会更好，有缘千里再相会，西藏是我们共同而美丽的家园!

杨晓林

杨晓林,中央组织部第九(七)批援藏总领队,西藏自治区党委组织部副部长。

序三

融入山南　扎根山南
续写山南经济社会发展新辉煌
——在山南市第八(六)批优秀援藏干部人才表彰
暨欢迎欢送援藏干部人才大会上的表态发言

昨天下午,我和大家一踏上这片神奇的土地,就受到了山南干部、群众的热烈欢迎,让我们深深感受到了藏族同胞阳光般的热情和友好,为我们今后开展好服务山南经济社会发展的各项工作增添了信心,鼓舞了干劲。临行前,安徽省委、省政府专门召开了欢送会,丁向群部长给我们提出了具体要求。今天山南市委、市政府特意安排了这次欢迎会,借此机会,我代表安徽省第七批援藏工作队向山南的父老乡亲表个态:

服务山南,我们要感恩西藏贡献。自古以来,藏族人民为促进中华民族的团结和谐,为维护祖国领土的完整、国家的统一做出了重大贡献。中华人民共和国成立以后,为推进西藏和平解放,促进汉藏团结交流也做出过很大贡献。由于地理和历史的原因,西藏的经济社会发展与内地相比存在着明显的差距。藏汉一家亲,支持西藏发展是我们义不容辞的责任。

服务山南,我们要学习西藏精神。我们要握紧前六批进藏同志的"接力棒",继续学习"特别能吃苦、特别能战斗、特别能忍耐、特别能团结、特别能奉献"的"老西藏精神"和"一不怕苦、二不怕死,顽强拼搏、甘当路石,军民一家、民族团结"的"两路精神",同时发扬我们安徽人民改革创新、干事创业的优良传统,做到扎根山南、融入山南、学习山南、奉献山南。

服务山南,我们要熟悉西藏区情。助推山南加速发展,首先要融入山南,了解山南。我们要在全力以赴地做好平安稳定各项工作的同时,把调研作为开展好工作的突破口,虚心向西藏的广大干部群众学习,尽快熟悉西藏的行政区划、风土人情,掌握山南的发展现状、资源情况和群众诉求等各方面情况,科学制订发展规划,抓好援建项目的谋划和实施,确保每个项目都能让山南人民受益,助力山南经济社会全面加速发展。

服务山南,我们要发挥西藏智慧。我们要认真执行党的民族宗教政策,充分尊重藏区的风俗习惯,严格遵守党的纪律和自治区党委、政府的规章制度。人民始终是历史的创造者,我们要拜藏区人民为师,善于吸取山南同胞的智慧,促进山南与内地技术、文化、旅游、医疗、教育、扶贫等各领域交流合作,努力实现优势互补、合作共赢,不断提高山南自我积累、自我发展能力。

我们要深入贯彻习近平总书记关于治边稳藏的重要论述和在中央第六次西藏工作座谈会上的重要讲话精神,按照省委、省政府部署,在自治区党委、政府和山南市委、市政府的坚强领导下,全面落实援建各项任务,做一个"海拔高,境界更高;羊湖深,情怀更深"的援藏人。

汪华东

2019 年 7 月 14 日

汪华东,安徽省第七批援藏工作队临时党委书记、领队,西藏自治区山南市委副书记、市政府常务副市长。

目 录

序一
　　我们是一家人　徐贵祥 / 001

序二
　　让徽风皖韵绽放雪域高原　杨晓林 / 007

序三
　　融入山南　扎根山南
　　续写山南经济社会发展新辉煌　汪华东 / 010

安徽省第七批援藏工作队三年工作总结 / 001

山之南　梦之源　汪华东 / 007

留下的不只是记忆　佘海舟 / 010

那一日　那一程　饶睿 / 018

走了那么远　只为温暖一瞬间　欧阳鸣 / 021

此心安处是吾乡　方凯 / 024

措美援藏两三事　张亚东 / 029

有情有义的援藏人　有志有为的审计人　陈云飞 / 034

火热青春在雪域高原绽放　陈波 / 038

我和山南结下的不解之缘　沈学刚 / 045

用行动践行援藏使命　王少锋 / 051

金杯银杯,不如藏族同胞的口碑　章新桥 / 055

做新时代援藏的"徽骆驼"　曹文磊 / 059

梦想千帆竞　扎根一棵苗　张中鑫 / 064

功成不必在我　功成必定有我　李亮 / 068

写给即将参加高考的女儿的一封信　裴含龙 / 072

平凡的世界　辛茂俊 / 076

援藏家园里的"吉祥三宝"　杨立生 / 080

踔厉奋发,笃行不怠　张和 / 086

皖藏情深担使命　天路使者在山南　俞立新 / 093

赓续"老西藏"作风　发扬"援藏"精气神　汪舜荣 / 098

脚踏实地干事业　雪域高原献真情　王霆 / 102

平凡中坚守　坚守中奉献　戴军 / 109

把梦想的种子播撒在雪域高原　金慧琳 / 113

为高原而生　为教育而来　李敏 / 119

不忘初心担使命　奋斗铸就皖藏情　刘鹏 / 124

一盒野蘑菇　刘先美 / 128

厚植家园情怀　潜心援藏事业　姚辉 / 131

缘定山南　情系二高　叶继红 / 137

诗词三首　张明全 / 141

赴雪域圆梦,捧高原师心　赵银路 / 143

能歌善舞的藏家儿女　朱超 / 147

八千里援藏逐梦　藏源地传承文明　倪宝 / 150

情系"小格桑"　高中满 / 155

西藏的云　黄德军 / 158

爱撒高原　情暖山南　谷复学 / 161

让音乐之花在雪域高原绽放　韩龙 / 165

胸怀初心和使命　何惧颠簸与流离　郝加彬 / 169

"香甜"的酥油茶　阮晋豹 / 173

人生如逆旅　我亦是行人　李为峰 / 180

援藏上班偶遇记　杨丽萍 / 184

情系格桑花　梦圆藏土地　朱代玉 / 187

"谢谢你,大个子叔叔"　龚宾宾 / 192

雪域红心　无悔援藏　李晔 / 197

圣洁的雅砻大地就是我的诊室　刘虎 / 204

雅砻河畔的时光　沈光贵 / 208

感恩西藏　石磊 / 212

"超声介入"走进山南　孙医学 / 216

援藏情　汪谊 / 220

藏汉永同心　痼疾今朝去　王波 / 224

在那格桑花盛开的地方　王丽华 / 228

高原绽放的生命　王彦 / 232

恪尽职守,站好援藏工作的每班岗　尹长林 / 237

把窗儿打开,让阳光进来　朱云喜 / 241

我的援藏故事　孔祥勇 / 245

让援藏留住记忆，把奋斗留在措美　程大义 / 248

凡法治所需　皆援藏律师努力所向　都勇 / 253

倾听梦想开花的声音　张理华 / 258

从南山到山南　郭世翔 / 263

措中的操场　陶鹏海 / 268

一封家书　郑垦起 / 272

浪卡子点滴事　赵仕浩 / 275

高原上挺拔的脊梁　史图龙 / 280

我，一只红薯的故事　高久清 / 283

与狗的不了情缘　朱黎生 / 287

安徽省第七批援藏工作队三年工作总结

根据中央组织部和省委、省政府统一安排,我省第七批援藏工作队于2019年7月进藏。三年来,工作队瞄准"集体第一、单打冠军"的目标,统筹项目实施和干部管理,推动援藏工作提质增效,实现安徽援藏多项突破。一是综合考核位列全国第一方阵,在国家发展改革委"十三五"援藏工作绩效考核中,我省综合考核和4项单项考核等次为优秀,在17个援藏省市中名列第三。二是援助规模保持稳定增长,"十三五"和"十四五"期间,分别安排援藏资金6.36亿元、7.1亿元,第七批援藏工作队还争取4个对口援藏市投入计划外资金2.1亿元,同比增长80%。三是教育援藏实现历史突破,以德育教育为引领,全面推动教学质量提升,2021年对口支援的山南二高高考录取率达98.93%,本科达线率同比增长28个百分点,实现建校以来最好水平,德育教育成果获得自治区首届"两融杯"评比一等奖第一名。四是医疗援藏位居全区首位,坚持把扩大优质医疗服务供给与培养本地专业技术力量结合起来,推动"创三甲"到"强三甲"转变,在国家卫生健康委全国三级综合医院考核中名列全区第一。五是单项工作全面领跑全区,就业援藏提供岗位数、产业援藏建成项目数、交流交往交融规模等,均在全区各援藏省份中处于前列。山南干部群众对安徽援藏的评价就是"安徽援藏是最实在的"。具体做了7个方面的工作：

一、抓党建强管理，全面提升团队形象。把管队伍作为基础性工作来抓，全面加强党建工作、业务培训、人员管理和服务保障，确保援藏干部人才精神状态饱满，业务工作熟悉，队内纪律严明，想干事、能干事、不出事。坚持党建工作常态化，工作队进藏之初就成立了临时党委，并根据工作需要成立了3个党支部，定期开展党员教育和党组织活动。为提高党员参与热情，探索创新活动方式，相继开展在中国最高乡普玛江塘重温入党誓词、雅江植树造林、义务献血、一周年成果汇报会、读书漂流、党史专题教育、巡边等活动，加强党性锤炼，凝聚团队力量。坚持日常管理规范化，制定、完善工作规章制度20余项，涵盖项目管理、资金使用、后勤保障、队内纪律和党建工作等领域，特别是围绕项目和资金管理，根据省援藏援疆办和省财政厅要求，不断丰富和完善现有制度体系，确保各项工作在制度框架内运行。坚持服务保障人性化，成立12个工作组，让干部人才参与日常管理，实现自我服务、自我监督，团队的向心力和归属感进一步增强。结合援藏工作实际，落实谈心谈话制度，党委书记带头与队员开展谈心谈话，了解队员工作、生活和心理状况，帮助解决在藏工作困难。

二、抓收官强开局，全面落实建设任务。"十三五"期间，我省共安排援藏项目47个，投入资金6.36亿元，围绕项目顺利实施，工作队严格落实项目审批、组织实施、质量监管和竣工验收等程序，全面加强施工进度和质量管理，目前所有项目全部完工。除此之外，工作队争取的计划外资金涉及的所有项目全部交付使用。本批次援藏恰逢两个五年规划的过渡期，在确保"十三五"圆满收官的同时，工作队把精准谋划、强势开局"十四五"作为重中之重，2020年初就成立了规划工作组，多次赴受援县对接，加强项目谋划。按照精准聚焦、契合实际、切实可行的原则，把民生改善、产业发展、交往交流交融作为重点,汇总梳理出52个规划项目,总投资7.1亿元,涉及智力支援、产业支援、保障和改善民生、交往交流交融、文化教育支援等领域,符合山南实际、切合群众需求。目前,2021年和2022年规划内项目全部开工建设,部分项目7月底前交付使用。

三、抓招商强产业,增强内生发展动力。 坚持一手抓援藏产业项目实施,一手抓区外企业招商引资,通过产业合理布局,增强受援地发展内生动力。目前,"十三五"期间的产业项目已经全部建成并发挥效益,措美县哲古镇特色旅游小镇已经建成并投入运营,措美现代农业科技示范园已种植精品蔬菜40多种,各类蔬菜已经端上当地群众餐桌。错那县勒布沟茶产业基地引进数万株"黄山大叶种翠绿1号"优质茶苗,700亩茶园正在升级改造,建成后茶园面积超千亩,年产值有望超3000万元,"藏茶进京"活动已经将勒布沟茶叶推向全国。山南市千亩蔬菜基地已经建成投产,目前日产蔬菜8万余斤,并在山南市设立蔬菜直销点,市场保供、平抑物价的作用已经显现。同时,抓好招商引资工作,成立招商专班,围绕现代农业、旅游产业、文化展演、电子商务4个方向,梳理重点招商项目,编制项目策划书和招商手册,目前已签约和洽谈项目13个,总投资12.65亿元,雅投农业、高原特色蜂蜜等项目已经落地。特别是旅游产业发展方面,开通"藏源山南号"航班、"西藏山南号"高铁、"安徽援藏号"地铁,在黄山景区展示90幅山南宣传照片,构建了山南旅游的立体宣传格局。在工作队的积极推动下,山南市相继推出扎西曲登、强钦村等一批网红打卡点,真正让当地群众吃上了旅游饭。

四、抓思政强教学,打造德育教育高地。 山南二高是安徽对口援藏学校,也是自治区规模最大的示范高中。三年来,工作队积极推动山南二高内涵式发展,探索"高考加油站""名师讲堂"等教学模式,建设"皖藏课堂"信息化教学平台,与合肥168中学、巢湖二中等开展常态化结对共建活动,指导当地教师参与教学创新,教育教学水平明显提高,2022年高考录取率达到99.6%,本科达线率同比提高10个百分点,创建校以来最好水平,当地家长都说"现在在山南二高考不上大学已经成为一件难事"。坚持把德育教育作为教育援藏的重点,制订山南二高德育教育体系建设三年行动方案,挂牌了5个德育教育基地,开展了10个主题教育月活动,组建了5个特色学生社团,创新了巢湖民歌与锅庄舞结合的特色课间操,首次将黄梅戏带进藏族学生课堂,并聘请市委领导同志、援藏干部和12所安徽高校思政教授担任辅导员,全方位、常态化推进爱国主义和民族团结教育,组织开展的"开学第一课""我和我的祖国""粽驶千万里·皖藏一家亲""皖藏两地一家亲·同心共筑中国梦"等活动,得到《人民日报》、新华社、中央广播电视总台等中央主流媒体的广泛宣传,教育部专门派出工作组到学校总结民族地区思政教育工作经验。

五、抓管理强服务,增加优质医疗供给。山南市人民医院是安徽对口的援藏医院,是山南市唯一一家三甲综合性医院。工作队坚持把人民医院作为医疗援藏的主战场,顺利完成新院区搬迁,建成自治区首家高级卒中中心、国家消化道早癌防治中心,开通5G移动急救信息平台,开展新技术、新项目400余项,患者满意率达到98.5%。新冠疫情期间,援藏医疗队员从正月初三开始陆续返岗,参与疫情防控工作,筹建市核酸检验实验室,落实100余万元的防控物资。在此基础上,积极推动医疗资源下沉,建立市县医联体,常态化开展送医下乡、师带徒培训、健康扶贫等活动,在对口支援3县推广"智医助理",帮助浪卡子和错那2县卫生服务中心成功创建"二级医院"。援藏医疗队利用节假日开展先心病、骨关节病、多血症筛查等义诊活动,两年多来共开展义诊40次,惠及农牧民群众

8000多名。

六、抓交往强融合，扩大皖藏交流成果。 进藏后，工作队制订了手拉手"情感十进"工作方案，重点推动青少年学生、专技人才、致富带头人、农牧民代表等赴内地交流学习，让西藏干部群众亲身感受祖国的强大，增强中华民族共同体意识。三年来，已经组织60余批1200余人到安徽开展各类交往交流活动。措美县艺术团在合肥连续演出6场，观众人数超过1万人；错那县先后举办异地培训、跟岗学习和考察交流等活动，培训各级各行业干部人才11批次140人次，并组织农牧民群众到黄山学习茶叶生产技术、民宿标准化管理等；浪卡子县安排28名党政干部到芜湖市进行为期一个月的挂职锻炼，还安排114名同志到相关领域开展跟班学习，民间艺术长期交流机制已经建立；山南市160名青少年学生到安徽访学交流，与对口援藏市青少年学生开展各类交流活动，受到新华社、法新社、共同社等媒体的高度关注。三年来，省委组织部、省委宣传部、省教育厅、省发展改革委、省卫生健康委、省自然资源厅、省审计厅、省总工会、省直机关工委和合肥、芜湖、马鞍山、黄山等50多个单位派出专项工作组、媒体采访团、产业考察团到山南帮助工作，有效地推动了工作交流、情感交融。同时，针对山南相对薄弱的工作，协调省内相关单位成立了农业关键技术攻关、专项债申报、开发区建设管理、道路交通、城市管理、审计等10余个柔性团队进藏工作，帮助山南市完成了一批急难险重任务。

七、抓供给强创新，实现就业援藏突破。 一方面，协调省委组织部、省人力资源社会保障厅、省国资委增加岗位供给，提高岗位适配性，每年落实40个事业岗位、16个公务员岗位和千余个企业岗位，确保更多藏族高校毕业生在安徽顺利就业。2021年，在芜湖市成立山南市大学生就业指导中心，组团式就业工作取得实质性进展。另一方面，积极探索就业模式创新，协调山南市与对口援藏4市工商联签订就业合作协议，每年面向山南提供800个民企就业岗位；从受援县选派有创业意愿的高校毕业生到内地企业跟班学习，在返藏后提供创业政策支持，以创业带就业，目前已有18名高校毕业生到内地跟班培训。工作队连续三年获得"自治区就业工作先进集体"称号。

中共安徽省第七批援藏工作队临时党委
2022年6月

登山队攀登珠峰

山之南　梦之源
——献给义务献血（一起战斗）的援友

作　　者：汪华东

派出单位及职务：安徽省芜湖市委常委、政法委书记

受援单位及职务：西藏自治区山南市委副书记、常务副市长

一步一步

呼吸着忠诚的信仰

雅江之畔藏之源

中印边境山之南

我走向你

没有什么可以阻挡

一米一米

攀登在皖藏一家亲的路上

有些高度

到过就不会遗忘

有些历程

半是艰苦半是花香

有些成长

努力扎根不负梦想

途中,我们有最丰盈的行囊

一杯一杯

伴着老阿妈手酿的青稞尼腔

和着雪域蓝天下的五彩经幡

舞着熊熊篝火旁的热情锅庄

听惯了黄梅飘香

也高歌一曲雪莲嘹亮

一滴一滴

汇成了一股红色暖流

就让我们的热血留在这里

托付它融进这片土地

山之南　梦之源

这是红色基因

更是我们一代一代援藏儿郎

精神的传唱

山南市贡嘎县望果节

留下的不只是记忆

作　　者：佘海舟

派出单位及职务：安徽省政府督查室正处级督查专员

受援单位及职务：西藏自治区山南市政府副秘书长、市政府机关党组成员

返程的时间越近，心里的留恋越深。当队友们沉浸于团圆的渴望时，不舍与牵挂却充斥着我的内心。一直没有把这篇稿子交上去，是因为在走与留之间徘徊了很久，特别是收到一位书法家朋友给我写的"愿得此身长报国，何须生入玉门关"的横幅时，无限感慨一起涌上心头。回望这看似平常的三年，很多美好的瞬间，已然变成永久的记忆，或许已经不是

记忆,而是与这片土地血脉相连的情感,牵引着我未来的人生。

我在山南的生活工作很简单,就是3个三分之一:作为工作队临时党委副书记,负责工作队的日常管理;作为市政府副秘书长,协助副市长联系住建、文化、旅游、城市综合执法、便民服务局5个部门;作为政府办党组成员,分管秘书三科、秘书五科、综合科、信息科、信息技术中心5个科室。做好援藏工作,必须要有牺牲精神,不仅是时间、精力,还有健康和个人生活。特别是去年,既是建党100周年,也是西藏和平解放70周年,习近平总书记和中央代表团到西藏考察,城市建设管理任务很重。那段时间,每个周末都要去项目现场,一去就是一天。这三年中,我每年下乡都要超过四十天,平均一周只有一天在县里,早上出发、晚上返回,那是很幸福的事,如果在县里住的话,基本上是睡不着的。2019年办公厅体检结束后,我曾经问过女儿我要不要去西藏,女儿说如果我喜欢西藏,如果我身体好的话就去,但是要保护好自己。但三年下来,心脏已经出现增厚和反流,双眼视力明显下降,记忆力也衰退了很多;每天上班第一件事就是把一天的工作写在便利贴上,怕自己忙起来后把某件事忘记了。另外,多血症、尿酸高等问题也出现了。三年援藏,人变壮了,也变黑了,很多藏族同胞都说我是藏族人,见面跟我说藏语——虽然听不懂,但我知道是这片土地对我的信任,也正是这份信任让我在援藏的路上勇毅前行。

当然这三年也有过委屈,甚至是愤怒,那些别有用心的攻击,有时候还让我有点恶心。我也相信,前进的道路上不会一帆风顺,魑魅魍魉的行径反而会不断提醒着我,我该做什么,我该怎么做。但是,生活的美好总会掩盖角落的黑暗!三年里我遇到更多的还是让我感动的人和事,让我真正体会到中华民族大家庭的不易,真正体会到援藏不仅是一项工作,更是一种追求和信仰,真正体会到西藏干部群众为国家安全和统一做出的奉献。

有几个故事给我印象最深。

第一个故事是关于我和我的3个藏族女儿。工作队每逢节日都会跟藏族同胞一起过,2021年中秋节我们去了山南市特殊学校。活动是在操场上举办的,我们和残疾儿童围坐在一起,唱歌、跳舞、吃月饼。当时坐在我边上的是一个患有脑瘫的孩子和一个患有帕金森综合征的孩子,我给她们喂月饼,她们给我唱歌。临走时两个小女孩拽着我的手,用渴望的眼神望着我,让我下次还来看她们,我当时答应了。回来以后,我跟特校老师联系,让她把两个女孩的信息给我,希望能认她们当女儿。特校老师告诉我,患帕金森综合征的小姑娘叫普布卓玛,脑瘫的小姑娘叫尼玛卓嘎,老师又推荐了一个父母双亡的脑瘫小孩央金,就这样,我有了3个藏族女儿。周末如果没有工作安排,我就会联系她们,先去林卡玩,然后去超市购物,最后吃一顿肯德基。每次结束的时候,她们都会问我下次见面的时间,每次都会说:"叔叔,今天是我最开心的一天。""叔叔,你是最帅的。"虽然,我知道自己长得不帅,但在她们眼里,懂得陪伴、愿意付出,真心把她们当女儿的援藏叔叔就是最帅的。为了让更多小孩得到尊重和陪伴,工作队里的很多同志都认领了藏族子女,第二故乡——西藏真正成了我们的家。2021年,经过工作队的积极争取,我们为150多名残疾儿童定做了羽绒服和棉鞋。去特校送衣服的时候,3个女儿拉着我的手在同学面前炫耀着,因为她们有一个最帅的援藏叔叔。

第二个故事发生在我和山南的网民朋友之间。我在政府办分管信息科,网民留言办理第一个环节就在我这里。以前留言办理都是直接签到相关部门,部门负责办理和答复,后来我发现这种方式效率低、效果差,很难让群众满意。为了提高办理效果,特别是一些涉及农牧民的留言,我都会安排科室同志全程跟踪,确保办一件成一件。2020年7月20日,信息科同事跟我说,一个村的农牧民施工队因为被拖欠工资问题一直没有解决,准备向自治区政府反映。我当时就让同事拨通当事人的电话,当事人告诉我,之前人社局、交通局协调过很多次,欠薪企业今天拖明天、明天拖后天,半年多都没有兑现,现在十几个家庭就靠着这份收入养家糊口,市里办事效率这么低,再也不相信市政府和市政府干部了。我当时告诉他,我是安徽的援藏干部,给我一周时间,之前没有解决的事情我来解决,一周之后如果没有解决,你再向自治区政府反映。第二天,我就把企业负责人找到办公室,但是他的答复还是企业资金周转困难,后面慢慢想办法解决。当时我就跟他说,欠债还钱乃天经地义,特别是欠老百姓的钱,如果你们一周之内不解决问题,我就通知市人社局、住建局和交通局把企业列入黑名单,而且会向自治区相关部门反映情况。经过一个多小时的引导和告诫,企业负责人才答应一周之内解决问题。四五天之后的一个中午,我接到施工队群众给我发来的短信:"您好政府领导,西藏永丰公司浪卡子工程项目施工费20万元已于今天结清,感谢政府领导!"我立马给他回了短信:"相信政府,相信党的干部。希望你们的日子越过越好!"像这样的短信我收到过很多,每次都很感动,它让我相信,只要真心为群众付出,就一定会收获群众的信任。两年多来,经过我批办的网民留言就有500多件,每一件都自己批办、自己过问、自己跟踪督促。我只是希望通过我的努力,让更多群众的困难得到解决,让更多藏族同胞知道党和政府就是他们的主心骨,也让山南干部群众知道安徽援藏干部的真心付出。

  第三个故事发生在我和可爱的援藏队友之间。援藏队员之间的感情是真挚的、纯粹的,是经历过生死才有的托付。每年进藏的第一个月,我都会到队友宿舍里,一个一个地谈心,了解他们的工作、家庭、思想状况。

在一次次的交流中,愈加对身边的队友充满敬意。他们中有父母病重需要陪护的,有自己身体不好需要住院的,有子女年幼需要照顾的,但是他们没有退缩,就像歌曲《援藏好儿郎》里面写的那样,也曾流泪,绝不后退。他们在离家八千里的高原,牺牲自我,奉献山南。有这么3个队友给我的印象最深。第一个是援藏教师王小兵,那时我们刚进藏,来自安徽工业大学附中的王小兵老师突发肺水肿,情况非常不好。工作队立即协调山南市人民医院,先稳定病情再转移到内地救治,经过半个多月的治疗才算脱离危险。接到王小兵老师的电话是在半个月以后,他一上来就问:秘书长,我还能不能再去援藏?这是我的梦想,我不想这么放弃。但经与主治医生沟通,像他这样的情况进藏,如果再发生肺水肿的话就非常危险。经过工作队党委再三权衡,最后由我通知他终止援藏。当他得知不能进藏时,电话那头沉默了很久,然后问我三年后还能不能再援藏。我没回答他,希望他能如愿。第二个是援藏干部裴含龙,他进藏时身高160厘米、体重160斤,外表粗犷但内心细腻。从援藏开始到现在,他哭过4次。第一次是在援藏出发前,本来以为援藏一年的他,在省委组织部动员大会上得知援藏要三年,在回和县的路上哭了。他一直在县里工作,没有离开过家,父母年事已高,女儿马上高考,爱人一个人在家伺候老人、照顾女儿,我理解这次的哭是因为牵挂。第二次是刚进藏时,他在错那县工作,第一个月就瘦了20多斤,每天只吃一顿饭,晚上几乎睡不着,身体状况很不好。第一次下乡去勒布沟的麻麻乡,从县城出来经过的波拉山口海拔5300多米,半个小时到沟底的麻麻乡,海拔只有2800多米,几乎是直线下降的,路况也不好,很多同志都晕车,把门把手攥得紧紧的。老裴就是在路上哭的,他说当时不知道自己援藏三年是否能活着回去,我理解这次的哭是因为担心。第三次是去年休假前,他那天喝了点酒到我宿舍聊天,说组织上对他很关心:没有工作的老婆被安排到县图书馆工作,自己也从乡镇农技员提拔为县农业农村局总农艺师,还当选为马鞍山市人大代表。但自己还有很多任务没有完成:觉拉乡的蔬菜大棚再利用还没启动,贡日乡的茶苗今年才刚刚试种,还有马上要跟自己的藏族亲人分别,心里非常难受。我理解这次的哭是因为不舍。第四次是今年正月十六,那天晚上11点多他给我打电话,说他的父亲检查出肺癌晚期,医生说情况不容乐观。他在电话里一直责怪自己,说这些年没能好好陪自己的父亲,如果自己一直在家肯定不会出现这种情况,然后就号啕大哭。我理解这次的哭是因为愧疚,这是一个男人对事业的忠诚、对第二故乡的眷念、对家人深深的爱。第三个是短期援藏的张理华,她是1975年出生的女同志,2020年短期援藏半年后毅然选择了留在山南。去年雅砻物资交流会的时候,我在现场见到了她。我在维稳带班,她在现场拍摄,手拿麦克风解说着物资交流会的情况,感觉比刚进藏的时候更精干,也更瘦弱。我常想,是什么力量支撑着这个瘦弱的女人,用并不宽厚的肩膀扛起这么大的梦想?我想这可能就是情怀、是境界。

  第四个故事是关于身边离开的那些人。援藏要奉献,有时还要牺牲。2019年7月进藏后的第一周,来自上海的援藏医生赵坚去世了,当时朋友圈都刷屏了,大家不仅有对队友离开的不舍,还有对自己未来的担心。接下去的一个月,又有几名其他省、市的援藏队友相继去世,把自己的一生定格在西藏,定格在援藏中。2019年底,东方卫视做过一期节目,我在屏幕中见到赵坚医生的家人,看到他进藏时发给父母、爱人的短信,才知道他刚进藏时就有不适感,才知道他牺牲当天上午一直在忙着做手术,下午还约了会诊,还知道他爱人中午给他发了短信,让他注意休息。整个节目,我是眼里含着泪水看完的。三年来,经历过很多这样的离别,每一次都是洗礼,让我对人生有了全新的认识。2021年6月1日,芜湖中铁规划设计院一个29岁的设计师到拉萨做援藏项目方案论证,周六晚上到的,周日就去世了。当时我代表工作队去拉萨处理后事,到宾馆的时候,工作人员正在将遗体往外抬,黄色的布盖着遗体。就是那天晚上,我发了进藏后的第二个朋友圈,我很怕这种事发生在身边,希望队友们一起去、一起回,一个都不能少。其实,还有一些在藏的汉族干部更值得尊敬,他们常年夫妻分居,无法照顾家庭和父母子女,不仅要承受恶劣条件的考验,还要承担繁重的工作任务,很多干部一年只能回内地一次,身体也在一天天地消耗着。一些在藏干部对我们说,他们是有命挣钱没命花的一群人。我听了以后很难受,也更敬佩这个群体。

第五个故事是关于我的藏族同胞。他们是最纯朴的人,用生命守护着每一寸国土。他们很简单,抢劫、盗窃、杀人等恶性案件每年碰不到几次。刚到山南时,工作队给离单位较远的队员买电动车,我们准备买锁的时候,藏族同胞告诉我们不用买,车子可以到处骑、到处停,不会有人偷。当时我还有点担心,但当看到同事们的钥匙经常挂在门上就走了,漫山遍野的牦牛也都没人看管的时候,我感到了自己的渺小。但他们也是计较的,山南市600多公里的边境线上,每个地方都有藏族同胞的印记,他们世世代代为国守边,不退让一寸土地,不苟求一份回报。山南市隆子县玉麦乡有一户人家,父女三人守护着1900多平方公里的土地,父亲带着女儿提着油漆桶在边境画国旗,与印度士兵正面相对也不甘示弱。父亲去世后女儿接着上,"三人乡"一寸土地都没有丢失。习近平总书记还亲自给他们写信,勉励他们做神圣国土的守护者、幸福家园的建设者。现在,这个乡已经移民50多户200多人。像这样的藏族同胞、藏族家庭有很多,洛扎县拉郊乡乡长古桑旦增带领亲戚到边境放牧守边,很多被抢占的土地重新回到祖国的怀抱。中印对峙时,藏族同胞坚决不愿后退,把吃的喝的备齐了,准备长期与部队站在一起。他们说,这是中国的土地,不管发生什么都不会离开。所以我跟同事们聊天的时候说,要抱着感恩的心来援藏,不要把自己当救世主,要学习西藏、感恩西藏,还要奉献西藏、建设西藏。

离援藏结束只有一个月,我很珍惜在藏的时间,如果组织需要,我会继续自己的援藏工作,甚至留在西藏工作。生命的轮回,不是以时间计长短的,它创造的奇迹在于人的精神永恒。援藏,更多是人的心灵创造!在高高的高原上俯瞰家乡江淮的千里平畴,云端里的深情令我久久回味。

山南市洛扎县库拉岗日雪山

那一日 那一程

作　　者：饶睿

派出单位及职务：安徽省纪委监委驻省检察院纪检监察组副组长

受援单位及职务：西藏自治区山南市纪委常委、监委委员

2019年9月，根据山南市纪委监委部署，由我带队赴洛扎、浪卡子、贡嘎、桑日4个县开展专项监督检查。这期间，我在洛扎县接到工作安排，次日需要参加贡嘎县全体干部大会，宣布处分决定，开展以案示警教育。藏地山高路远、道阻且长，但我心向往之、行则将至。为此，我一边赶路，一边用心记下了行程中所看所感、所思所悟。"行路难，行路难，多歧路，今安在？"援藏之路虽然艰辛，但我坚信，只要坚定理想信念，只要不

忘初心、牢记使命,只要胸怀祖国人民,只要勇于干事创业,"长风破浪会有时,直挂云帆济沧海"。谨以此文纪念我们援藏以来在这片土地上走过的每一步路!借以此文祝愿我们继续走好剩下的援藏路!

2019年9月4日6时25分,安徽已经天亮的时刻,"南方的悬崖"——洛扎依然夜幕沉沉。我和藏族的师傅旺庆,两人一车向贡嘎县出发。

夜幕里,"200型陆地巡洋舰"发出轰鸣,车头灯射出的两道光刺不透山间的浓雾。

旺庆一边和我搭着话,一边聚精会神地观察着山中模糊可见的标识,驾驶着车辆安全地行驶。

雨滴滴答答地打在车前挡风玻璃上,夜色一点一点褪去。

当车子冲上蒙达拉山口5366米时,天光泛晓,库拉岗日雪山已被甩在身后,而路旁草原的草儿开始泛黄,远方的山尖一夜白了头。旺庆告诉我:"冬天要来了。"

8时20分,到达浪卡子县城,这是安徽援建的山南海拔最高(4400多米)的小城,也是我们行程中的补给点。我随着旺庆来到扎囊拉珍茶馆吃早餐,这是街上为数不多的开了门的藏餐馆。一杯甜茶、一碗藏面、一块藏饼,随席而坐,随遇而安。这是我吃的第一顿藏餐。两人花费19元,价格便宜,就是面条太少。

从浪卡子出发,还要再走两个小时才能到达贡嘎县城。雨一阵大、一阵小,一处大、一处小。行驶在羊卓雍措的两岸,景色截然不同:一边湖水倒映着山、倒映着景,另一边山色朦胧烟雨中。这是冷艳无比的圣湖,这是变幻莫测的圣湖,这是宁静安详的圣湖。看着羊湖,我的脑海里不由得想起"海拔高境界更高,羊湖深情怀更深",这是安徽援藏总领队华东书记时常挂在嘴上教导我们的话，也是我们开展工作的指导方针。

旺庆开车真是一把好手，车子又轰轰轰地登上了岗巴拉山。车辆沿着盘曲的山间公路，穿行在浓雾中，速度快时达到每小时 80 公里，有的时候又要慢下来缓缓而行。人们常说，哪有什么岁月静好，只是有人负重前行。我相信，在工作中付出辛勤努力的你我都是负重前行的一分子。

10 时 20 分，我们到达贡嘎县委。11 时，参加县全体干部大会。会后，还要再花两个小时返回浪卡子县城，因为我的队伍还在那里工作，我要和他们一起战斗。

山南市浪卡子县羊卓雍措景区

走了那么远　只为温暖一瞬间

作　　者：欧阳鸣

派出单位：安徽省委组织部

受援单位：西藏自治区山南市委组织部

离开高速,天刚刚亮,西藏的清晨仿佛会引发人们对生命的一种开悟。远处群山峰峦叠嶂,巍峨的高山裸露着青灰色的岩层,如同一尊尊叱咤的天神,静默中透射出高原独有的肃穆庄严。

因一早要去机场送内地的客人,所以我前一晚上便住在了机场边。清晨从机场出来,匆匆搭了一辆车,去参加单位组织到驻点村"看亲戚"

的活动。车子将我放在了高速的服务区里，从这里去驻村点还有十几公里。

天刚亮，本着对自己方位熟悉的自信，我不假思索便扎进这曾经走过的路，随性地边走边拍，不觉渐行渐远。回首之际，服务区已在遥远的天边，静静地安眠在群山的怀抱中。

山脚下，刚露头的小草恰好给这一片肃穆编织了绚丽华美的罗带，我却发现不知从何时起，去村里的路被一条无法跨越的水渠分隔开来。我沿着水渠走了很久，依然没找到可以跨越的地方，背后的路已经湮没在一片浩瀚的小草之中，村子近在咫尺，却无法到达，心里不由得有些焦躁。茫然四顾，一片寂静，天光还不是特别亮，莫名的恐慌瞬间充斥了全身，唯有头顶上的天空，才稍许给予我一份微薄的安全感。

就在我茫然之际，远处的水渠边突然多了一位藏族大叔。这样的状况我不免有些紧张，不料他却向我这边跑来，我愈加慌张，一时间不知所措，而他却在离我不远处停了下来，焦急地用生硬的汉语喊着"前面、前面"……

我瞬间福至心灵，定是这位在远处山坡上劳作的藏族大叔看到我四处徘徊，绕不出这片草地，特意走过来给我指路的。我忙向他手指的方向仔细看去，果然，隐约看见一块斑驳的青石板横跨在水渠的拐弯处……

回到公路边，大叔向我挥手道别，转身离去。那渐渐消失在沙棘林中的宽厚身影，给了我莫大的宽慰和及时的帮助，这次经历亦成了我一次难忘的记忆。

来藏工作已近一年，如今夜晚无眠，清灯下夜读之余，常常回顾起一段又一段的旅程，让我刻骨铭心的，往往不是出发时向往的风景，而是这样偶然的经历。或许是寒夜投宿时一碗热汤的关切，暴雨降临时陌生人的半边伞沿；或许是一只陪我跑了很远而不肯离去的小狗，擦肩而过的姑娘的笑脸……流光飞羽，片刻的温度，却深深地烙印在记忆的底片上。

因为援藏的经历，我也许会对朋友描述高原的壮观绮丽，会发很多藏区的风景，却常常不知该如何讲述这心底最温暖的一瞬间。

时光荏苒，记忆总会模糊，但那个瞬间清晰如初，想到它的时候嘴角总是微微向上翘起，想到它的时候很愿回到老地方看看。

每个人对旅行的定义不一样，有人收集阳光、星辰、彩虹的颜色，有人追逐昆虫、鸟儿、美丽的花朵，有人记录下每一个触动人心的时刻。也许它短得构不成故事，甚至朦胧得难以言说。

其实人生宛若旅行，不停地相遇、离开，不停地得到、失去，最终沉淀心底的，往往是这个世界与你温柔相待的美好记忆。

我始终认为旅行的意义，不在于是否奢华刺激，而是有一份情怀在你后来的回忆里不可抹去。每年我都会去几次部里的驻点村，金黄的菜花已落，辽阔的土地上长满青稞，风吹过，泛起阵阵波浪，仿佛记忆里无言的歌。

以后，我依然会常常走在旅行的路上，我会更珍惜每一次相逢，记得最初的美好。也许，这才是旅行的真谛，甚至是我们生命旅程的真谛。我也会更乐于伸出我的手，传递指尖上的温度，在古老斑驳的寺庙，在熙熙攘攘的老街，在天高云淡的湖畔……愿我也能把温暖的回忆留在你的心田。

此心安处是吾乡

作　　者：方凯
派出单位：安徽省发改委
受援单位：西藏自治区山南市发改委

2019年7月，随着飞机的稳稳降落，以及走下舷梯后脚底的一软，就在一刹那，我真正感觉到，我的三年援藏之路正式开始了。

仿佛是冥冥之中一切早有安排，我的援藏之路从一开始就充满了戏剧性。早在2013年，安徽省第五批援藏工作启动时，我就积极向委党组申请，虽然未能成行，但从那时起，援藏的一份执念就深埋在心底，倔强地生存在心田。2016年，第六批援藏工作启动时，我毫不犹豫地报名参加，可惜的是，援藏之行又一次与我擦肩而过。又过了三年，2019年到了，我虽然第一时间报名,但这时,心里是不再抱希望了。可谁知道,失望多大,希望就有多大,我竟然成为第七批援藏工作队的一员了。

时光飞逝,不经意中已经进藏满一周年了。回想这一年来的历程,其中的艰辛与欢乐、苦闷与振奋,真是"酸甜苦辣咸",样样都尝遍。但最能代表我此刻心情的,应当是"个十百千万"这一组数字。

所谓"个"。一个人来到这里,将两个人丢在家里。原本的一家三口,同出同行、其乐融融不见了,取而代之的是爱人更加忙碌的身影,孩子的思念,家人的牵挂,以及我一个人在这里默默承受的寂寞与孤独。一个人吃,一个人住,一个人独自面对各种"高反",面对家人的问候,总是说"我很好,在这里吃得香睡得实,你们不用担心",真是"一种相思,两处闲愁"。每次休假还没结束,孩子就开始拉着我的手不停地问"爸爸,你什么时候回西藏",眼中毫不掩饰的是不舍。

所谓"十",进藏以来,来不及适应高原反应,主动投入工作,围绕援藏项目建设、规划编制、产业发展、交往交流交融等领域,重点推进10个方面工作。一是承担援藏工作队项目管理组职责,及时做好项目调度、数据统计、情况分析、资料报送等工作,保障"十三五"援藏规划项目全面完成。二是梳理、收集安徽省援藏工作成果,安徽省自2002年7月对口支援西藏山南市及3个高海拔县以来,实施援藏项目超400个,到位各类援藏资金和物资设备超20亿元,各项工作走在全国前列。三是参与筹备2019、2020年雅砻文化节系列招商引资推介活动,参与安徽代表团赴山南考察和签约项目后续跟踪等工作;利用春节休假时机,随工作队领导赴有关市开展招商对接。四是完成年度援藏项目资金计划编制、报批等工作,建立项目资金调度制度,开展年度建设项目进展调度。五是开展"十三五"援藏规划执行情况评估,总结援藏规划执行情况、主要做法和成效等。"十三五"时期,安徽省共安排援藏项目47个,到位资金6.36亿元,产业援藏成效初显,民生援藏深入人心,"组团式"教育和"组团式"医疗取得突破,交往交流交融创新开展,就业援藏取得突破。六是参与编制"十四五"援藏规划,开展前期调研和重大课题研究,明确援藏目标任务,谋划援藏规划项目。七是协调服务安徽省地方政府专项债小组赴山南市开展工作,通过广泛调研、宣传培训、业务指导,帮助山南市建立一个机制、完善一批资料、储备一批项目、培训一批人才,建立的储备项目库总投资超200亿元。八是谋划产业发展,在规划编制过程中结合对口支援三县实际,突出文化旅游产业、设施农业,长远谋划、打好基础、久久为功。哲古旅游明珠小镇展现新姿,错那千年沙棘林焕发新颜,勒布茶叶香飘全国,高原蔬菜花果飘香。九是结合新一轮的机构改革,推动山南市发展改革委顺利完成机构改革任务,在委内较大范围开展数轮职务提拔和职级晋升工作,充分调动了干部职工的积极性。十是围绕拉萨山南一体化发展、幸福家园建设、区域空间布局、乡村振兴战略、强边固边稳边、生态文明建设、沿江百亿产业走廊、雅江百里生态走廊等重大战略,开展山南市"十四五"规划编制,建立"十四五"重大项目储备库。

所谓"百"。进藏数百天,与家人间隔数百日才有机会相聚,想回而不敢回,生怕一回家就再难话别,真是"思乡情更怯"。2020年,因为新冠疫情的原因,3月份才进藏,在家待的时间相对较长。可是,时间不等人,回到西藏后,那么多的事情并没有因为疫情发生而取消,相反,因为时间更紧而变得更加忙碌。想起上次春节回家休假时,我无意中发现床边放了一根棍子,都没敢问,知道爱人胆子小,从家中亲戚那要来作防身之用,真是难为她了。

所谓"千"。合肥到山南,直线距离3800公里,山南市平均海拔高度

3700米，构成了一幅坐标系，家是原点，我在高原。虽然远隔万水千山，但是来到这里，还是被这里历史文化的厚重、藏族同胞的淳朴善良、自然资源的得天独厚、异域风景的雄奇壮美所震撼。这片神奇的土地诞生了世界上海拔最高的宫殿——有着一千三百年历史的布达拉宫；西藏历史上第一座寺庙——有着一千两百多年历史的桑耶寺；西藏历史上第一座王宫——有着两千一百多年历史的雍布拉康；千年的核桃树，千年的沙棘林，千年历史的藏王墓群，更有近三千年历史的、作为中国医疗传统的重要组成部分的藏医藏药名扬四海。往往在不经意间，看到的一座寺庙、一棵古树、一幅唐卡、一座玛尼堆，都在诉说千年的故事。

在追寻历史的过程中，让我更加深切地体会到中华民族共同体意识是国家认可、民族交融的情感纽带，是祖国统一、民族团结的思想基石，是中华民族绵延不衰、永续发展的力量源泉。更加深刻地体会到我国是统一的多民族国家，各民族共同缔造了我们伟大的祖国，形成了休戚与共的中华民族命运共同体。明白了西藏自古以来就是伟大祖国不可分割的一部分，中华民族和各民族的关系，是一个大家庭和家庭成员的关系。藏族和其他各民族在政治经济文化上的交流贯穿了西藏历史发展始终，藏民族就是在各民族交往交流交融中发展起来的。西藏这块宝地是各民族共同开发的，历史是各民族共同书写的，文化是各民族共同创造的。

所谓"万"。进藏以来，累计行程上万公里，经常是早上出门，晚上归家，全程在路上。有时一个来回就是上千里。在这里，我面对的最大困难是高原反应，头疼头晕、血压高、心跳快，这些都是表面现象，难以承受的是失眠带来的痛苦、记忆力下降带来的种种尴尬。这里真是"眼睛的天堂，身体的地狱，心灵的故乡"。出差的时候，最值得信赖、最忘不了的"朋友"就是丹参滴丸。每当翻过山口，或是胸闷难受时，就得靠它来缓解,至于路途的颠簸、缺氧带来的痛苦,更是离不了它。真是"教我如何不想它"。同时,在这里,与单位同事谈心谈工作、与藏族同胞话家常,更是有说不尽的千言万语。面对山南市经济社会快速发展现状,更萌生了豪情万丈。既然来到这里,理应将这里作为第二故乡,努力在这千里之外的热土上,洒下奋斗的汗水,播下希望的种子。

假若你要问我,援藏苦不苦？很苦,吃不好,睡不好,连呼吸都呼吸不好。援藏累不累？很累,工作队的事、单位的事,晚上经常拖着疲倦的身躯回家,却怎么也无法入睡,这时,才知道"高反"始终在你身边,怎么也克服不了,在不经意中,悄悄侵蚀着你的身躯。援藏快乐不快乐？很快乐,当看到藏族同胞清澈的眼神、纯洁的笑容,看到头顶蔚蓝的天空、远方巍峨的群山时,我的心分外宁静。

援藏的经历是难忘的,影响是深远的。思想上经受了洗礼,政治立场更加坚定,政治自觉进一步增强；工作上经受了历练,工作能力进一步增强,工作经验得到积淀；作风上经受了锤炼,规矩意识、纪律意识、底线意识进一步巩固。这些将成为我人生的宝贵财富,一直推动着我在今后的工作生活中砥砺前行。

措美援藏两三事

作　　者：张亚东

派出单位及职务：安徽省合肥市庐江县委常委、汤池镇党委书记

受援单位及职务：西藏自治区山南市措美县委常务副书记

扎西的背水桶

那天下午，我去哲古镇调研。从放牧点回来的扎西站在路边拦车，旁边是他骑坏了的摩托车。我们让他上了车，问他才知道，他是急着回家背水。扎西怕再迟一些，背水台的水管被冻住，就要去镇区外的山上水洼取

水了。

哲古镇海拔 4600 米，面朝着雪山环绕的哲古湖和大草原。这里还没有自来水。镇区倒是有个足球场大的湖，可惜长年累月杀牛宰羊，污水已经充斥其中，变成了一汪黑水。我们的车把扎西送到家门口，扎西邀我进去喝茶。我跟着扎西进屋，也想看看扎西的生活。扎西拿了热水瓶，里面还有早上打的酥油茶。我接过来，让扎西先去背水。扎西拿起了绿色的背水桶，匆忙出门，我起身跟着他。背水台离扎西家走路不到十分钟，有引水管从山上水洼引来的水。打开龙头，肉眼可见水的浑浊。扎西说，过去连背水台都没有，要去山上取水，来回四十分钟，好多年纪大的阿妈路上要歇几次，援藏队要是帮助哲古修个像城里那样的自来水管道该多好！扎西笑着说这些的时候，眼里闪着光。

带着 14000 多名像扎西一样的牧民的心愿，2019 年 11 月，我们协调组织措美县党政代表团赴合肥参观考察汇报，共商对口支援工作。合肥市委市政府高度重视措美人民的需求，立即安排市发改委、城乡建设局等部门组成专班进藏。调研组经过认真研究论证，形成了以哲古镇人居环境整治为重点，突出"两治理（治脏治乱）、一加强（加强基础设施建设）、一引导（引导建设旅游公服）"，形成生产、生态、生活高度融合的援建项目整体思路，梳理出生活垃圾治理、供排水一体化、厕所革命、旅游设施配套、生态保护修复等方面 15 个工程类项目。与此同时，我们积极推进安徽"十四五"援藏项目——哲古游客服务中心项目建设。引入合肥一流设计团队和先进乡村文旅发展理念，精心设计策划，推广哲古旅游，努力把游客服务中心项目打造成推动高原特色旅游产业发展，帮助农牧民持续增收，促进当地社会稳定发展的精品工程，让项目成为措美县、山南市乃至西藏旅游体系中璀璨夺目、具有示范意义的标杆工程。

今天，项目已陆续建成，哲古通了自来水，昔日的污水湖也变得波光粼粼、清澈见底，扎西满怀喜悦地收起了背水桶。哲古牧民的生活幸福感不断增强，雪山、草原、湖泊旅游承载力得到提升。

益西拉姆的合肥梦

益西拉姆是个20多岁的哲古姑娘，她之前去过的最大城市是拉萨。她在那里读完大专后回到措美，加入了措美县艺术团。我第一次见到益西拉姆，是在哲古牧人节上。精彩的开幕演出结束后，大家围坐在草地上吃午饭。益西拉姆先是问我："书记，你们在家午饭吃糌粑还是馒头？牛肉也炖土豆吗？"我笑着告诉她："我们喜欢吃炒土豆丝，冬天的时候也吃牛肉和羊肉火锅。""我在网上看了，合肥是科技创新之城，很漂亮。合肥应该有大舞台吧，我们艺术团要是能去演出该多好！"益西拉姆接着说。

益西拉姆的话让我想起了天鹅湖畔的合肥大剧院。加强西藏措美和安徽合肥的交往交流交融，是筑牢中华民族共同体意识的重要工作。在合肥市委的高度重视下，市委宣传部组织、安排措美县文化交流团一行30人，赴合肥市开展基层文化交流活动。措美县文化交流团在合肥大剧院、庐江县、长丰县、巢湖市、包河区，共开展了6场以"皖藏一家亲，舞动高原情"为主题的皖藏基层文化交流巡回演出。在乡镇街道村居和合肥群众开展广场文化交流8场。益西拉姆和措美艺术团的伙伴们在合肥的舞台上载歌载舞，给合肥人民呈现了一场来自西藏、充满草原风情的文化盛宴。

三年来，合肥、措美两地互访22批400多人次，依托合肥市委党校等培训机构，举办农牧民党员发展能手等培训班7批200多人次。援藏工作组积极协调汇报争取，组织措美县党政代表团、人大代表团、政协委员代表团等各类型代表团赴合肥参观考察交流,让西藏各界同胞了解合肥经济社会的发展情况,让藏族干部和农牧民群众感受祖国的繁荣强大,增进两地人民感情,加强汉藏民族团结。

德吉阿妈的孩子在县里当书记

德吉阿妈是乃西村的孤寡老人。60岁后,按照县里的统一安排,村里把德吉阿妈送到了县城的集中供养中心生活。集中供养中心的条件非常好,我第一次去的时候,感觉比县里的干部周转房好很多,有洗衣房、医疗室、活动室。老人们一人一个房间,食堂干净卫生,菜谱一周一换,餐食丰盛营养。

但是我去的时候,德吉老人坐在房间里闷闷不乐。我让同去的阿旺问问老人怎么不出去聊天晒太阳。老人先是默默不语,我喊了几声才面向我。阿旺帮我翻译,我和德吉阿妈聊起了天。老人心脏不是很好,在县城供养中心生活条件虽然优越,但总觉得海拔太高,还是想回自己家的老屋住。是的,县城供养中心的位置比德吉阿妈乃西老屋的海拔高了400米。在内地,400米只是一座小山的高度,但在西藏,相差400米的地方可能有天壤之别。记得我去错那县,从一棵树没有的县城,往勒布沟方向开车十分钟,原始森林便出现在眼前。而乃西正是在面向不丹的沟里,印度洋的暖湿气流到达此地,气候温暖湿润。年轻人对相差400米的海拔也许感觉不是很明显,但心脏不好的老人应该十分不适。

我去找了集中供养中心的主任,她说也可以把老人的生活费发放到卡里,但老人回家住需要有人时时照料。我和阿旺去了乃西村,村支书带我们去了老屋。德吉阿妈的邻居普桑看到我们,得知老人想回来,主动说可以照顾老人。普桑原本在拉萨打工,后来村里发展产业,建起了藏柳苗圃,便回来务工。我们和普桑商量一起照顾德吉阿妈。我从工作经费中挤出 2 万元,村支书招呼邻居们维修了老屋。我们把德吉阿妈接回了乃西,村里又有了老人散步的身影。市里民政的同志来走访老人,关心地问德吉阿妈一个人住行不行。德吉阿妈说,我不是一个人,我的孩子在县里当书记,会常常带着蔬菜水果来看我!

三年来,援藏工作组全体干部人才分别与 15 户藏族建档立卡贫困家庭结成了"亲戚"。坚持每月走访至少一次,帮助群众解决日常生活、农牧生产困难。坚持每年开展藏汉一家,共度藏汉传统端午、中秋、望果节活动,促进了中华民族共同文化相融相亲。三年来捐款捐物合计近 13 万元,解决就业岗位 7 人次,帮助解决就医入学等事项 28 人次。援藏干部人才与藏族群众结下了深厚感情,被农牧民群众亲切地称为合肥来的"金珠玛米"(菩萨兵、解放军)。

山南市扎囊县雅江渡口

有情有义的援藏人　有志有为的审计人

作　　者：陈云飞
派出单位及职务：安徽省审计厅电子数据审计处二级调研员
受援单位及职务：西藏自治区山南市审计局副局长

"人是要有一点精神的",伟大领袖毛主席曾这样说过。在中央第六次西藏工作座谈会上,习近平总书记提到了一种精神,他十分动情地说:"在高原上工作,最稀缺的是氧气,最宝贵的是精神!"2020年8月,在中央第七次西藏工作座谈会上,习近平总书记再一次提及这种精神,他说:"广大干部特别是西藏干部要发扬'老西藏精神',缺氧不缺精神、艰苦不怕吃苦、海拔高境界更高。"作为安徽省第七批援藏工作队的一员,我深感要在工作中传承和弘扬"老西藏精神",要"特别能吃苦、特别能战斗、特别能忍耐、特别能团结、特别能奉献",在援藏事业中努力放飞青春梦

034

想,在审计工作中悉力谱写奋斗新篇章。

无私奉献,做坚定勇毅的"信仰者"。奉献是"老西藏精神"的价值底色,其根源是对理想信念的无比坚定,对党的绝对忠诚。我们每个人实际上都是十分渺小的,只不过是大海里的一滴水,每个人的生命也是很短暂的,在地球100亿年的生命长河中,仅是很短暂的一瞬。一滴水怎样才能永不干枯?那只有融入大海;短暂的生命怎样才能永恒?那就要投入中华民族伟大复兴的事业中。马克思说:"如果我们选择了最能为人类福利而劳动的职业,那么重担就不能把我们压倒,因为这是为大家而献身。那时我们所感到的就不是可怜的、有限的、自私的乐趣,我们的幸福属于千百人,我们的事业将默默地、永恒发挥作用地存在下去。"在援藏的一千多个日子里,有太多援友的无私奉献、实干苦干让我感动,催我奋进。从安徽援藏工作队领队汪华东书记顶着高原不适、身体疲劳东奔西走地推进援藏项目,到个别援友身受"子欲养而亲不待"的苦痛却因为工作原因无法回家尽孝;从援藏教师课余时间设立"高考加油站"辅导学生至深夜,到援藏医生养伤期间拄着拐杖到病房为患者诊治;从部分援藏干部代表在祖国边境宣誓"请党放心,强边有我",到全体援藏队员在雅砻文化节舞台上共唱"我是祖国的援藏好儿郎";从一个个援藏项目的落实落地,到一项项表彰奖励的取得……奉献的意义变得具体而生动。我们亲身经历了中华民族走向复兴的伟大时代,雅砻大地正从贫穷落后走向繁荣振兴。这一切无不凝聚着习近平总书记的殷殷嘱托,凝聚着安徽省委省政府的鼓励期待,凝聚着全体山南人民的奋斗身影,凝聚着历届安徽援藏队员的智慧和心血。我们为献身援藏事业而骄傲,为雪域高原注入"安徽力量"而自豪。有了这种奉献精神,什么困难都能克服,什么工作都可以做好。

勤思好学，做求知若渴的"修行者"。献身事业，就要掌握本领，要增强本领，就要勤于思考，善于学习。"路漫漫其修远兮，吾将上下而求索。""审计全覆盖"背景下，审计干部的学习应该是全面的、系统的、富有探索精神的。既要抓住学习重点，也要注意拓展学习领域；既要与时俱进地学习党的路线方针政策，也要广泛全面地学习财政经济、法律法规、现代科技等审计相关知识；既要做熟悉财经知识的行家里手，又要做了解各行各业的多面手。做到审什么学什么，缺什么补什么。在学习过程中，还要善于思考。悬梁刺股，孙敬、苏秦终成政治名家，是勤学之力；一日三省，荀子成朴素唯物主义思想集大成者，是善思之功。自进藏以来，安徽审计援藏"小组团"3名援藏干部坚持把学习放在突出位置。一方面紧抓理论武装学深学透，深学笃用习近平新时代中国特色社会主义思想，特别是习近平总书记关于治边稳藏的重要论述，撰写理论学习体会共40余篇；另一方面注重调研实践走深走实，先后走遍了山南市12个县所有区级审计机关，深入了解山南市及各县区审计局审计工作开展的现状、审计监督的模式、审计整改和成果运用等情况，熟悉当地的工作节奏和方式方法。审计援藏"小组团"不光要求自己学，还着力带动身边同志学，采取"请进来，走出去"方式加强山南与安徽审计机关的交流交往，多措并举提高受援单位业务水平。一是邀请安徽省审计厅审计专家赴山南市审计局开展全市审计业务培训；二是组织山南审计机关业务人员赴内地参加审计业务培训班；三是积极协调联系内地审计机关派出审计专家赴藏援助开展审计项目，采用"以审代训"的方式帮助本地干部提高业务水平。同时，自身也注重发挥"传帮带"作用，为山南经济社会高质量发展保驾护航，为政府宏观决策搞好服务。

创新创造，做担当有为的"拓荒者"。"坚持开拓创新，努力追求卓越"是"老西藏精神"的时代内核。援藏审计干部既要谦虚谨慎,又要朝气蓬勃,保持"初生牛犊不怕虎"的朝气,勇于开拓创新。在援藏工作中,我注重把援派单位的新思路、新理念、新方法带到西藏,科学"嫁接"到受援单位各项工作中:为缓解人员少、任务重的矛盾,在山南市财政预算执行审计中,积极运用数字化审计方法和大数据分析技术,实现市直一级预算部门的非现场审计全覆盖,提高了审计工作质量和效率,得到市主要领导的批示肯定;为补齐受援单位信息化硬件基础薄弱的短板,积极申报审计专网和机房升级改造项目。项目建成后,将大幅度提高受援单位信息化水平,为开展大数据审计和审计监督全覆盖提供有力支撑。这些成果蕴含着"敢于担当、开拓创新"的"援藏精神"。新时代呼唤新担当,新时代需要新作为。援藏干部就是要以攻坚克难的精神破解难题,以争创一流的劲头走在前列,才能征服新的"雪山"和"草地"。

伟大的时代,召唤着有情有义的援藏人;辉煌的事业,期待着有志有为的审计人。援藏审计干部要以"功成不必在我,功成必定有我"的远大胸怀,以"缺氧不缺精神,海拔高境界更高"的精神气概,在急难险重中勇毅前行,一步一个脚印,努力书写不负党、不负人民、不负青春的精彩华章!

火热青春在雪域高原绽放

作　　者：陈波

派出单位及职务：安徽省审计厅经济责任审计局副局长

受援单位及职务：西藏自治区山南市审计局党组成员、副局长

援藏三年，时间很长，也很短。我至今仍清晰地记得，离皖赴藏那天，亲友们一起赶来送我到楼下，直到路的尽头转弯时，老母亲依然站在路边，向着车离去的方向张望。妻子和孩子送我到集合点。车刚一发动，妻子眼里噙着泪水，我不忍和她四目相对。

摸清实情，才能融入

进藏以后，我时常问自己，如何才能无愧青春，不负援藏使命。我清楚地知道，三年援藏，理所应当要为当地群众尽自己的最大努力办几件实实在在的事情。只有融入西藏，才能做好援藏工作。我跑遍山南12个县区，啃着馒头、就着凉水，跋涉多座海拔5000米以上的高山，了解当地基层审计工作中存在的问题。我目睹了基层审计工作的落后，也切身体会到藏族干部矢志不渝的职业操守和守土固边的担当。当地县审计局大多是新成立的，仅三四人，还是从其他单位新调的，专业技术力量薄弱。一日，由于行程紧凑，我们要连夜从加查县赶回。盘旋的山路，摇晃的车厢，路边即是悬崖，下面就是雅鲁藏布江大峡谷。夜间视线不好，我心里着实有点害怕，不由自主地用手紧握车门旁的抓手，手心全是汗。当地的驾驶员熟悉路况，可有次会车时还是差点出了事，我们顿时紧张起来。好不容易赶回市里，原本并不晕车的我，一下车还是吐了一地。

多干实事，力求突破

在西藏，只有特殊的环境，没有特殊的干部。我深知，援藏就要为当地群众"用心用情"办实事。我始终保持"在状态"的精神风貌，努力让审计援藏工作出彩出新。如何确保援藏资金真正用在刀刃上，是我一直思考并为之而努力的事情。通过多次参加重大项目审理复核、担当重大审计项目主审、执笔修改讨论重要文稿，引导当地干部跳出机关财务账目，研究政策要求和改革方向。对提出的审计定性、审计意见建议，努力解释清楚，让当地审计干部听得懂、学得会。积极发挥好"传帮带"作用，实现"输血"向"造血"转变。聚焦领导干部"权力"和"责任"，彻底改变过去山南经济责任审计与财政财务收支审计几乎没有区别的困境。改变当地审计干部过去对照法律条款，拿着"放大镜"找问题的"警察式"审计，彻底打破"就财务论财务"的局限，"跳出审计看审计"，不断健全审计容错免责机制，促进领导干部担当作为。我还具体承担了山南乐圣公司国有资产流失专案调查，承担了山南市属 4 家企业原领导人员任期经济责任主审，首次实现市属国企审计全覆盖。审计成果受到市委市政府等主要负责同志批示 29 件次，移送纪检监察机关和主管部门案件线索 19 条。多个项目提前完成任务，撤点当天就提交审计报告（初稿），向被审计单位口头反馈审计情况，这是当地没有过的，刷新山南审计纪录。首次在被审计单位中层以上通报经济责任审计结果，进一步扩大审计结果知晓度，压实整改责任，提升整改成效。13 次参加人大财经委会议，参与市重大财政财经事项讨论。2 次受邀为全市教育系统领导和学校财务人员作专题培训，为全市审计干部作经责审计辅导，与市属 3 大投资公司分享"国有企业审计和风险防控"知识，与湖北援藏干部人才分享《援藏项目资金风险管控》，累计 510 人次参训。积极讲好审计援藏故事，持续传播安徽审计好声音，撰写 60 多篇援藏宣传稿件和经验体会文章在《中国审计报》《安徽日报》等媒体上发表。书写援藏故事《在山南》被《中国审计报》采用发表。接受《中国审计报》专访，畅谈"用热心、爱心、真心援藏"。

奉献爱心，皖藏一家

受审计厅机关党委委派，中华人民共和国七十年大庆前夕，我赶赴措美哲古小学，开展"皖藏一家亲，共祝祖国母亲 70 华诞"捐献活动，捐赠市值 1 万余元的保暖衣物和学习用品。在这里，很多农牧民的孩子从小就要远离父母，集中到县城上学，没有父母的陪伴，与家相距数百公里，生活、学习完全靠自己。在孩子们的眼中,有对知识的渴求,更有对外面世界的好奇。穿上新棉衣、拿到学习用品,孩子们别提多开心了。临别时,我们和孩子们合影留念,他们拉着我们的手,久久不愿松开……一天往返,两次翻越4800多米的鲁古拉山口,海拔升高,耳朵轰鸣,连说话的声音都发生了变化。长途奔波,人确实很累,但回忆起孩子们一张张天真的笑脸,觉得做这件事很有意义,我感到很快乐。每当看到与儿子年龄相仿的小朋友时,时常会想起家里的亲人……给儿子写的信《援藏审计干部的一封家书》被国家审计署网站、"学习强国"等平台全文转载。

走访亲戚,翻山越岭

为宣讲党的扶贫脱贫政策,我们多次到作为帮扶对象的农牧民家中结对"走亲戚",翻山越岭,走进村庄,送去慰问物品。往返需要三个多小时的跋涉,跨越4000多米的高海拔,我累得气喘吁吁,嘴唇发紫。在对口扶贫对象牛措姆老人的家中,一进门,房屋正中悬挂的"五位领导人画像"和"习近平总书记与西藏各族人民心连心画像"格外醒目。老人家看到援藏干部来了,开心地捧出奶渣,倒好酥油茶,还给我们献上洁白的哈达。每次我们去的时候,牛措姆都会激动得热泪盈眶,连连说"突及其"(意为"谢谢")。有次回来的路上,一辆大货车迎面撞来,车后面的拖挂厢甩到最前面,停在与我们车不到一米的距离,着实让车上的人胆战心惊。

抗击疫情,心心相连

对我来说,2020年最难忘的一天,是大年初三这天。当时全国疫情形势十分紧张,合肥街头几乎看不到人,那种空荡荡的感觉让人纠心。山南人民群众的健康时刻牵挂着每一名援藏干部的心。那天,作为援藏干部的一员,我和援友佘海舟冒着危险,开着车到处寻找快递公司,想方设法把好不容易争取到的口罩、额温计等防疫物资用最短的时间邮寄到山南,尽快交到藏族百姓的手中。在疫情形势渐渐好转之时,我和援友们积极与西藏对接,3月18日就赶回了山南。在短暂隔离之后,我们审计"小组团"的3名同志(另两位同志是安徽省审计厅电子数据审计处陈云飞和投资审计处沈学刚)立即投入紧张的援藏审计工作之中,加班加点,争取把耽误的时间弥补过来。

手拉手,团结融情

2020年国庆假期、2022年春节前夕,受省援藏工作队指派,我负责组织协调"皖藏手拉手·皖约藏遇"皖藏青少年民族团结融情交流主题营活动。山南青少年民族团结交流代表团共有160名学生分两批到合肥、芜湖、宣城等地参观交流。在泾县,他们在潭水悠悠中感受李白"桃花潭水深千尺,不及汪伦送我情"的心境;他们走进鸠兹古镇探寻徽商足迹,领略徽州文化;在合肥清华启迪科技城,他们进入神奇的科技世界……我还清楚地记得返回西藏前的一天,12岁的尼玛杰姆说:"我学到了很多知识,也增长了见识,感觉不虚此行。"短短的八天时间,我每天在朋友圈发布山南青少年来皖交流图片,有时一天数条。照片里孩子们心潮澎湃,我也感同身受。这是一次皖藏两地青少年手拉手的融情之旅,也是一次汉藏民族青少年的融合之旅。

援藏辛苦,生命愈宽

这三年,我感受着与内地完全不同的藏族文化和地域风情,身体的很多指标却越过了健康临界线。白头发增加不少，我的面颊也有了明显的"高原红"，尿酸指数达513，超临界值83个指标。在高海拔县曾经两次经历高原反应讲不出话，脸憋得通红，幸好有藏族干部及时送来压缩氧气瓶，让我赶紧躺下，才慢慢缓过劲来。白天工作忙起来，没有想那么多，身体的种种不适还能承受，但是夜间经常低压缺氧、头痛失眠，还要忍受漫漫无际的孤独。尤其是夜深人静时，一个人躺在宿舍，常常思念起家人。父母年事已高，爱人在合肥市审计局财政处工作，平时工作很忙，在家里既要照顾年迈的父母，又要辅导孩子学习。但每次和爱人视频，她都叮嘱我安心工作，不要牵挂家里。援藏期间，家中两位至亲在一周内先后离世。每每想起这些，我心中五味杂陈。老父亲叮嘱我："清清白白做人，干干净净做事。"我也深知，自己身上有更大的责任和义务。人活一世，不能只顾自己的"小家"，而忘了国家这个"大家"。

援藏，是一份艰辛的工作，而人生因援藏变得精彩，生命因援藏变得更有意义，在我们每一个援藏干部心中，让先进技术和理念在高原开花结果，就是我们的最终目的。虽然独自一人在西藏，既要克服高原恶劣的自然条件，忍受高原反应对身体的伤害，又要想方设法帮助当地干部提高业务水平，很累，很辛苦，但我想，对每一名援藏干部来说，都是甘之如饴。当格桑花开满草原时，那绚丽的色彩中，饱含着每一名审计援藏干部无尽的情怀。

2021年10月，审计署宣传中心拍摄的援藏纪实片《这里是山南》在审计署微信公众号上线。在藏期间，我连续3个年度考核优秀，荣立个人三等功，先后荣获省审计厅和省援藏队"优秀共产党员"称号。2021年5月，荣获"安徽青年五四奖章"。2022年5月，荣获省审计厅"青年审计标兵"称号。再过两个月，我的援藏任务即将期满，我深知，我已经成为西藏山南干部群众的一分子,我的肤色也深深印上了高原红,我的身心已经深深融入了这片雪域高原。即使回到我的家乡,我仍然会为我的第二故乡——山南,为推动山南审计事业发展贡献自己的一分力量,继续用更多的文字来宣传西藏,让更多的人来关注西藏,用热心、爱心、真心支援山南,把更多的力量和资源吸引到支援西藏山南的伟大事业中。

山南市琼结县安徽蔬菜基地

我和山南结下的不解之缘

作　　者：沈学刚

派出单位：安徽省审计厅

受援单位：西藏自治区山南市审计局

初到山南

旷远的天空，巍峨的群山，雅鲁藏布江奔腾不息，西藏——一个遥不可及的圣地。2019 年 7 月，我怀揣着对西藏的向往与热爱，背负着对亲人的不舍与挂念，随同安徽省第七批援藏干部抵达这片神奇的土地——西藏自治区山南市。初入高原，心慌气短和流鼻血等高原反应接踵而来，在援藏工作队总领队汪华东书记的带领下，在援藏医疗保障组的关爱下，我逐步克服了"高反"，进入新的角色——西藏自治区山南市审计局援藏干部。

深入山南

经过短暂休整，我很快进入了工作状态，积极帮助山南市审计局农审科、经责科项目主审次仁德吉和索朗美多修改并整理扶贫审计报告，先后参与修改和审理山南市审计局审计报告（送审稿）数十份，参与修改山南市审计委员会第一次会议材料等重要事项。经过初步的磨合，局里很快安排我主审山南市洛扎县边境小康示范村建设项目。项目资料基本审核完成后，我们审计组在金秋十月踏上征程，前往山南市最远的边境县——洛扎县踏勘项目现场，同时带着调研基层审计机关的任务。我们一早从山南市乃东区泽当镇出发，经过琼结县，翻越海拔4900多米的高山进入哲古草原，再经过措美县城，翻过数座海拔5000多米的高山，傍晚时分才到达洛扎县拉康镇。这是一条还在修建的柏油路，其中措美县到洛扎县的一段盘山路正在修整，一边是高山，一边是悬崖，路基还没有完全铺好，不时还有石头从山上滚落，跌入路边的悬崖，久久听不见回声。我们等着大挖掘机从山上挖起大块石头压实到路基上，车子跟着挖掘机的履带印记缓慢通过，车子上的我全程紧紧抓着扶手不敢松开。藏族司机次罗笑着对我说："这是山南最险峻的路了，你走了这趟后，再不会怕西藏的路了！"

我们在洛扎县拉康镇简单吃过晚饭后，就投入了紧张的工作中。通过前期调查，以及与项目施工单位和监理单位相关人员的谈话后，一直忙到深夜12点，才拖着疲惫的身体回到乡镇招待所休息。

第二天，早早起来，从拉康镇出发，我们先后看了3个乡的边境小康示范村项目点，从海拔3000多米的峡谷，一路飙升到海拔5000多米的边境小康示范村项目点，耳朵一直处于"背气"状态，但是沿途多彩的秋色美不胜收。特别是从拉郊乡到杰罗布边境小康示范村项目点，47公里的崎岖盘山土路跑了整整三个小时，才到达洛扎县最为偏远的边陲，沿途基本上是在云里行进。据说翻过项目点对面的山就到不丹国界了，望着这边十几户人家门头上迎风飘展的国旗，一股使命感涌上心头！

从洛扎县出发，翻越海拔5400多米的高山，经过海拔5010米、号称"天堂入口"的普莫雍错圣湖，到达浪卡子县城，一路上真正体验到什么叫"眼睛的天堂、身体的地狱"。

从浪卡子县到贡嘎县，再到扎囊县，一路行程紧凑，我们深入调研基层审计机关现状、存在困难和问题，以及下一步解决建议等，并撰写了调研报告。

主审的项目和调研报告刚刚完成，年底我又根据山南市领导批示，作为审计组副组长紧急带队审计贡嘎县和扎囊县国家烟草专卖局扶贫专项审计调查两个项目，近10亿元的产业扶贫项目，仅用时两周，全面准确地完成了专项审计调查任务。审计过程中，我认真细致地向审计组内人员传授投资审计的基本要领，获得审计组和被审计单位人员的高度评价。

跑遍山南

由于受新冠疫情的影响，2020年我们比原计划推迟了半个多月回到山南市工作。为了消除疫情带来的负面情绪，作为援藏工作队文体组组长，我组织105位援藏干部人才开展义务植树活动，进行4次学习讲座（宣传专题培训、摄影技术专题讲座、高原多发病和常见传染病防护等专题讲座），还肩负着"新闻官"的职责，撰写多篇宣传报道新闻稿件。在端午节来临之际，我们全体援藏干部人才还与藏族同胞共庆端午，开展了"讲好传统文化、凝聚皖藏亲情"的传统文化宣讲。入藏隔离结束后，我积极投入审计局周转房的危房鉴定和维修事项统计及申报工作，同时主审浪卡子县和错那县两县供暖建设项目专项审计调查，深入浪卡子县和错那县等高寒地区实地调查取证，同时沿途深入扎囊县、贡嘎县、浪卡子县、错那县和隆子县参与审计整改的实地调查。

我从贡嘎县出发，翻越5030米的岗巴拉山口，经过碧如蓝天的美丽圣湖——羊卓雍措，到达海拔4482米的浪卡子县城，紧张地踏勘县城供暖项目。做完供暖末端用户的问卷调查，匆匆吃过午饭，坐上车赶往错那县。

从浪卡子县到错那县，基本上绕了山南市大半个圈，大部分人没有走过这条线，咨询当地司机，初步确定路线后，我们就匆忙赶路了。一路上都是行走在海拔四五千米的"天路"上，大部分地方都没有手机信号，无法导航，我们只能边走边问路，偶遇的"阿佳啦"和"阿久啦"都很热情地给我们指路。途中，藏族司机次罗自信满满地带我们体验了一把山地和溪滩四驱越野游（走捷径误入小路），多亏了路边有人放牧，热情地带我们找到柏油路，经过八个多小时不停奔波，晚上10点多才抵达错那县城。

经过审计组辛劳的工作，浪卡子县和错那县两县供暖建设项目专项审计调查报告先后获得山南市委和市政府的高度肯定，西藏自治区人大常委会副主任、山南市委书记许成仓在报告上作出重要批示。

融入山南

2021年3月初，江淮各地已是春意盎然，回到西藏山南市，我们却换上厚重的冬装,3月的山南市偶尔还会飘起雪花。刚来一周,我就接到市政府的通知,陪同区审计厅审计组下县调研,这次调研路线经过的全部是山南市高寒县。

调研首站是山南市隆子县,虽然县城海拔只有3872米,"高反"并不严重,但不到傍晚县城便刮起了大风,风卷着沙尘直往嘴巴里灌,风带着寒气侵入脑髓。我们全副武装,实地调研踏勘边境小康示范村项目,与固边守边的藏族同胞一起围坐在火炉旁,喝着酥油茶,吃着风干牦牛肉,倾听着他们用质朴的话语叙说党的好政策,听党话、跟党走、报党恩,争做神圣国土守护者、幸福家园建设者。炉火映照着大伙儿黝黑的面庞,脸上更显得光彩夺目。

第二站是错那县,熟悉的路线,却有着不一样的风景,我去年到错那县是6月份,早已看不到雪花,今年沿途都有大雪覆盖,车辆沿着雪地车辙缓慢行驶,远处的雪山,近处的白雪相映成一色,仿佛行走在仙境一般。晚上我们下乡住在错那县麻麻乡,凌晨3点左右,我突然感觉床在水上漂了一阵,隐感是地震或者泥石流,朦胧中没有爬起来,却梦见灵魂出窍,发现自己的身体被"埋"在废墟中……7点多醒了,看见清晨的一缕阳光,迸发出"劫后余生"的感觉。早晨看新闻才知道,凌晨3时2分在西藏山南市错那县发生4.8级地震,震源深度25千米,我们住所离震中不足百公里。

接下来我们行至措美县、洛扎县,再到浪卡子县,又一次经过"蓝冰圣湖"——普莫雍错。295平方公里的湖面全部冰封,封冻的冰湖通透可见湖底,冰的裂痕与气泡遍布湖面,岸边是令人惊叹的冰浪,冰湖的另一侧就是世界上海拔最高的行政乡——普玛江塘乡。乡政府所在地海拔5373米,常住牧民居住地平均海拔为5500多米。躺在冰湖上,来一张美美的自拍,已然融入这壮美的自然中。

这一趟跑下来，3000多公里的行程，路过草原湿地、雪山圣湖，我一边对接各县相关部门，一边向区审计厅审计组介绍当地人文地貌，俨然成了地道的山南人。

三年援藏即将结束，一次援藏，一生无悔！西藏是一个遥不可及的圣地，是一片神奇的土地！我从初入高原时的心慌气短、流鼻血，到如今可以在5522米的山顶上喊出"依法审计、服务大局"的铿锵口号，可以赶上十多个小时的车程，行走在"天路"上，到达祖国最偏远的边陲，和当地藏民围坐在火炉旁，吃着生牛肉，喝着酥油茶。在西藏亲历过地震、塌方和泥石流，但也看见了世间仅有的蓝天白云、雪山圣湖，一次援藏行，一生援藏情！

珠峰峰顶

用行动践行援藏使命

作　　者：王少锋

派出单位及职务：安徽省交控集团池州桥接线项目办合同部部长

受援单位：西藏自治区山南市交运局

9月的洛扎,晨风刺骨;8点的街道,空无一人。站在街头可以看到街尾——这是我第一次到边境县城,这里国土面积5500平方公里,人口不足3万。

因为项目比较多,与县局的工作人员碰头后,我们早早出发。看到他们带了牦牛肉、馒头,我心里想:路上还需要吃东西?出来工作没那么矫情吧。越野车行驶在崎岖的山路上,偶尔可以看到路边行走的藏族同胞,然后渐渐地消失在我的视线之中。

看完一个项目到另一个项目,开车需要走一两个小时的山路,慢慢明白了西藏的地广人稀。"一上午只看了3个项目,而计划检查的项目还有40多个。"我心里盘算着。"中午不能再走了,肚子开始咕咕叫了。"同行的同志说。放眼望去,大山一座接着一座,看不到有吃饭的地方,后来才知道找吃饭的地方还需要开车两个小时左右,来回差不多半天时间。

我们在山腰找到一个空旷平地,停好车,就着凉风吃了早上带的牦牛肉和馒头。看着其他同志在那津津有味地吃着掉渣的馒头,我眼眶湿了,这对于他们来说是常态。不知怎么回事,这是我进藏以来吃得最饱的一顿饭,也使我深刻意识到援藏工作的意义所在。随后,我认认真真地看了每一个项目,去一次不容易,参加建设的人更不容易。

第二天,每到一个项目施工现场,我都会了解工程进度、质量与安全管理、变更情况等,现场指出存在的问题并提出整改建议。其中一个项目是藏族农牧民施工队伍参建的,负责人很热情,面带微笑地站在我旁边。我边走边讲,他边听边走,时不时朝我点头。我有点奇怪,试着问了一个问题,他没有任何反应。同行的人员跟我说:"他可以听明白简单的汉语,像你这样说话快,还夹杂着淡淡的陕西口音,估计他听不懂。"我当时一愣,深深地感到在工作过程中,不仅要提出问题,还要很好地传递给现场同志。后来的工作中,与藏族同胞沟通交流时,我总会问上一句:"听明白没有?不明白我再讲一遍。"

我在日常工作中就这样结识了很多藏族同胞,到现在他们有不懂的问题还给我打电话,我想这种友谊将会一直延续,这也是我援藏期间收获的最大的一笔财富。

这天,我接到通知,陪交通厅督查组检查公路建设情况。一大早就出发去了加查县,沿着雅鲁藏布江前行,沿途地势险峻,但风景如画,我又一次被中国最长的高原河流所征服。同时,在崎岖的山路上行驶让人揪心,幸好驾驶员经验丰富。下午3点赶到项目施工现场,陪同厅里查看完项目已经下午5点多了,按照厅里任务安排,晚上需赶回泽当,意味着还要赶四个多小时的回程山路。刚开始还很顺利,驾驶员技术很棒,等天黑了之后,周边漆黑一片,视线差了,错车风险开始变大。

突然砰的一声,经验丰富的驾驶员向左稍转方向,擦边而过,下车一看车子无大碍,保险杠凹下去一点,原来是差点碰到一头小牦牛。继续行驶,大家也精神了很多。差不多过了半个小时,又一阵砰砰的巨响,我以为撞到山脚石头上了,下车一看,撞死了两头牦牛,而旁边就是雅鲁藏布江峡谷,我们当时惊出一身冷汗。车子水箱撞坏了,引擎盖变形了,副驾驶的车门也变形得无法打开,车子无法重新启动,幸好没有人员受伤,这是不幸中的万幸。之后等来救援,我们换车回到了泽当。

三年来,我走遍了山南市12个县(区),82个乡镇,90%的建制村。交通人的工作始终是外出到项目第一线,跑得多了,行车事故是最大的安全隐患。

在藏工作期间,我始终坚持内心深处最真挚的想法,来到这里,我不一定能够干出轰轰烈烈的大事,但我要认真从容地对待每一项工作,待多年之后有值得骄傲的回忆。

最艰苦的地方才能绽放最美丽的雪莲,回顾近三年的援藏工作,不仅让我的身体和生活环境经受了人生道路上最艰苦的考验,更让我学到了"挑战极限、尽善尽美"的敬业精神。三年的援藏工作经历,是一段难得的人生历练，更是一笔宝贵的人生财富。它开阔了我们的视野，陶冶了我们的情操，增长了我们的才干，提升了我们的素质，特别是锻炼了我们在雪域高原艰苦复杂环境下工作的能力和团队协作的精神。

阿里地区普兰县玛旁雍错

金杯银杯，不如藏族同胞的口碑

作　　者：章新桥

派出单位：安徽省芜湖市第二人民医院

受援单位：西藏自治区山南市浪卡子县卫生服务中心

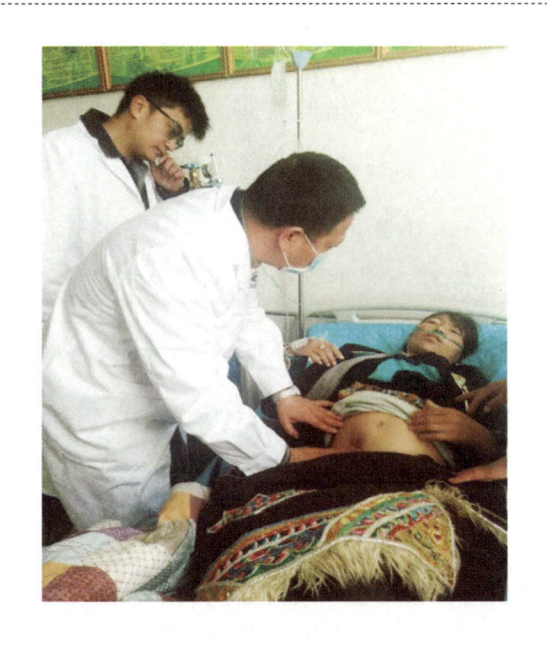

    自 2019 年 7 月进藏以来，不知不觉已有一年时间。在藏期间，我克服了高原缺氧、低气压等恶劣的自然环境带来的困难，迅速调整自己的身体和心理状态，积极投入援藏工作中。

    作为一名医生，我深知医院文化建设的必要性与重要性，因此，在完成本职工作的同时，我将关注当下、建言献策也视为自己的分内之事。在"不忘初心、牢记使命"主题教育学习过程中，我结合山南市浪卡子县人民卫生医疗方面的迫切需求,以及医院现阶段发展存在的问题,提出以下发展思路:一是加强医院党建和精神文明建设,二是加强医院文化建设和行业作风建设,三是争取尽快通过二级医院的评审工作,四是强化医院人才和学科建设。这些建议,因为有着一定的积极作用与较强的可行性,受到当地卫生主管部门的肯定。

9月份,我和全院职工共同努力完成医院的整体搬迁工作,23日至24日,分别组织医院医技人员及短期援藏医生对县普玛江塘乡和阿扎乡开展了义诊活动,深受藏区人民的欢迎。普玛江塘在藏语里有"世界之巅"的意思,那里平均海拔5373米,年平均气温零下7摄氏度,空气含氧量不足海平面的40%。在这高海拔地区,威胁群众生命的不仅仅是恶劣的生存环境,更主要的是由此带来的高血压、心脏病、肺炎、慢阻肺、肺心病等慢性疾病。受到客观条件的限制,我们医疗队义诊时带来的只有部分基础药物和听诊器、血压计等简单的医疗设备,既没有辅助的检查设备,又没有针对性的药物发放。我们化被动为主动,在百分之百地发挥现有条件的前提下,传授健康理念,提醒他们改进生活习惯;针对一些病情较为严重的乡民,只能反复叮嘱他们去医疗条件好的县、市级医院,做进一步的检查和治疗,希望他们健康、快乐、长寿。

真诚的服务,赢得了当地民众的交口称赞。那一刻,我们真切体会到什么叫"金杯银杯,不如藏族同胞的口碑"。援藏期间,除了认真完成本职工作,我尽可能地参与其他事务,在力所能及的范围内,奉献自己的一腔热情。在2019年国庆维稳期间,我和全院职工一起二十四小时在岗,圆满完成了国庆七十周年的维稳值班任务。10月24日至28日,又圆满完成了接待我原单位领导来我院进行慰问调研的活动。在医院的工作中,安徽短期援藏医生们坚持每周开展一次教学讲座。工作过程中,我积极组织人员参加疑难危重病人的救治和讨论,每周进行一次教学查房。在这半年时间内,我们先后开展了无创呼吸机治疗 RDS,无痛人流及无痛分娩,超敏 C 反应蛋白、心肌酶谱三合一和电解质分析等新项目。

经过前期与芜湖市第二人民医院及芜湖、山南两市的电信部门多方协调和通力合作,2019 年 12 月 11 日,浪卡子县卫生服务中心作为远程诊疗成员单位,通过网络参加安徽芜湖市第二人民医院与中国电信芜湖分公司举行的"5G+智慧医疗"战略合作签约仪式,正式开启智慧医疗模式。

此次通过建立双方战略合作关系,浪卡子县将依托芜湖市第二人民医院"5G+智慧医疗"建设,利用远程示教提高医护人员医疗技术水平,实现优质资源的共享。下一步,通过 5G 远程医疗应用的推广,将有效解决浪卡子县短板,填补县卫生服务中心远程医疗领域的技术空白,为保障和改善民生、促进社会和谐稳定贡献力量。"对群众来说,可通过 5G 网络实现的远程医疗,使患者就近享受更加安全、高效、优质的医疗服务,在县里就能得到内地专家的权威诊断意见和治疗建议,为患者节约了一定的医疗费用,确保逐步实现'小病不出县、中病不出市、大病不出区'的目标,助力浪卡子县卫生事业蓬勃发展。"此次活动被"快搜西藏"报道并获得好评。

2020 年 1 月,我在回芜湖休假期间参加了芜湖市援藏宣传工作。2 月份按照山南市委组织部统一部署,服从疫情防控工作要求,居家做好自我防疫,并采取电话与网络的方式联系对接援藏工作,其间还参加了社区疫情防控志愿者活动。3 月 18 日进藏并进行居家隔离,隔离结束就立即返岗,积极参与等级医院创建工作,经常加班加点。医院自查结果满意,于 2020 年 6 月 9 日向山南市卫健委书面汇报创建工作,并申请山南市卫健委近期内组织专家来医院评审。6月上旬，浪卡子县阿扎乡、卡龙乡与打隆镇小学和幼儿园发生水痘和手足口病传染，我积极组织安徽省短期援藏医疗专家去现场参加救治工作，手把手地指导乡镇卫生院医护人员，并与县卫健委及疾控中心工作人员积极协调，联系自治区疾控中心调配相关疫苗，使感染疾病的儿童得到及时的隔离和治疗，确保学校的正常教学秩序不受影响，得到县领导及受影响的学校领导、学生家长一致好评。

6月23日起，我和医院领导邀请了由山南市卫健委党组书记孙红章，副主任其米拉珍带队的评审督导组以及市人民医院组成的专家组对县人民医院创建"二级乙等综合医院"进行初评审工作。在历时三天的评审中，专家组分为院感组、药事组、医疗组、护理组、行管1组、行管2组，6个小组分别对县人民医院医疗服务、医疗质量、医疗安全、医院管理等各方面进行了详细认真的检查指导，评审督导组全程跟踪督导。最后于25日召开反馈会，反馈评审结果。6月25日，县人民医院创建"二级乙等综合医院"初评审反馈会议圆满结束，顺利通过评审督导组、专家组实地初评审工作。

成绩固然可喜，但已属于过去。以这些成绩为基础，我将不忘初心、砥砺前行，勇于担当、不负使命，让援藏工作成为自己人生中一段璀璨精彩的回忆。

做新时代援藏的"徽骆驼"

作　　者：曹文磊

派出单位及职务：安徽省黄山市歙县副县长

受援单位及职务：西藏自治区山南市错那县委常务副书记

习近平总书记指出："援藏精神是中国共产党的一个崇高精神，是中国特色社会主义的一个显著优势。缺氧不缺精神，这个精神就是革命理想高于天。"带着这份革命激情，自2019年援藏以来，我一直努力践行"援藏精神"，争做新时代援藏的"徽骆驼"。

我所工作的错那县海拔4380米，属于高寒边境县，气压和含氧量只有平原地区的一半。初到错那的半年，头痛、失眠、厌食等问题时刻困扰着我,体重掉了10多斤,还出现了血压增高、心率加速、心脏反流等症状。我把这一切看成是自己对党性、对身体、对精神的一次次锤炼,而来自安徽省援藏工作队领导的关心、援友之间的帮助、在藏同志的友善,给了我顽强战斗下去的信心和勇气。

为了确保我们援藏期间的"政治安全、人身安全、工作安全",安徽省援藏工作队临时党委严管与厚爱相结合,把政治理论学习、红色警示教育等集体活动都放在周末休息日开展,让措美、错那、浪卡子3个高海拔县的同志能够回市里调整身体,并为我们配备了药品和监测仪器,定期安排体检。错那援藏工作组由马鞍山和黄山各3名同志组成,我作为组长,平时特别注重队员之间的沟通交流、互相帮助。记得刚到错那的第二个月,来自马鞍山的张和同志深夜忽然尿血,我们5人第一时间联系医院,顶着寒风陪他检查治疗,马鞍山的裴含龙、黄山的汪舜荣两位同志一直看护到第二天,直到他症状消除。我常与队员共勉的一句话就是:"西藏的条件确实艰苦,我们既然来了,与其苦熬,不如苦干,让援藏的时光更充实、更有意义。"两年多的相处,我们6名同志已经是工作上的战友、生活中的兄弟,我们努力去适应和克服高原不良反应,援藏两年半来保持了较好的身体状态、精神状态和工作状态。

在错那,尽管面临高原反应、语言不通和风俗习惯差异等困难,但为了让援藏措施更精准,让援藏工作质量更高,我坚持"一线"工作法,三个月遍访了全县9乡1镇27个村和县直相关部门,掌握了第一手资料。我忘不了,我们去有的村庄,早晨出发,深夜才能抵达,一个村只有十来户居民,他们扎根在祖国边境,为国戍边,如果不能让他们都过上好日子,怎么对得起他们的付出?我忘不了,很多藏族群众辛勤劳作了一天,看到我们的到来,立马端上糌粑、酥油茶,用最热情的方式欢迎我们的到来,如果不能让他们都过上好日子,怎么对得起他们的真情?我告诫自己,援藏这三年不能当局外人,不能当旁观者,要把错那当第二故乡,把错那群众当亲人,扑下身子好好工作,真正为错那办一些好事、实事。

我们聚焦项目援藏,努力改善边境地区基础条件。黄山、马鞍山两市援助了4000万元资金,我们高标准实施了曲卓木乡9组和郭梅村4组边境小康村建设,让93户312名农牧民群众从低矮阴暗的土石平房搬进了宽敞明亮的现代楼房。乔迁新居时郭梅村还专门举办歌舞活动,藏族大哥阿佳载歌载舞,欢庆拿到新房钥匙,那绽开的笑容至今还印刻在我的脑海。

我们聚焦产业援藏,努力帮助边境群众增收致富。错那县勒布沟有着50年的茶叶种植历史,是当地的特色产业和群众收入的主要来源。但勒布沟茶产业受到地形环境复杂、管理技术缺乏、思想观念陈旧等主客观因素影响,长期以来都存在茶园面积散小、茶叶产量较低、制茶工艺粗放、销售渠道狭窄、品牌附加值不高等问题。我看在眼里,急在心里,边境的产业发展不好,当地群众怎么安居乐业?怎么安心扎根边疆、守卫边防?我通过援藏项目对勒布沟老旧茶园进行改造,升级勒乡茶厂的厂房和设备,从黄山调运10万株优质茶苗进行茶种改良,联系黄山茶叶专家到勒布沟研究指导茶园管理技术、茶叶加工工艺。2021年开展"藏茶进京"活动,"勒仓莲"雪域毛峰和雪域勒红分别获得中国茶叶流通协会的特别金奖和金奖。还在北京老舍茶馆成功举办"勒仓莲"茶叶专场推介,勒布沟茶叶终于走向全国市场,当地茶业产值和茶农收入也得到大幅度提高。

我们聚焦守边固防,积极卫国戍边贡献力量。我清楚地记得,9月份雍布巡边时,白天在海拔4200米到4700米的大山之间艰难徒步穿梭,晚上室外零下七八度,我们住在没有暖气、没有网络、没有通电的简易板房,躺在钢丝床上窝在睡袋里,翻来覆去听着外面呼啸的风声和狗吠声,一夜无眠;7月份岗拉巡边时,踩着碎石从海拔4500米向5300米的山顶攀登,爬到山腰已经是疾风劲雪,上下一趟得花六个多小时,翻过一座山感觉已经筋疲力尽,但巡边的路还很长。当抵达目的地,在实控线画上中国国旗、写上"中国"二字宣誓主权时,当我们用尽力气喊出"请党放心,强边有我"时,为国戍边的澎湃心潮久久难以平复。我们去往边境的土路都是靠山临崖,坐在车上,大部分时间都在云雾中行进,有时靠山一面会滚落巨石,有时突然急转弯,万丈深渊距离车轮不到半米,巡边之行说是与死神相伴也不为过。尽管困难不断、危险重重,但每一次巡边,都是我接受爱国教育、增强国防意识的一次精神洗礼。两年来,我们共组织了错那县干部群众赴内地学习考察19批230人次;先后有28批次爱心人士和企业累计捐赠物资170万元。2020年6月以来,我们工作组每人结对一名品学兼优、家庭困难的学生,每学期都在学习、生活、思想各方面对其开展帮助。家属暑假来西藏探亲时,我带着妻儿坐了四个多小时汽车,去我结对学生索朗加措的家,送去了新衣服、学习用品、牛奶水果和生活费。索朗加措比我儿子大一岁,两个小家伙刚开始还比较生分,没一会儿就说起各自学校的趣事、喜欢的游戏之类的话题,聊得热乎起来,临走时依依不舍。还有我结对帮扶的3户藏族困难群众,他们的淳朴也令我深受触动。去年端午节,我带着粽子到旺堆家与他们一起过传统节日,向他们讲述端午节的由来,在吃粽子的时候,旺堆70多岁的妻子桑姆说道:"感谢援藏书记,我这辈子没去过内地,但今天尝到了内地的美食,粽子很好吃,我很开心。"这句话我到现在还记忆犹新。我觉得这些都是皖藏一家亲最生动的体现。

  三年援藏即将期满,其间有对家人的愧疚。2020年12月,奶奶去世,我没能赶回去送老人家最后一程。孩子也在作文中写道:"爸爸去西藏以后变得沉默了,更多时候是在工作,没空陪我了。"看到这些话,心里还是不免有些伤感,但我并不后悔!各级领导多次赴藏看望慰问援藏干部,援藏工作队领导在生活上嘘寒问暖、工作上帮助支持,家乡党委、政府和领导是我们在一线的援藏干部的坚强后盾,这些都让我感受到不是独自在战斗。我坚信,在新时代党的治藏方略指引下,在"援藏精神"的激励下,援藏工作必将一茬接一茬、一代接一代地干下去,援藏干部与西藏干部群众共同奋斗,努力建设美丽幸福新西藏,共圆伟大复兴中国梦。

拉萨市布达拉宫景区

梦想千帆竞 扎根一棵苗

作　　者：张中鑫

派出单位及职务：安徽省马鞍山市投资促进中心副主任

受援单位及职务：西藏自治区山南市错那县委常委、副县长

"舍我其谁挑重担，为观奇景上高山。"2019 年 7 月 13 日，我就是胸怀"到祖国需要的地方去"的情怀，履职错那县委常委、政府副县长，同时兼任安徽省第七批援藏工作队招商引资项目负责人，投身雪域高原的建设中。三年来，在山南，在错那，晒黑了皮肤，干裂了嘴唇，佝偻着腰身穿梭于山南的菜篮子工程、高原蜂蜜基地建设等招商引资工作中。

功夫不负有心人。三年来,通过开展广泛推介,实施精准对接,积极引进了安徽省水安集团、安徽省和县绿缘温室科技有限公司等11个重点招商项目,目前均已落地。此外还组织邀请山南市政府组团参加安徽省徽商大会,围绕山南市文化旅游、农牧业和民族手工业等特色优势产业,共遴选210家相关企业赴山南市参加招商引资专场推介会,签约项目21个,总意向投资超12亿元。

练就千层茧,化成冲天翅。三年来,我团结带领一帮援藏人,通过大力实施产业援藏,引进企业落户山南,增强了山南发展内生动力和造血功能,实现了高原特色产业重大突破。

回望来时路,感恩领导重视,谋划发展思路

安徽省第七批援藏工作队总领队汪华东同志多次在援藏工作会议上说:"让山南市人民在家门口吃上无公害蔬菜,要让山南成为全国知名的设施蔬菜生产基地。"他指出,一要满足群众需求,要根据山南老百姓的需求选择蔬菜品类,要形成生态农业的理念,把特色生产、生态观光、绿色采摘结合起来;二要注重就业优先,要形成带动能力,不光要带动周边贫困户就业,更要让周边老百姓学到技术、改进观念;三要放眼全国市场,不能局限在单个品种或一个地域来发展生产,要放眼于整个西藏乃至全国,要充分利用现代物流、现代信息技术,将销售网络覆盖到全区乃至全国。

回望来时路,我们稳扎稳打,工作扎实有序

山南市生态环境好,海拔高,光照强,常年气候干燥,病虫草危害轻,PH酸碱度偏碱性,适宜发展蔬菜产业,但是也存在技术人才缺乏、用工成本高、基础设施投入不足的问题。在山南市委、市政府、马鞍山市委、市

政府、安徽省援藏工作队临时党委的高度重视下，2019年下半年开始，两地有关部门通力合作，积极促成安徽和县绿缘温室科技有限公司与山南雅投就设施蔬菜建设形成合作。两家企业合作成立合资公司，内地企业负责提供技术支持、运营管理、销售渠道，本地企业在建设、运营、销售方面积极提供配合，生产满足当地市场需求的高效、安全、环保、有机的新型农产品，建设特色生态农业综合开发基地，未来有望形成立足山南、覆盖西藏、辐射全国的现代农业服务网络。

回望来时路，我们精心谋划，细化发展举措

安徽省马鞍山市和县被誉为"中国蔬菜之乡"，是安徽省设施蔬菜生产第一大县，长江中下游地区最大的菜园子，全国首批无公害蔬菜生产基地，国家级出口蔬菜示范区，国家现代农业产业园区。安徽省第七批援藏工作开展以来，积极推进山南市与马鞍山市开展设施蔬菜合作，促成山南雅投与和县绿缘成立合资公司，共同规划、设计、建设、运营高水平设施蔬菜基地（山南市菜篮子二期基地）。蔬菜基地项目占地1000亩，计划建设7万平方米连栋温室，8万平方米冬暖式日光温室，15万平方米双坡面保温温室；供电、供水、供暖系统；工厂化育苗流水线车间；农作物秸秆处理及有机肥发酵设备车间；物资仓库、农机设备、工人宿舍、食堂、办公室、园区土地平整、道路绿化等。项目投资约1.5亿元，主要开展蔬菜工厂化育苗、高品质蔬菜产品的研发与生产销售、生态农业综合开发、农业观光园建设、体验式农业观光游等内容。基地建成三年内，实现产值1亿元以上，在当地解决就业600人；后期打造主打体验、观光、绿色概念的现代设施生态农业基地。

回望来时路，我们联动帮扶，产业落地开花

和县绿缘温室科技有限公司进藏以来，主动开展试种工作，自2020年5月以来，试种了70多个蔬菜水果品种，特色的小番茄、网纹甜瓜、水果玉米等品种长势喜人。然而在项目落地过程中，公司也遇到了人员工资过高、资金拨付困难、本地配合不足、项目推进缓慢等很多困难。安徽省第七批援藏工作队积极协调相关部门，为安徽援藏企业保驾护航、排忧解难。经过近两年的努力，公司运营走上了正轨，在安徽省第七批援藏工作即将结束之际，和县绿缘公司已经实现日产高品质蔬果5万余斤，解决当地就业400人的可喜成果。相信在安徽援藏的持续支持下，在企业持续不断的努力下，高原特色蔬果产业一定会实现规模化、品质化的目标，未来有望成为山南首家主板上市的农业企业。

安徽省第七批援藏工作队发扬"老西藏精神"，攻坚克难，积极进取，实现了让和县蔬果在雪域高原上从温室、田野走向藏族同胞的餐桌，把特色农产品从高原输送到全国各地，为藏汉民族之间的交流、交往、交融作出了安徽贡献！

功成不必在我　功成必定有我

作　　者：李亮

派出单位及职务：安徽省合肥市庐江县发改委引江发展科副科长

受援单位及职务：西藏自治区山南市措美县发改委副主任

　　山河历遍，少年仍怀星辰之志；青春已逝，永葆赤诚与纯粹。胸怀冲破一切的力量，为梦想，援藏人永不止步！2019年7月，肩负着合肥八百万人民的殷切希望，合肥援藏措美工作组跟随安徽省第七批援藏工作队踏入雅砻大地。三年，在雪域高原安了我们第二个家。

　　发改委历来联系宽，辐射广，责任重大，使命光荣，领导关注，群众期盼，处于政府重要工作上传下联的节点位置。在各级党委政府的坚强领导和支持下，我暗下决心，要竭力为措美发展贡献安徽援藏智慧和自己的绵薄之力。

庭院里跑不出千里马，花盆里栽不出万年松

2019年7月13日进藏当天，我和张乐县长在一个房间休整，当时他的血压飙到150mmHg，我的心率和血压也超出在高原上的正常范围，保障医生给我们送来了氧气罐，嘱咐我们晚上互相照应，有问题随时招呼他们，并要求我们第二天早上到宾馆保障室复查。后来听说同行的援友因严重"高反"，第二天就要返回，当时我的心里就动了回内地的想法，想着"我为什么要来西藏"。

7月22日，我随工作组到达措美县。在欢迎会结束回宿舍的路上，有段100米的小坡路，当我走了大概10米的距离时，突然心跳加速、大口喘气、嘴唇发紫，陪我回去的发改委副主任朱正云感到非常紧张，立刻打电话给同事，让他到医院拿氧气袋送过来，我就这样一路走一路吸，才回到宿舍。晚上上床休息后，虽然吸着氧气，但始终睡不着，爬起来含丹参滴丸没用，吃速效救心丸没效果，胸闷气短，辗转反侧，一夜无眠。

我的家庭是典型的"男主外、女主内"的生活模式，妻子以前连孩子生病住院的手续都不知道怎么办，我进藏后，她忙内又管外。休假期间，我们在闲聊时她说，我刚走的那段时间，她感觉天都塌了下来，不知道该怎么度过这三年，但随着时间慢慢过去，她也被培养成了一个"女汉子"。有时候我们通过视频聊天，碰到她不顺心时，她就说："要你有什么用，你什么也做不了，也做不好。"二宝曾经问她妈妈，为什么别人的爸爸不去西藏，而自己的爸爸却要在西藏工作。有一次二宝放学后在公园玩时受了别的小朋友欺负，妻子和对方家长理论时，被别人打了，受了委屈还强忍着不告诉我，我知道后心里充满了愧疚。

宁可三年不出彩,不可一日不拱卒

高原缺氧、背井离乡,但我看到的依然是亚东书记身患高血压也坚持带领工作组进入一线调研、规划援藏项目、争取援助资金;张乐县长默默地在本职岗位上辛勤工作;省队领导身先士卒,且给予我们无微不至的关怀;母亲在住院时因为疼痛的折磨,吃不下饭、睡不着觉,暴瘦十几斤还不让家人告诉我,担心影响我工作……有了这些榜样的力量和坚强的后盾,我暗暗下定决心:好好干。我们庐江县发改委的主任曾经说过,发改委不是出成绩的部门,是服务的部门,做的都是为他人作嫁衣的事情。我心中深以为然。

千里之行力在风帆,使命之身践行足下

三年来,在全体援藏同志的共同努力下,措美援藏工作组围绕中心工作,竭力完成了援藏计划内重点项目,并开拓了特色计划外项目。

首先,顺上联下,做好重点项目对接工作。我们圆满完成"十三五"援藏项目期终评估工作。科学合理谋划措美县"十四五"援藏项目,其中学校净水系统项目,得到山南市委、市政府有关领导高度认可,并在全市予以推广。发表《浅析对口援藏资金投入对西藏中南地区旅游经济发展的效果及建议》论文一篇。严格履行建设程序,加强项目监管调度,稳步推进措美县援藏项目,其中"措美县哲古景区暨文旅产业发展"项目按照打造独具特色的风景品牌形象,形成自治区著名、国内知名景点标准实施。

其次,补缺补差,做好资金管理项目调度。三年来,我先后参与起草了《安徽省第七批援藏工作队项目管理办法(试行)》《安徽省对口支援西

藏山南市援藏项目管理暂行办法》文件,规范投资行为,保障资金运行安全,为援藏项目顺利实施提供强有力的政策支撑;发表了《援藏资金管理制度完善策略研究》和《援藏资金管理及风险控制》论文两篇;按照时间节点,制作调度表,统筹推进调度市直和三县的援藏项目。

再次,引进走出,做好招商引资,精准发力。三年来,我们先后组织邀请内地企业参加山南市2020年文旅大会、山南市2020年雅砻文化节,成功签署了旅行社联合促销协议、山南房车营地项目合作备忘录、山南市文化旅游宣传项目合作备忘录(合肥地铁)等协议。此外,还组织措美县招商团赴合肥考察招商,成效显著。

最后,做好宣传员工作,弘扬"援藏精神"。合肥工作组关于农牧、医疗、党建、项目、两地交往交流等工作报道,省队招商小分队有关工作报道被安徽省先锋网、"皖藏一家亲"公众号、援藏公众号采用发表,让更多的人了解、认识并支持安徽援藏工作。

锦绣三年不重来,未尽使命待接力。我们用近千个日子,在雪域高原绘就"快捷键"蓝图,用分秒必争的态度跑出"加速度"态势,更期待开启"未来新征程"愿景,祝福我的西藏,祝福我的措美,越来越好!

写给即将参加高考的女儿的一封信

作　　者：裴含龙

派出单位：安徽省马鞍山市和县农业农村局西埠农业服务站

受援单位：西藏自治区山南市错那县农业农村局

女儿小敏：

　　见信好！

　　很长时间以来一直想给你写这封信，担心你见信后压力更大，影响你学习，一直犹豫不决。小敏，离你参加2020年的高考只有四十天了，十多年的寒窗苦读将面临最后一次检测，也是决定性的检测，决定着你将来读什么样的大学和选择什么样的专业，为未来走向社会选择什么样的职业

写给即将参加高考的女儿的一封信

打下怎样的基础。今晚爸爸远在西藏山南市错那县职工宿舍里,想把心里的话写给你,希望你在高三最后的四十天里开心地学习、健康地成长,克服高考前的压力,圆满度过最后的高中时光。

小敏,进藏后我才知道援藏工作满三年的干部子女可以在西藏报名参加高考。听人说参加西藏高考,重点大学录取比例相对内地来说高一点,为这事我纠结了好几晚没睡好。在征求你和你妈妈意见时,你们俩都表示反对。你坚决在内地考,不论上什么大学你都接受。你的决定让我释然,你自小体质差,每次坐车都晕车,到西藏参加高考要进藏两次,一次办身份证、一次体检,爸妈也担心你的身体。既然放弃了,我想你会原谅爸爸没有坚持让你来的苦心。

小敏,在爸爸眼里你是一个有主见和懂事的孩子。从小学开始,你就品学兼优、乐于助人,记得在六年级时捡到钱包和银行卡,你主动交给了警察叔叔。小学期间,你凭着自己良好的道德情操和勤奋好学获得了"和县十佳好少年"的荣誉称号。初中三年,你曾代表班级参加过文化课竞赛、体育比赛,为班级夺得了荣誉。在全县参加高中实验班学生选拔时,你凭着实力如愿以偿地考进了和县高中实验班,为三年的高中生活创建了良好的学习平台。这三年里,你没有给爸爸妈妈添任何麻烦,没有同任何同学产生矛盾,只是在这三年里,你的身体倒是让爸妈担心。上高中后你勤奋学习,爸爸忙于工作,妈妈在企业打工,忽视了你的身体,你患上了慢性胃炎。当看到你喝治疗慢性胃炎的中药那痛苦的表情时,爸爸心里十分内疚,爸爸向你说声"对不起"。为了让你更好地学习,爸爸坚持要求你妈妈辞去工作,那是一份有养老、医疗保险的工作,你妈妈十分舍不得,希望你能理解做父母的良苦用心。

小敏,眼看就要高考了,爸爸内心和你一样,也充满着焦虑和不安。

近一段时间以来，你可能因为高考临近而压力过大，你妈妈告诉我，你有时不想吃任何东西，有时大半夜都睡不着。你妈妈关心你，你嫌妈妈烦，不想理她。你妈妈很难过，有时在电话里跟我说你的情况，我在这海拔 4000 多米的高原上，本身就有"高反"，你的心情就决定着我的心情。我时常安慰你妈妈，高考前孩子有烦躁的情绪是正常的，劝你妈妈不要太紧张和在意，做好你的后勤保障工作就行了。今晚爸爸想对你说，要正确面对高考，高考不是决定人生成败唯一的路，考不上 985、211 高校，不能证明你人生就没有路可走。985、211 高校就那么多，全国还有成千上万所高等学府，只要你认真对待每一天，辛勤地付出，一定会有好的收获。

小敏，爸爸进藏还有四十六天就满一年了，因为疫情，在内地待了将近三个月，余下的日子会在这高海拔的错那县和山南市来回奔波。进藏后几乎每天和你妈妈通电话了解你的情况。爸爸深感惭愧，在你高中最后一年离开你和你妈妈，报名参加了安徽援藏工作。同事们都责备我、批评我，说我对你不负责任。报名时爸爸问你有什么意见，你说没意见，并且还对我说："西藏我还想去呢，既然身体合格，干吗不去？组织上需要你就去呗。你不在家我上我的学，等我高考结束后就去看你，你在那边注意好自己的身体。"你的话，给爸爸进藏工作增添了信心。小敏，你真的长大了，更懂事了。去年 7 月 13 日的上午，你和你妈妈送我到高速路口，你知道吗？当汽车发动后，远离你和你妈妈时我流下了难过的泪水。我深知我不在家的日子里，你和你妈妈会十分辛苦。进藏后这将近一年的时间里，在安徽省援藏工作队所有同志的关怀下，我克服了"高反"、孤独、寂寞，现在基本上适应了这里的生活和工作。爸爸的好邻居、含山的张校长伯伯和马鞍山的张县长叔叔对我十分照顾，爸爸和同来错那援藏的黄山的同事们处得非常融洽。爸爸在错那农业农村局里努力地工作，尊敬领导、团结同事。爸爸坚信有你和你妈妈的支持，我会像安徽省第七批援藏工作队其他同事一样，圆满完成组织上交给我的各项任务。爸爸在内地工作时曾对同事们这样说过："在任何时候，对待工作要有种精神，一种如对待自己生命般热爱的那种精神。没有这种精神，工作就做不好，就谈不上爱岗敬业。"进藏后，爸爸这样跟组织上说："援藏工作是一件光荣的事，这件事情总要有人来做的；援藏工作就是为祖国边疆事业的发展添砖加瓦，尽我绵薄之力。"小敏，我可爱的女儿，没有哪一份事业是没有危险的，没有哪一件事情是一帆风顺的，这么大的国家没有自我牺牲精神怎么能行？今年的疫情，看看钟南山、李兰娟，他们那么大的年龄依然为祖国做贡献，他们是那么伟大，是那么辛苦，你将来走向社会无论在哪个岗位都要向他们学习，以他们为榜样来对待工作和人生。

小敏，"雄关漫道真如铁，而今迈步从头越"。面对高考，不要惧怕，它只是你人生道路上的一道美丽的风景线，无论成功与否，只要热爱生活、热爱生命，相信风雨后的彩虹会更加美丽、更加夺目。"路漫漫其修远兮，吾将上下而求索。"小敏，人生的路漫长而又艰辛，你要像古人一样，拥有一颗善待生命的心，拥有一颗追求真理的心。爸爸相信你未来的人生道路即使有坎坷，你也会勇敢地面对。

爸爸

2020年5月28日晚于错那宿舍

平凡的世界

作　　者：辛茂俊

派出单位：安徽省芜湖市交通运输综合行政执法支队第一大队

受援单位及职务：西藏自治区山南市浪卡子县乡村振兴局副局长

丁零零……

"喂,老婆,今天单位来电话了,我通过了组织考核,后天去市委组织部开会,过几天我就要去援藏了。"电话那头是一阵沉默,许久传来了啜泣声,紧接着是号啕大哭。我没敢吱声,等她哭完,我们谁也没有说话,就这样挂断了电话。我知道那是不舍的挽留。时间定格在 2019 年 7 月

6日。

7月13日,我辗转来到此次援藏的目的地——西藏山南市浪卡子县。

浪卡子县城,一座边境小城,隶属于西藏山南市,地处西藏南部的喜马拉雅山中段北麓,与不丹王国接壤,平均海拔4500米,其所属普玛江塘乡是世界上海拔最高的行政乡。

在高海拔地方生活和工作,降压药成了标配,吸氧成了必修课,头疼、胸闷、彻夜难眠这些都是家常便饭。上班、回宿舍,两点一线的工作生活汇成了这里的日常平凡,可正是这些平凡才彰显了喜马拉雅大山深处的不平凡。

2020年4月的一天,像往常一样,我和单位同事一起前往普玛江塘乡检查一个洗澡堂建设项目。在路上,"高反"如约而至,头疼、胸闷、晕车,全身说不出的难受,问了司机,得知方才走了一半的路程。为了缓解头疼晕车,我打开手机里缓存的音乐,一首电视剧《平凡的世界》的主题曲放飞了我的思绪。

平凡,是生活的本色。我们每一个人,对于这个浩瀚的世界来说,都是十分渺小、脆弱和微不足道的。这个世界上的悲欢、生死、穷富、成败,这些世事的变迁,于历史长河来说,无非都是些过往云烟。对于平凡,我素来都是这样认为的,直到读了一本书——《平凡的世界》。

我很喜欢路遥人生的源头——黄土高坡深处的陕北榆林。他的世界是平凡的,这只是黄土高原上几千几万座村落中的一个极其普通的存在。主人公孙少安与孙少平兄弟俩,在这个平凡的世界中不断超越所处世界的局促,最终从生活和灵魂上获得了自我超越的成功,谱写出一曲充满活力又沉重的生命之歌,向人们揭示了人生的自强与自尊、奋斗与拼搏、挫折与追求、痛苦与欢乐。

在平凡中看到了生命的不平凡,这影射的似乎正是世世代代生活在雅砻大地深山峡谷里的朴实善良的藏族同胞。

那种战胜困难、摆脱束缚的精神让我敬畏,启迪我们明白了一个深刻的道理,那就是我们需要怎么去生活,以什么样的态度对待生活。

2019年7月刚到浪卡子县扶贫开发办公室时,单位办公地点在三楼,我看到每个办公室里都准备着一个红色的大水桶,桶里面都标配一个水勺。我不解地问单位的吴刚团副主任,他告诉我这栋楼一直没有通自来水,喝水都要用这个大红水桶去对面的小广场那里接水,然后再抬回办公室。他说自己从部队转业来扶贫办都好几年了,县城面貌已经发生了天翻地覆的变化,也不知道什么时候这里才能不用抬水喝。我看着这个大水桶,徒手爬三楼已是气喘吁吁,不知抬着这桶水又是怎样的一种状态。2021年9月,通过相关渠道,我终于成功为受援单位筹集到资金64000余元,用于办公设备采购。现在我们每个办公室都配备上了自动饮水机,那个大红水桶也光荣地退休了。当我把这个消息告诉那位已是伦布雪乡乡长的他时,他舒心地笑了,说终于不用抬水了。

如果生活需要你忍受痛苦,你一定要咬紧牙关坚持下去。

2020年6月30日,工作队在普玛江塘乡开展党建主题教育活动,乡党委书记给我们说明了乡情,由于地处高海拔,自然环境恶劣,人均寿命只有51岁。有的人前一天还是活生生的,第二天就人去屋空了。一位黝黑皮肤的安徽籍公安小伙打趣说,在这里找对象难,他在这里工作五年了,连一次恋爱都没有谈过。他苦笑着道,现在眼前跑过一只土拨鼠都能分出公母来。可就是在这样困难的条件下,他却义无反顾地来到了祖国最需要的地方,咬紧牙关坚持着。

在今天这样一个大有可为的时代，每一个拥有梦想并在追梦的人都会懂得：只要你能够不屈不挠、艰苦奋斗、勇往直前，终能获得最后的成功。

作为援藏事业中的一分子，我也是平凡的一员，在这一千多个日子里，重复着简单而平凡的工作，虽然经历着各种艰辛，但正是有着许多和我一样平凡的人做着平凡的事情，汇聚在一起造就了不平凡的事业，也正是有了这样的经历，让我更体会到了坚持、忍耐、积极向上的进取精神的可贵。

世界是由我们这些平凡人撑起来的，只要我们有着坚定的信念，有着坚忍不拔对抗困难的精神，有着敢于拼搏的热血，有着对真善美的追求，我们依然可以从平凡中创造一个不平凡的世界。

"主任，到了。"同行的同事把我的思绪又拉了回来。看着这个建设得初具雏形的洗澡堂和忙碌的人们，这正是活脱脱的孙少安和孙少平们从事着的一件件平凡事，这所有的平凡人、平凡事聚集在一起，就彰显出一个个不平凡的你我。

三年的援藏生涯即将结束，新的一批援藏工作者也将奔赴而来，致敬生活和工作在这雪域高原上平凡的人们！

援藏家园里的"吉祥三宝"

作　　者：杨立生

派出单位：安徽省委宣传部

受援单位：西藏自治区山南市委宣传部

总是在离去的时候，才懂得平常拥有的可贵。

三年援藏即将结束，当我再次凝望安徽援藏家园楼，以及它所矗立的雪域高原上的雅砻大地时，内心竟是那样不舍与眷念。

2019年7月13日，当我第一次踏上西藏山南这片土地时，因缺氧而导致的强烈的高原反应就狠狠地给了我一个下马威，当时感觉三年的时间是那样漫长，漫长到一眼望不到头。现在，当将要离开这片奋斗了三年的土地时，感觉三年竟是那样短暂，短暂得似乎是转瞬之间。

时光不可回首,唯有记忆书写着无尽岁月稠。那援藏家园里的"吉祥三宝",是我艰难时刻的有力支撑和温暖依靠,引领着我坚守使命和责任,无惧痛苦和磨砺,坚忍前行和奋进,与咱们安徽省第七批援藏干部人才一起健康地来,一起平安地回。

备用钥匙

位于山南市乃东区安徽大道上的安徽援藏家园是我们援藏干部人才之家,也是平时召开会议和开展活动之地。这栋不起眼的楼房,因为一批批援藏干部人才的到来而有了烟火味,牵连着西藏与安徽乃至全国很多地方的交流与挂念。只要援藏干部人才微信视频能够连线得到的地方,对方都能看到援藏干部人才身后就是援藏家园那笃实而温暖的身影。

高原之上,低压缺氧之下,最难熬的不是白天而是夜晚。白天,有很多的工作和会议将时间填满,难有闲暇的时间,大家都将对西藏之爱、援藏之情化作助力皖藏交往、交流、交融之行,服务山南稳定发展、生态强边之实。由于高原和内地有将近两个小时的时差,在晚上10时左右,工作疲惫了一天的援藏干部人才陆陆续续地回到援藏家园,孤灯独影之下,身体已然瘫软,但心灵必须坚强,这也是他们一天当中最为放松的时刻。与远方的爱人视频说说话,接受孩子的撒娇与嗔怪,问问双亲的身体好不好……说话也是一件体力活,一边喘着气不敢大声说话,更多地选择静静地倾听,一边告诉家人一切都好,不让他们在家里担心。

援藏工作没有节假日之分,安排的值班、临时的会议,以及必须到办公室去协调和处理的工作,往往会将节假日割裂开来。平时的加班加点也是家常便饭,有时候大家宁愿加班时间长一点累一点,也不愿在深夜里经受整夜无眠的痛楚。

数星星、数绵羊,看书、看视频,想工作、想家庭,眼皮早就睁不动了,头脑却十分清醒。经历过很多次眼睁睁地望着窗户外的太阳慢慢从山峰后升起,又是一夜未眠的我,后来不得不每天晚上临睡前吃上一粒安眠药,虽然不能做到一觉睡到天亮,总算能够间歇性地眯上一会。毕竟睡好觉比什么都重要。

援藏干部人才一般都是独立居住。也不知从什么时候起,每名援藏干部人才都会配一把自家的门钥匙,交给队友和同事,以防身体不测,便于守望相助。每个人在交出这把备用钥匙的时候,都显得风轻云淡,都希望这把备用钥匙永远派不上用场,但是谁都无法确保紧急情况不会发生。一把备用钥匙,凝聚着的不仅是义无反顾的信任,也是重如千钧的托付。

我想,等到离开援藏家园的那一天,可能会有很多人想带走自己多配的那一把备用钥匙留作纪念吧。如果以后有机会再到西藏来,什么都不用带,梦是唯一的行李。

梦里家园,山高水远,匙短情长。

氧气罐

三年时间里,如果说我最离不开的是什么,那一定是氧气罐。进藏之前,从来没有想过自己会和氧气罐有如此亲密的接触。援藏三年,它牵系着我的呼吸,感知着我的心跳,揣测着我的健康。

记得刚进藏的第一个星期,头痛欲裂,睡不着觉,吃不下饭,抬不起腿,走不动路,全身瘫软无力,近乎到了身心崩溃的极点,一度怀疑自己还能不能坚持下去。有援藏医生告诉我,熬不下去的时候,就去吸吸氧。

相比于内地无处不在的充盈的氧气,海拔3500米以上的高原由于空气稀薄而含氧量低,氧气显得十分珍贵。三年的时间不短,为了不让吸氧成为生活的负担以及掣肘学习和工作,面对心跳加速、呼吸急促、嘴唇乌紫、鼻炎加重、难以入眠、血氧饱和度低等症状,起初我选择了抗氧之路,试图通过坚持不吸氧,让自己的身心慢慢地适应高原环境,更便利地投身援藏工作当中。

在坚持了将近四个月后,随着西藏冬天的到来,氧气越发稀薄,我感觉体力和心智都在急剧下降,体检之后发现心脏反流。医生一再告诫我要经常吸氧,以减缓缺氧对身体机能的过度损害。

我不得不找到一家气体公司,购买了4个氧气罐,居住的房间和办公室各两个,替换着用。其中3个大罐子,晚上休息和在办公室办公时用,1个小罐子,下乡出差时备用。

解决高原反应最管用的办法是吸氧。4个氧气罐,陪伴着我走过三年的援藏征程,很大程度上保障了我的身心健康,让我得以完成各项援藏工作。

氧气罐很沉,援藏情更真。这4个重量级的氧气罐,我会留给下一批有需要的队友,继续发挥它的莫大作用,为援藏干部人才的身心健康保驾护航。

在内地,于健康的人们而言,氧气罐基本上无用武之地。而对于身处雪域高原的援藏干部人才来说,氧气罐则是他们身心健康的得力保障和长远前行的踏实支撑。

在西藏,吸氧不是一件丢人的事,家用氧气罐很常见。感谢有你,虽然带管呼吸让鼻子受了不少苦,但身心轻松、舒缓了很多。

拐杖和轮椅的意外组合

不经意地想过年老腿脚不便的时候,挂着拐杖,坐着轮椅,穿行在人世间。只是没有想到，这一切来得那么地早，那么地意外，让人猝不及防，既让身体受到了很大的创伤，也在一定程度上影响了援藏工作，更让组织和同志们担心与牵挂。

2021年4月18日，周日，我参加完一场会议后返回援藏家园，途中与侧面突然蹿出的轿车相撞，发生交通事故。我被重重撞倒之后，撕心裂肺的疼痛阵阵袭来，隐约地感到骨头碎了，瞬间瘫倒在地，动弹不得。对方车主见状，立即搀扶着我上车，送我去山南市人民医院就医。医生立即予以制动并用石膏固定，叮嘱我要及时到上级医院进行手术治疗。检查和拍片结果显示左脚跟部粉碎性骨折，塌陷十分严重，并累及关节面。

在山南，骨折部位的撕裂肿胀和疼痛不适让我夜不能寐，生活无法自理，幸好有援藏队友们的热情帮助。爱人请假并及时赶到医院，见到我的那一刻眼泪止不住地流，终于可以有时间和机会陪伴着我了。过了一周之后，等到骨折部位肿胀减轻，手术才可以进行。手术从早上8时左右开始，一直持续到中午12时，创造了我人生中的很多个第一次。第一次住院治疗，第一次做手术，第一次打麻醉药，第一次在身体里植入人工骨、内固定和10多颗螺丝钉，第一次插导尿管，第一次装引流管，第一次绝对卧床静养，第一次感到能够正常行走便是人生最大的福气……

从手术室出来后，随着麻醉药效的逐渐减弱，镇痛泵也无法抑制刮骨剔肉带来的剧烈疼痛。疼痛并不可怕，可怕的是骨头长好所需时间的漫长，以及行动不便带来的抑郁情绪。

出院回老家静养了一段时间之后，两腿特别是受伤的腿肌肉严重萎缩，长短不一致，伤口愈合得也不是很好。经过较长一段时间后，才渐渐地能够单脚落地，于是开启了漫长且痛苦的挂拐锻炼康复征程。平时都是靠家人扶上轮椅，推着出去活动活动，看一看窗外的枝红柳绿和蓝天碧水。每一次去医院复查,都要使出浑身解数,同时又很期待。因为多复查一次,就预示着离康复又近了一步,也正好借机出去透透气。看到大街上正常行走的人们,是那样地心生羡慕。

于是,我自作主张地加大康复训练的强度,希望能早日独立行走,重返援藏岗位。再大的痛苦都可以忍受,忐忑和担忧的是可能引起的术后并发症,特别是后遗症,惭愧和对不住的是缺失了一段宝贵的援藏时光。

领导同事和亲友们的关心增添了我战胜伤痛的意志和勇气,拐杖和轮椅成为养伤和康复训练的标配。经历风雨,锤炼心境,负重前行,纵使身体受到重创,也无悔这三年充满真情的援藏征程。

遥望西藏,守望家园,那是我心灵深处的第二故乡。援藏时光里的"吉祥三宝",终会慢慢成为过去式,无法忘却的是那清澈蓝天掩映下的高山流水,以及雪峰白云生处的画里藏家。

踔厉奋发，笃行不怠

——回望援藏这三年

作　　者：张和

派出单位及职务：安徽省含山县教师进修学校副校长

受援单位及职务：西藏自治区山南市错那县教体局副局长

　　我叫张和，来自安徽省含山县教师进修学校。在我四十余年的人生历程中，"教书育人"四字似乎是我和我的家族始终绕不开的话题：家父是一名已退休的老教育工作者，专注教育几十载，桃李满园；妻子是一名乡村教师，扎根基层，硕果颇丰；我呢，一名小城教书人，沉醉于杏坛桃李，

立身于三尺讲台。而来到错那的这三年，历经高原精神的浸润和滋养，"教书育人"早已超越了立身的职业之需，已悄然融入我的血液深处，是继往开来的又一神圣使命。

我曾自嘲"灵魂深处有种不安稳的基因"，其实就是在迷茫中想努力寻找心之所向，更能促进自我成长、实现人生价值的诗和远方。于是，三年前，当得知马鞍山市有援藏指标时，我激动不已，立即主动请缨，接受组织层层遴选，并于2019年7月13日顺利踏上援藏之路。三年来，我真切体验到了"在高原工作，最稀缺的是氧气，最宝贵的是精神"。回望这三年，生活、工作、精神上得到的洗礼，是我一辈子的财富。

生活上遇到始料未及的"苦"

援藏前的"离别之苦"

我的教育起点是从乡村学校开始的，在县内辗转了4所学校。由一名好学的新兵，到负责全县教师职后教育提升的领导岗位，其中离不开"引路人"的栽培、领导的关心、同行的支持。基于对社会的感恩，不服输的我，在援藏的风险面前，毫不犹豫、毅然决然地选择了挑战。7月13日在全省援藏培训动员大会上，我代表第七批援藏干部慷慨陈词，誓将热血献高原。

宣誓结束后，我回到家里开始向我的家庭、老师、领导一一告别。面对陋室里年迈的父亲，看得出他满眼担心，但还是表露出对儿子选择的自豪。卧室内，面对瘦弱的妻子，我的内心是翻腾的：往后三年，她将独自抚养才十几个月大的小女儿，还有17岁即将赴天津上大学的大儿子，我甚至都无法护送儿子进入大学校门……好在爱人通情达理，她清脆地回答："就当送你去当兵、去驻守边防！"她递给我一本书，指着红色标注的一行字:"在教育这块平凡而美丽的土地上,有属于我们每个人的一亩田,只要你有心,你就能播种桃李,播种春风!"

置身高原的"身体之苦"

错那是一座坐落在喜马拉雅山脉东南麓的山城,平均海拔4400米,年平均气温零下0.6摄氏度。从山南市安徽援藏家园出发,距离错那小城228公里,翻山越岭驾车的测算时间却是四五个小时。援藏三个月后,我的身体达到了"极限承受"的临界点:血压高达263,心脏肥大,脑部腔梗,双肺多发结节,甚至深夜尿血。我头疼欲裂,日夜不能安眠,氧气插在鼻孔里却丝毫感受不到氧气维持人大脑正常运转的力量。2021年6月,我终于扛不住高原的自然力,因心肌缺血病倒,被送往南京住院医疗。即便是在这样眼睛时常充血、大脑运转不灵的境地里,我坚持带着氧气和速效救心丸跑遍了错那的边边角角,走完了全部中小学和幼儿园,一步一个脚印,努力践行着一名"徽骆驼"的援藏使命。

猝不及防的"意外之苦"

离开家乡时,虽有不舍,但好在父母安泰、妻儿坚强。才走进2019年的冬天,我从西藏援藏家园几次进入医院,治疗缺氧引起的不适。恰在此时,妻子不堪重负病倒,小女儿肺部反复感染引发哮喘,每天雾化治疗,定期去南京问诊。手机的镜头常常是我在这头鼻孔插着氧气管,妻子在那头一边吊水一边照顾雾化治疗的娇儿,老家里的父母只能相扶相持、两头奔忙。这时候,人就不由得生发"健康真好"的感慨。而西藏这头的工作刚刚起步,一切都在等着我去助推。这种"家国"不能两全的窘境,至今犹在困扰我的心绪。这时候,男儿"许身立国"的精神,就是我战胜困难的支柱!

工作上收获耕耘勤勉的"甜"

俯身调研理头绪，谋划错那教育新发展

来到错那，就是走到了中印两国边境的尽头。面对错那教育的困难，怎么办？走下去、深入进去，"没有调查就没有发言权"——共产党员的领袖教导，是至理名言。整整三个月时间，我通过实地调研和数据分析，联合北京师范大学、北京国培京师教科院、安徽师范大学等高校科研机构，完成了对错那教育现状、发展瓶颈和可行性方向等诸多要素的科研分析，形成了翔实的分析报告，提交至错那县教育工作领导小组，供错那县教育主管部门参考决策。

"内联外接"培养队伍，人才才是发展的基石

我在前期调研的基础上，多方征求意见，拟订了援藏"教育扶贫三年行动"计划，筹划着分别从"教育管理干部、骨干教师、一线课堂"三步入手，着力提高错那县教育基于"人"的教育综合素养。通过牵线北师大、首师大、安师大、川师大，申请教育扶贫计划，让错那县内符合条件的干部教师免费跟班学习。牵线含山县教育局，对口支援错那县3所学校，对接错那县3个教育工作室。为此，含山县三年财政拨付专款36万元，支持错那县教师专业发展。牵线山南市教育局，建立3所错那县合作共建基地校，通过"请进来、走出去"的方式，远近结合，长效推动错那教育再发展。

进课堂，把脉症结，设身处地解决教育难题

我始终给自己的职业定位是教师，援藏不久，我就向错那县委政府申请，把办公桌搬到学校去，搬进课堂里。三年间，翻高山，蹚河谷，行程近20万公里，重登三尺讲台送培20多次，观摩课堂500多节，撰写文章100

多篇，主持国家、自治区研究课题2个，躬身示范，不厌其烦，循循善诱，用自我行动引领错那县教育管理干部、教科研和骨干教师队伍优化发展。同时，引进区域外名师网络"送课"进山南、进错那。

扶贫困，援藏建边，不忘"汉藏一家亲"的重托

错那县教育服务区域面积大，地广人稀，孩子们学习条件不尽如人意。我除了牵线认领结对帮扶100多位家庭困难学生，还挖掘各方资源，动员社会团体和亲朋故旧，累计向错那县捐赠各类物资数百万元，个人还向贫困户一次性捐赠1万元。"暖小手""爱心水""结对帮扶"，已然成了雪域高原最温暖的天使。

精神上收获新鲜富足的"氧"

西藏，始终绕不开的一个困难就是高寒缺氧。来西藏工作，三年时间，考验的不仅仅是人的身体承受极限，更多的是考验援藏工作者的精神。我们安徽省第七批援藏干部，在工作队总领队汪华东书记的带领下，全面做好队伍管理、工作谋划、项目推进等各项工作，充分展现了我们安徽人的"徽骆驼"精神：吃苦不言苦，大爱献边陲。

预出发，立下三年行动军令状

还记得2019年7月13日安徽省援藏工作动员会上我的发言："我是一名老师，即将成为一名光荣的援藏干部，我希冀，也坚信，我，一定能够为世界屋脊之巅的格桑花盛开助力护航！"我也为自己即将赋予实施的三年时光定调：我是一名老师，是一名共产党员。我喜欢站在讲台上的自己，因为那个我才是最真实的我。在三尺讲台上，我经常以鲁迅先生的一句话开篇导入：我看一切的理想家，不是怀念"过去"，就是希望"将来"，对于"现在"这一个题目，都交了白卷，因为谁也开不出来药方；在三尺讲

台上，我也经常以习近平总书记的一段话激励自己：一个时代有一个时代的主题，一代人有一代人的使命。新长征路上，每一个中国人都是主角，都有一份责任。

再修身，病残不下火线守初心

三年即将过去，生命的历练也好，生活的体验也罢，回首来时路，为了不忘初心，总结三年生活，我觉得自己从内而外，再次修身。首先，我的身体在极度的缺氧高寒下得到了重塑：心脏肥大，心肌缺血，脑部腔梗，双肺多发结节，颈椎、腰椎关节畸形，身体的病变却促成了精神上的蜕变。我自觉，作为党员应投身时代洪流，在这里淘洗、荡涤，援藏的经历让我对理想的认识更加明确，对人生的道路更加坚定，塑造了我献身祖国教育事业的伟大灵魂。重创后带病回归，意志愈加坚韧。其次，经历边疆艰苦的教育历练，边疆教师孜孜不倦的教育情怀感染了我。在今后的岁月里，再没有什么困难能阻止我为中国特色社会主义新时代教育站好课堂上的"岗"。

庆余年，牢记党的使命待从头

三年转瞬即逝，我内心深处最柔软的惦记将一直魂牵梦萦着这里，因为我铿锵的热血已经融入了这片山河。我会始终牢记习近平总书记视察西藏的教导，我会始终记得"我是一名中国共产党党员"！我也无法忘记自己在日记中自勉的话语："虽不知这条路要走多长，但是我想——长或于心，短或于足。虽是夜深难眠，仍然坚持用内心的激流，问候高原的冷暖。即便生活寡淡如水，也一定要站成一棵树，活成自己想要的模样！"

援藏三年，我做得还很不够，但是组织上给了我莫大的关心和鼓励：安徽省脱贫攻坚记大功、"安徽省先进工作者""安徽省援藏优秀共产党员""马鞍山好人""含山县优秀教育工作者""汉藏联谊最美教师""最美错那人·最美错那教育者"——我想,这是组织上送给我医治"高反"的最良药方,也是鼓励我笃行不怠的最强力量!

作家海明威曾说:"生活总是让我们遍体鳞伤,但到后来,那些受伤的地方,一定会变成我们最强壮的地方。"我的错那三年,结束了,其间的酸甜苦辣,必定是我往后余生心头最强的声响!因为,优于别人,并不高贵,真正的高贵,是优于过去的自己。

感恩西藏这三年的哺育——收获成长!

到祖国需要的地方战斗——无比光荣!

山南市浪卡子县桑顶

皖藏情深担使命　天路使者在山南

作　　者：俞立新
派出单位：安徽省芜湖市公路管理服务中心
受援单位：西藏自治区山南市交通运输局高级工程师

　　援藏是安徽省委组织部赋予我的使命，也是我的荣幸。刚来西藏一个月时，我还没完全整理好思乡的情绪和适应高原反应。2019年8月的一天上午，普布顿珠市长带队督察"鲁琼大道改建项目"，我和查日副局长及山南市城投董事长、各参建单位负责人便早早在项目现场路边等候。之前因该项目工程质量、安全、进度等各方面均不理想，市长在市常委会上多次批评。于是,普布顿珠市长委托交通运输局派专业技术人员加强项目监督管理。我在接到局长交办的任务后既高兴又有些许的担心,高兴的是交通工程专业技术是我的强项,担心的是自己刚来高原不久,害怕身体不能够胜任。于是我带着复杂的心情去项目现场徒步几公里看了一遍,发现了很多问题,将存在的质量安全隐患及解决措施逐一编辑成信息报告给局长,局长将信息反馈给普布顿珠市长。市长在看到我的信息后,决定趁督察项目的机会和我见上一面。见到市长那一刻,我感觉他很慈祥,有很强的亲和力,他衣着朴素,没有一点架子。市长亲切地询问了关于项目的很多问题,随后拍着我的肩膀亲切地叫我老乡,当时我愣了一下随即反应过来,心想大概是山南市委书记许书记和我们第七批安徽援藏总领队汪书记都是安徽人的缘故。在陪同市长督察的过程中,市长的亲切和随和感动了我。结束了项目督察后,他当着市政府及相关单位领导、电视台记者的面,用充满期待的眼神看着我,说让我代表他对项目进行监管。当时,我的心情很复杂,甚至有点蒙。原来局长只是说让我去这个项目看两天,对工程质量把把关,现在竟然交给我如此重任,而我对口援藏的是山南市交通运输局,现在增加了额外的工作任务,加上局里的工作,感觉压力挺大的。但看着市长恳切的目光里对我充分的信任,我表示接受市长的重托,扎扎实实做好项目各项工作。我于8月底被山南市政府聘为"特邀督查专员",正式代表市政府对山南泽当城区所有市政道路进行全过程质量监管。在积极为山南市政府重点项目建设发展服务的同时,我毫无保留地将工程项目技术管理经验教给市工程项目建设参与部门和人员,主动发挥援藏干部人才的桥梁纽带作用,为山南交通运输事业发展注入新鲜活力。

聘为"特邀督查专员"以来,我始终牢记普布顿珠市长的嘱托,本着为人民服务的初心、对党和政府负责的态度，先后对"鲁琼大道一二期改建项目"和"泽当大道东延伸段项目"等一批重点项目实施工程质量监管，有效杜绝了多起项目安全质量隐患，切实提升各参建单位管理人员质量安全意识，大幅提高工程实体质量，有力推进项目施工进度，为山南市政府规避了较大的经济损失。

在"鲁琼大道一二期改建项目"中，当进展到左幅摊铺水泥稳定碎石基层前，刚刚降下一场大雨。施工单位因工期紧、任务重，未按照规范要求排除积水和晾晒、碾压工作面至设计要求压实度便开始施工，因此造成该段路面在运营时遭行车碾压后出现严重损坏，给政府造成巨大经济损失。我到达现场勘察情况后，立即指挥现场的摊铺机、运输车停止施工，第一时间通知业主、施工和监理负责人赶赴现场，责令施工单位将已摊铺路段返工处理，工作面按照规范要求进行整改恢复。针对此次质量事故，我迅速召开质量专题会议，使各参建单位管理人员的质量意识得到强化、思想受到教育。

在"泽当大道东延伸段项目"施工中，我在现场督查时发现K0+000-300段全幅约6600平方米均出现较多规则性横向裂缝，而施工单位即将进行该段水泥稳定碎石上基层的施工。我即刻进行了解和研究，随后发现供货单位为保证水泥稳定碎石强度，在生产水稳混合料时未严格按照设计和施工配合比生产，强制提高水泥含量后，出现水泥稳定碎石基层养护期间增长的强度大大高于原设计标准强度的情况，造成该段路面出现较多规则性横向裂缝。针对当前的严重质量问题，我立即要求停止施工，待整改处理合格后方可摊铺上基层。同时，我现场向业主和施工单位提出初步可行的处理方案，要求业主组织技术专家、各参建单位主要人员召开论证会议，较好地预防了后期运营期间沥青路面出现规则性反射裂缝质量事故的发生,又一次为政府挽回较大的经济损失。这样严抓工程质量的例子还有许多,每一次我都能够认真对待,妥善解决,切实体现了援藏干部的担当作为,贡献了援藏交通人的力量。

在市交通运输局工作以来,我注重发挥自身特长,以良好的专业管理水平和务实的工作作风,努力推动山南市交通规划建设和发展。多次参与自治区交通厅组织的对市偏远边境县边防公路交通建设规划实地调研工作。深入一线与县区政府协调沟通项目推进,对施工单位进场后续工作开展做明确安排,有效确保边境县专用公路项目工程的顺利开展和实施。多次参加市局组织的边境县专用公路水毁灾害现场实地核查工作,明确工程项目责任范围,安排设计单位对项目工程全线易出现灾害点位置合理加强防护能力设计,及时要求各参建单位加强专用公路灾后抢通、恢复开展各项工作任务,对市边境县专用公路建设严格质量技术管理,为稳边、固边工作奠定了坚实基础。坚决贯彻落实习近平总书记的治边稳藏重要战略思想,坚决维护祖国统一和领土完整,真正以实际行动争做神圣国土守护者,幸福家园建设者。

三年来,我始终以较强的责任心、出色的专业技术能力,为市政府严把工程质量关,充分发扬"特别能吃苦、特别能战斗、特别能忍耐、特别能团结、特别能奉献"的"老西藏精神",始终牢记"援藏一任、造福一方"的神圣使命,克服高原缺氧等重重困难,艰苦奋斗、扎实工作、团结拼搏、务实创新,为市重点项目建设发展和实现山南市"交通强市"做出贡献。虽然夏天的高原紫外线把我脸上的皮肤晒得黝黑,冬天的刺骨寒风在我脸上、手上割开一条条皲裂的伤口,但我始终坚持不懈地在烈日下、寒风中,每天上工地督查、下一线履责,对工程项目现场发现的质量隐患,我都能逐一从专业技术管理角度出发,耐心指导、教育和督促现场各参建单位管理人员认真排除工程质量安全隐患并完成整改。因此,我获得了时任西藏自治区副主席,山南市委副书记、市长普布顿珠(现任西藏自治区党委常委、拉萨市委书记)的高度认可,并亲自批示:"立新同志督查工作认真负责、敢于较真、把关严格、作风扎实,为我市重大项目建设管理做出了积极贡献!"

　　我不怕辛劳、忘我工作,贯彻落实习近平新时代中国特色社会主义精神,贯彻落实习近平总书记关于做好西藏工作的重要论述,传承、弘扬"老西藏精神"和"两路精神",认真学习安徽援藏工作队传达的各项文件指示精神,在安徽援藏工作队领导的带领下取得了优异成绩,树立了安徽援藏工作队良好的形象。我经常扪心自问"援藏为什么、在藏干什么、离藏留什么,怎样才能够不辜负自己来这祖国的雪域高原一趟",这三年的恪尽职守、勇挑重担、甘于奉献援藏事业正是给出了最好的答案。

山南市洛扎县卡久寺景区

赓续"老西藏"作风　发扬"援藏"精气神

作　　者：汪舜荣

派出单位及职务：安徽省黄山市休宁县五城镇中心卫生院院长

受援单位及职务：西藏自治区山南市错那县卫生服务中心副主任

　　时光飞逝，转眼间三年援藏已近尾声，我至今仍清晰地记得 2019 年 7 月 21 日在黄山市委组织部领导的陪同下来到西藏的情景。一下飞机，走在拉萨贡嘎机场的广场上，梦中的蓝天白云、雪域高原、神秘的西藏就在眼前。现实的天空比梦中还要蓝，比梦里还要近。虽然时值炎夏，但是远处的山顶白雪隐约可见，山峰间冰川俊俏耸立，这无疑就是人间仙境。

那时的我心情无比激动和自豪。

都说理想很丰满,现实很骨感。初到错那县卫生服务中心,我在新的工作岗位上,人员不熟、语言不通,工作难以下手。身体不适也逐步显现,稍事活动就气喘吁吁。头顶烈日,口干舌燥;迎面风沙,唇裂面枯;一日三餐,如同嚼蜡;凌晨醒来,口鼻渗血;深夜无眠,思乡更浓,心情一下跌入谷底,一度打起了退堂鼓。同行的援友们以"老西藏精神""两路精神"互勉,我也时常以习近平总书记说的"在高原上工作,最稀缺的是氧气,最宝贵的是精神"这句话自勉。想想自己是一名有十多年党龄的党员,这点苦与革命先烈流血牺牲相比,又能算什么呢!站在海拔4380米的错那小城,遥望远方,深吸一口气,心中默念:只争朝夕,不负韶华。

在错那县,我的职务是错那县卫生服务中心副主任,主要工作职责一是协助医院等级创建工作;二是协助医院班子提高日常管理水平;三是合理利用援藏资金、项目,进一步提高全县医疗卫生服务能力。如何按时按量圆满完成组织交代的三年援藏工作任务,我心中常常忐忑不安。我来自安徽基层,从事基层卫生院管理工作十余年,援藏三年时间里,"我能做什么,该做什么,留下些什么,带走些什么",这些问题聚集在脑海里,时常让躺在错那小宿舍里的我辗转难眠。俗话说,"打铁还需自身硬",只有先从自身抓起,才能更好地服务援藏工作。

度过了初入高原的烦躁期,我迅速沉身静心融入工作。2019年8月至11月,我利用四个月的时间,对本院及下辖卫生机构业务用房建设、人员及资质、医疗设备配备等情况进行了系统调研摸排,了解现存的主要问题,以便在政府投入及援藏项目中予以调整安排。同时积极参与医院创建办完成医院等级创建软件资料的整理,对照创建文件要求,与创建办同仁们一起加班加点,将资料分类成册备查。2020年11月,在全院人员共同努力下,医院顺利通过二级乙等综合医院评审。

我深知,专业技术援藏的最大目标,就是要给雪域高原留下一支带不走的人才队伍。于是我统筹规划,充分利用援藏项目资金,制订三年骨干医务专业技术人员培养和交流交往交融计划。参与并完善了医院制度建设,不定期主持检查各科室人员掌握和严格遵守医院核心制度情况,提升了服务内涵。协同每年短期医疗援藏同仁们制订带教计划,精心组织实施一对一"传帮带"工作。每周一至周五实施教学查房制度,对每一位住院病人从病因、症状、诊断、鉴别、规范治疗等方面进行详细讲解;每周组织病案讨论,每月定期开展常见病、多发病医学讲座和临床急救技术操作培训;每季举办医学"三基三严"技能培训和考核。功夫不负有心人,只要努力付出,就能开花结果。短期援藏医生和山南市人民医院轮转医生成功开展了错那县首例剖宫产合并育龄妇女结扎手术、腹腔镜手术和人工膝关节转换手术。现在,县医院在带教下能常规开展剖宫产及下腹部手术;内科常见病、多发病救治进一步规范,医疗急救水平进一步提高,医疗文书书写进一步规范,医院整体医疗服务能力进一步提升。

2020年9月,错那县部分小学和幼儿园学生中出现手足口病疫情,我和短期援藏同仁们义不容辞地接下疫情防控工作,奋战十余天,对全县小学与幼儿园600多名学生进行病情筛查、防控和治疗,防止疫情扩散,保障了学校工作的正常开展。在新冠肺炎疫情防控及疫苗接种期间,我自费印制宣传手册,深入疫情防控前沿卡点进行分发宣传;带队进驻乡镇驻点进行疫苗接种;充分利用援藏"三交"资金,组织错那县卫健系统骨干人员10人赴黄山市参观交流学习,七天的时间里,实地参观了休宁县医疗、妇幼保健、疾病预防控制机构,交流了医院制度建设、绩效考核、信息化、智慧医疗、乡村医生签约服务等项目。

赓续"老西藏"作风　发扬"援藏"精气神

夜深人静之时,拨通家人电话,听到远在万里之外的年迈双亲和妻子哽咽的声音,我不禁泪流满面,彻夜难眠。父亲年已80,双耳失聪,二级残疾;母亲七十有六,患有高血压、脑梗死。我本该承欢膝下,略尽孝道,但看着一个个藏族同胞患者康复,走出医院,我内心悄然流过一股股暖流。

一次援藏行,终生援藏情。在接下来的援藏工作时间里和今后的工作中,我将秉承"功成不必在我"精神,坚定"功成必定有我"信念,发扬"艰苦不怕吃苦、缺氧不缺精神"的"援藏精神",为雪域高原错那县卫生健康事业和建设团结富裕文明和谐美丽的社会主义现代化错那,贡献绵薄之力。

山南市全景

脚踏实地干事业　雪域高原献真情

作　　者：王霆

派出单位及职务：安徽省芜湖市湾沚区文旅体局副局长、区文化市场综合执法大队大队长

受援单位及职务：西藏自治区山南市浪卡子县发改委（粮食和物资储备局、经济和信息化局）副主任、副局长

　　我常常在想，只要心存激情，树立崇高的人生理想，人生总是充满着奇妙的际遇。2019年，已四十不惑的我经过层层选拔，通过政审、体检等程序，于7月13日踏上中国西南边陲的大地——西藏，将自己的职场生涯抽出宝贵的三年来奉献给这神圣的雪域高原。

　　回首2019年的6月，安徽芜湖的夏季闷热难耐，我忙完招商接待任务，忽然先后接到区委组织部和区招商局的电话，说芜湖市要组织干部参加援藏工作选拔，我是区文教卫旅招商中心专职负责人，招商经验丰富，

基本条件符合西藏山南市浪卡子县招商工作的要求,如果去的话,能帮助那里理顺招商工作程序,引进符合当地特色的招商项目。如果我愿意的话,还要经过体检、政审、面试等诸多程序,希望我能主动站出来接受组织的挑选。拿到报名文件,我仔细地阅读,觉得条件很严格,一条一条列举了很多,脑海里浮现出纪录片画面中藏区自然条件的艰苦,不禁对"援藏"二字充满了崇敬与向往之情。去参加选拔还是不去?说实话,我的内心是复杂的,因为我的父亲2010年患上了尿毒症,2014年开始每周一次血液透析,才能保持正常生活的状态,每次透析都要乘车到芜湖市弋矶山医院,我过去在乡镇工作和在局机关工作之余的大部分时间,就是尽一切可能根据父亲就医的时间去照料他。当时我还放心不下正在上初中的女儿,我一旦参加援藏工作,照料孩子学习和生活的重担就全部压在其他家庭成员的肩上。

　　回家之后,父亲看到我沉默寡言,看出我有心事,再三询问之下,我把援藏的事情告诉了他,平时话不多的父亲居然表示了理解与支持,他缓缓地说道:"援藏是我们国家的一项国策,你作为干部,组织上既然希望你报名参加选拔,你就要有勇气和担当,自古忠孝不能两全,舍小家顾大家,趁自己年富力强的时候能去祖国的边疆奉献,是一种莫大的荣誉!"在父亲的勉励之下,母亲和妻子也表示了支持,妻子说:"虽然古话说父母在不远游,但是游必有方!这个'方'就是神圣的援藏事业。你放心去参加选拔吧,如果录取了,就放心地去工作,孩子有我照看,现在不是可以视频通话嘛,我和女儿每天晚上通过微信能和你聊天!"

　　有了家人无私的支持和鼓励,我毅然去区委组织部填写了申请表。接下来的大半个月,我参加了选拔的各个环节,直到最后接到市委组织部的正式录取通知,我才真正意识到,我即将到一个陌生的艰苦环境,去寻找人生新的坐标！打点行装出发当天，老父亲因为身体原因没有到现场送我，但已与我在出发前做了彻夜长谈。怀揣着老父亲的千叮咛万嘱咐，一向男儿有泪不轻弹的我，在集中出发点，含泪拥抱了母亲、妻子和女儿，不敢回头地上了车。从7月13日傍晚下飞机的那一刻起，我就告诉自己，要把自己转变为西藏人，用实干、苦干、肯干的劲头为西藏奉献！

时光荏苒，岁月如梭，转眼三年期的援藏工作即将结束。三年来，在安徽省第七批援藏工作队临时党委的坚强领导下，在同仁们的帮助下，我努力克服高海拔地区对身体的不利影响，在艰苦的一线工作环境中团结拼搏，扎实苦干，认真履行安徽省援藏工作队产业发展和招商引资专业队队员、浪卡子县发改委副主任的工作职责，倾情投入山南市招商引资、浪卡子县援藏项目编制与申报实施工作中。

充满激情地为援藏事业谋思路、出实招

三年援藏期间，不知多少个日夜，大家集思广益，为浪卡子县的援藏项目的编制和实施献计献策。我作为集体的一分子，感受到了火热的工作激情，积极参与制订浪卡子工作组三年援藏工作计划，谋划工作思路，协助完成了浪卡子县援藏工作组临时党支部成立筹备工作。主笔完成浪卡子县援藏工作组"1+2+3+N"工作方案制订上报工作，撰写的《浪卡子县援藏项目资金管理办法（送审稿）》获浪卡子县政府常务会议通过，参与制订了芜湖市对口支援山南市浪卡子县工作方案。为了不辜负组织的信任和难得的援藏机会，我积极推动浪卡子县援藏项目落实工作出成效，顺利编制出本批次芜湖市计划外援藏项目。浪卡子县打隆镇边境小康村1500万元建设资金已全部拨付到位，农牧民群众已搬迁入

住。基层党群服务中心建设一期30个村（居）已完成规划统计并分步实施。援助山南市政府的两台考斯特中巴车，已于2020年6月初交付给山南市政府。

想方设法积极协助争取社会援藏资金助力脱贫攻坚，帮助浪卡子镇琼姿奶牛场购买10万头奶牛，帮助多却乡农业合作社购买5万元苏格绵羊饲料，用于扩大生产经营。

顺利完成了党政代表团、财政局助力专项债发行，城建助力城市建设等双向交往交流交融活动8批次120人次。帮助对接芜湖市工商联企业家代表团捐赠农牧生产设备等物资25万元、慰问农牧民群众10万元，签订产业就业岗位100个等。

在疫情防控期间，我克服困难，积极协助筹措防疫物资，分3批次联系筹集口罩8万只，由安徽省援藏工作队捐赠给山南市政府，向浪卡子县政府捐赠口罩3450只。

因地制宜，着力"靶向招商"文旅产业

我按照安徽省援藏工作队"政府搭台、企业唱戏"的产业发展思路，积极参与函请安徽对口援助合肥、芜湖、马鞍山、黄山四市文化旅游主管部门带队来藏考察洽谈工作。2020年7月，共有30家文化旅游相关企业应邀参加山南市文化旅游发展大会并达成投资意向。

积极推动安徽芜湖奇瑞汽车有限公司参与环羊卓雍措体育旅游市场深度开发，将沿湖环线打造成拥有汽车拉力赛、汽车露营基地、野外篝火表演、自驾旅游等产品的"旅游+体育"产业体系。参与对接联系三只松鼠股份有限公司来山南市浪卡子县进行考察，将浪卡子县的风干牦牛肉与国家地理标志产品苏格绵羊进行商品化包装营销，并将其纳入三只松

鼠全国电商平台销售产品项目。

我参与组织的浪卡子县文化旅游推介会在芜湖成功举行。2020年6月19日,由安徽省援藏工作队、浪卡子县芜湖援藏工作组、芜湖市文旅局、浪卡子县人民政府共同组织的西藏浪卡子县文化旅游推介会在安徽省芜湖市成功举行。芜湖市各县区文旅主管单位以及10余家旅游企业、20家知名旅行社、15家省内媒体,以旅游推介、文化展示、旅游资源招商引资、特色产品推广等多种方式,全方位、多角度地将山南市和浪卡子县的文化旅游资源呈现在世人面前。

我积极服从组织安排,参与筹办2021雅砻文化旅游节。历时两个月的紧张工作,在当年节庆活动的招商引资推介会上共成功签订项目5个,签约意向资金逾24.7亿元。

我立足于安徽省援藏工作队招商专班工作平台,配合省工作队依托西藏特色、地方特色,在广泛调研的基础上,对招商方向进行了梳理。全面推出文旅招商十大项目,精心设计印制《西藏山南市招商投资指南》,详细介绍投资要素和项目情况。纲举目张,招商工作方能有的放矢。2021年以来,我参与对接的安徽和县绿缘公司与山南市雅投公司合建蔬菜基地项目、西藏蜜蜂文化主题生态体验园项目等,均逐步投产建成并取得了良好的社会效益和经济效益,另外,在手洽谈推动的招商引资项目线索达11条。

投身援藏文艺活动与社会公益事业放光彩

我的职场生涯里曾经从事的一份工作是广播电视台的节目主持人,从事媒体工作达十三年之久,有丰富的电视节目主持和大型文艺会演节目主持的经验,普通话等级是一级甲等。在藏区完成本职的行政工作之余，我的文艺天赋和专业水平受到了安徽省第七批援藏工作队的重视，工作队不断给我锻炼机会。2020年9月28日，我被安徽省第七批援藏工作队临时党委会议确定为节目主持人，在山南市与安徽卫视《安徽新闻联播》主播刘杨波共同主持了"皖藏两地一家亲　同心共筑中国梦"2020年庆国庆·迎中秋文艺演出。

2021年6月28日，在安徽省第七批援藏工作队的安排下，我在山南市主持了"读好书　学党史"读书分享活动，隆重纪念中国共产党成立一百周年暨西藏和平解放七十周年，获得了领导和同志们的肯定。

2021年12月，我被山南市博物馆聘为普通话培训义务培训讲师，利用双休日和节假日，到博物馆，为那里的藏族讲解员纠正普通话发音，训练接待礼仪、讲解礼仪。为了让教学通俗易懂，我创新方法，采取讲故事、互动交流、临场发挥等多种方式，在欢声笑语中达到了教学目的。从一点一滴开始，逐步打好普通话的基础，很快有了成效，使他们的普通话发音水平有了显著提高，每次上课之前，有的学员还主动打电话提醒我，生怕落下一堂课。

水滴石穿，绳锯木断。我自知一分耕耘，一分收获。既要有情怀、有理想，更要有实干、有担当！我在藏区工作时，每每想起年迈体弱多病的父亲，想起妻子在夜晚陪伴女儿苦读，想起老母亲辛勤地操持家务，我就告诫自己，一定要脚踏实地干事业，用成绩来回报家乡，回报组织，回报亲人！2020年、2021年，我连续两年在浪卡子县年度考核中被评为优秀，同时，在省援藏工作队和招商专班、山南市发改委的肯定与考核推荐下，我获得了西藏自治区2020年全区"招商引资考核先进个人"荣誉称号。

作为援藏干部，我深深地感到，向山南人民交出一份满意的安徽援藏答卷是一份荣誉和责任！我必须抢抓机遇、精准发力，加快援藏项目建设进度。对山南来说，推进援藏项目建设就是贯彻"稳投资、调结构、增动能、惠民生"的发展理念，就是推动山南经济高质量发展和生态环境高水平保护，就是通过实际行动维护祖国统一、加强民族团结、推进长治久安！

山南市桑日县桑耶寺景区

平凡中坚守 坚守中奉献

作　　者：戴军

派出单位及职务：安徽省宣城市郎溪中学体育教师

受援单位及职务：西藏自治区山南市第二高级中学体育教师

　　时光荏苒，转瞬之间步入2022年，三年援藏工作已接近尾声。回想2019年6月，我有幸成为安徽省第七批"组团式"教育援藏队的成员，现在仍能清晰记得进藏时的誓言，也牢记来西藏的使命，但给我感触最深的还是两个词——坚守和奉献，在平凡工作岗位上的坚守和奉献！回顾三年援藏的经历，有艰辛、有感动，更有满满的自豪。

2019年8月13日,刚踏上西藏的土地,我就开始产生"高反"了,作为一名体育教育工作者,因为身体原因,我与一起来的老师相比更难适应西藏的环境,有时稍稍运动一下,便喘得厉害,晚上更是呼吸不畅,难以入睡。到西藏后短短几个月时间,我瘦了30多斤。记得有一次上课前做准备活动,我给全班54个学生依次做了检测,活动后,学生陆续出现了头痛、胸闷、心悸、失眠、口唇发紫等高原反应,血氧饱和度最低的只有79%,心率最快的达到了155次/分。我自己也是呼吸急促,刚给学生示范完动作,就出现难以呼吸的症状,但为了能完成教学任务,我强忍着,带着学生们加深呼吸、放缓动作,调整自己身体的状态,用自己的行动以及身边的人和事,告诉学生们什么是体育精神、什么是健康生活方式……在蓝天白云下,我面对这群可爱的"高原红",传递着"团结协作、顽强拼搏"的体育精神!此刻我才真正明白"在高原上工作,最稀缺的是氧气,最宝贵的是精神"这句话的含义,如果不来西藏,我这辈子也无法真正体会为什么"最宝贵的是精神",只是空喊半辈子"我是体育人"的口号罢了。来到西藏后我才发现,原来之前所有刻意贴上体育精神标签的努力都是徒劳,只有全身心参与援藏时,即使是平凡的坚守,也能成为拥有"体育魂"的体育人。

到西藏后,我慢慢地适应环境,当完成教学任务对我来说不再困难时,我又有了新的想法。作为"组团式"援藏团队的一员,我认为"组团"的精髓在"团",这里的"团"有三层含义:一是组团,安徽省来援藏的20名老师是一个团队,大家应该心往一处想,劲往一处使;二是团队,援藏的教师除承担教学任务外,还应充分发挥桥梁作用,将内地与西藏的教师组成学习团队,开展联合教研活动;三是团结,通过学科教研活动,促进汉族与藏族的交流,促进民族的团结、融合。在与援友们商量之后,我们决定发挥桥梁作用，与西藏的教师组成学习团队，以课题研究为平台，促进西藏与内地、藏族与汉族的交流，互相帮助，共同成长。

经过半年多的努力与准备，我们创建了受援学校体育学科的数字资源库，资源库中不仅有常规的数字资源，如教学设计、课件、图片、音乐、视频文件等，还有特色校本课程，如锅庄舞、太极拳、五步拳等，展示西藏与内地的体育传统文化，促进了民族间的交流。

建设数字资源库是一个漫长、枯燥的过程，学习各种视频加工、音频处理等信息技术，需要花费大量的时间。但付出总会有收获，我与巴桑次仁老师一起撰写的论文《数字化教学资源建设的尝试与思考——以西藏山南市第二高级中学体育与健康学科为例》，2021年5月在《中国信息技术教育》上发表，杂志社编辑在推荐时评价道："这是西藏山南市第二高级中学两位一线教师，关于数字化资源建设与应用的实践成果的文章。他们一位来自安徽郎溪，是援藏教师，一位是当地的藏族教师，两位作者以质朴无华的语言，讲述了自己在数字化教育资源建设与应用实践中的做法和体会。……这既是一篇关于教育信息化的实践、探索性文章，也是一篇蕴含着强烈的教育工作者时代责任感的文章，很值得一读。"

在援藏团队有一句话"援藏为什么，在藏干什么，离藏留什么"，援藏期满后，如何留下一支带不走的"援教团队"？通过课题研究，我们探索出来一条路，将融入新课改理念的教学内容以数字化资源的形式保留下来，课题组收集、制作、加工，形成了200多个教学设计、60多个课件、45张动作分解图片，以及近百个微课、短视频，可以突破时间与空间限制，让西藏的老师与同学们随时随地学习，能有效将受援的效果持续下去，也可以让接棒援藏的老师更快进入工作状态。

援藏，收获的是成功的喜悦，但也出现过彷徨，甚至无助的时刻。当家中女儿手臂骨折时、当年近80岁的老父亲因腰腿疼痛卧病在床时,我真想立刻飞回他们的身边,尽自己做父亲的责任、尽自己做儿子的孝心。在熬过不眠之夜后,第二天的我仍然会全力投入工作中,继续奋斗。"组团式"援藏给了我一段不平凡的经历,让我成为一名曾奋斗在青藏高原上自豪的体育人!

归期将至,纵有千般不舍、万般留恋,仍将踏上归途,学无止境、教无止境、研无止境,但我最想说的是,奉献更无止境!

普莫雍错迁徙过冬的羊群

把梦想的种子播撒在雪域高原

作　　者：金慧琳

派出单位及职务：安徽省潜山市梅城中心小学少先队辅导员

受援单位及职务：西藏自治区山南市第二高级中学组援办主任

　　三年前，从未想到自己有一天会到西藏来，更没有想到自己能够成为援藏教师；三年后，未想到时间过得如此飞快，自己和西藏的感情已然难舍难分。

　　2019年8月，告别年迈的父母和即将中考的儿子，我从富饶的江淮大地奔赴壮美的雪域高原，从淮河岸边的鱼米之乡走进雅江河畔的苍茫大地。转瞬间，已在山南工作了三年，这一千多天是我人生中最愉快、最难忘的一段经历，也是最为宝贵、最值得珍藏的一段时光。此时此刻，坐在办公室写总结报告，窗外的雪山、白云依旧如三年前进藏时那般美丽，回望这一路走来的点点滴滴，一幅幅画面、一幕幕场景、一处处变化、一缕缕憧憬，是那么的清晰、那么的难忘、那么的眷恋，让我的心情久久不能平静。

　　回望在山南这三年时光，我内心充满了感恩、感激、感动。感恩组织的关心培养，让我有教育援藏、为山南教育事业贡献绵力的机会，教会我读懂这个时代，使我懂得信仰和敬畏；感激工作队启我茅塞的领导、旁指曲谕的同事，教我洞悉人性的光辉，使我懂得包容和谅解；感动于山南这方高天厚土的神秘、藏源文化的神奇，让我体验别样人生，使我懂得了铸牢中华民族共同体意识的重要性、民族大团结的磅礴力量，更加深刻感受到皖藏文化交往、交流、交融，走深、走实、走心带来的无穷魅力。

　　三年来，行路不止万里，历事何止千般。当第一次走进山南二高的课堂，和藏族孩子面对面、零距离交流时，深感藏区青少年思想政治教育的匮乏，意识到加强学校思政教育已经是刻不容缓。于是，我主动向校领导提出自己的设想、工作方案和具体措施，并和校领导立下"军令状"，承诺用一年的时间，和政教处的同事们一起，努力提高学校将近3000名学子的思政教育水平。我积极联系区外教育资源，结合山南二高学生的实际，一点一滴筹划着自己在山南的第一个梦想——思政课堂。

　　三年来，我努力在弘扬红色经典教育与"四讲四爱"群众教育实践活动结合上做文章。在安徽省第七批援藏工作队的指示和支持下，我先后组织策划"我和我的祖国"大型主题活动、以"讲好传统文化　凝聚皖藏亲情"为主题的端午节文化系列活动、"皖藏两地一家亲　同心共筑中国梦"庆国庆·迎中秋文艺演出活动；组织实施"开学第一课"、"勿忘九一八"、"感党恩、唱红歌"、瞻仰烈士陵园、听革命前辈事迹报告等爱国主义教育活动;在疫情防控期间,组织学生利用网络,在线参观"西藏农奴解放六十一周年图片展"、开展"做文明网民"大型主题活动。通过回顾西藏和平解放、民主改革、西藏自治区成立这一段历史,使学生加深"没有共产党,就没有新西藏,就没有西藏老百姓的幸福生活"的认识。同时还帮助孩子们坚定不移地维护祖国统一、维护民族团结,反对国家分裂。2020年12月,我参与撰写的《用主题实践活动强化学校立德树人功能——安徽省援藏团队致力于将山南二高打造成德育教育高地》,荣获自治区首届"两融杯"教育教学成果及展示活动一等奖第一名,教育教学改革成果得到西藏自治区教育厅、安徽省援藏工作队充分肯定和人民网、新华社、《中国教育报》《经济日报》等主流媒体广泛报道。可喜的是,在我们援藏老师的共同努力下,如今的山南二高,已经成为西藏自治区高中思政德育教育标杆和高地。

三年来,在狠抓学生思政教育的同时,我开始追寻第二个梦想——积极尝试推动文化融合。我们都知道,各民族交往交流交融是中华民族共同体形成、发展和繁荣的内在动力,藏汉两族人民因不同的生存环境,不同的生活习俗,不同的宗教信仰而形成了文化差异,如何推进民族文化交流交往交融,是我寻找到的新的工作方向。通过开展多方面、多层次、多维度的统筹部署,我努力把徽文化代表符号——黄梅戏,带入藏区学生课堂。还记得第一次介绍黄梅戏的时候,学生们的眼睛透露出一丝迷茫和兴奋,迷茫是因为还不了解,兴奋是因为他们似乎对黄梅戏很好奇。很多学生虽然感兴趣,但是不敢发声,我尝试着采取"先学汉语曲调、再学藏式唱法"的方式,成功探索并开创性组建全区首个"藏语黄梅戏学生社团"。经过一学期的学习,学生们渐渐打开了心扉,敢于和我分享他们日常生活中的点点滴滴，敢于站上舞台进行表演，在他们身上我看到了成长，也感受到了身为一名教育者的喜悦。

三年来，我积极借助各类大型活动平台，推出以黄梅戏代表性曲目《女驸马》为蓝本的《藏式女驸马》，在校内外获得极高赞誉。同时，充分挖掘优秀"徽文化"对思想教育的引领和渗透作用，以思政课方式向全校师生宣讲《徽文化在山南二高思想教育中的实践》。为进一步铸牢孩子们中华民族共同体意识，我积极做好文化嵌入式教育、文化浸润式发展，引导藏区孩子一起，过同样的节、唱同样的歌、吃同样的饭、跳同样的舞。通过具体的文化实践活动，我不仅关注知识内容的传授，更关注以实践活动启发学生对爱国主义内涵的领悟；不仅注重意志行为的规范，更注重文化实践对推动学生综合素质提升的作用，使每位藏族学子都能点燃他们内心向上、向善、向美的火苗。

三年来，我始终遵循着"点石成金"的教学理念，践行着"让每一位孩子都摘到梦想中的星星"的育人目标。在藏的每一天，我需要比以前更加认真地去备课，不但备教材，还要备学生，因为这里的孩子对我们授课方式方法比较陌生，语言交流有一定障碍，开始教唱的时候，他们因为胆怯记不住歌词，也不敢发声，为了缓解"梗塞"的情况，我努力改变以前的教学方式方法，直接走到他们中间，鼓励他们，结合藏族孩子独特的发声特点，用自己总结摸索出的独特的教唱方法，一字一句引导他们训练。哪怕只有一个学生唱了，也会在班级里点名表扬他，我希望能够通过自己无比肯定、赞许的眼神和表情，给他们以自信，点燃他们内心的爱国热情。孩子们一点点的进步，都会给我带来"增添工作新动力、谋求工作新进步"的信心和决心。如今，参与演出的孩子们都已经是第三批学生了，他们都是通过学长们的演出爱上了黄梅戏，学校许多藏族学生也都能哼唱几句黄梅戏。

"只有打动学生,才能影响学生。"在到学生宿舍走访时,我的学生次仁措姆说:"在金老师来西藏之前,我从来没有听过黄梅戏,接触之后发现它的唱腔流畅质朴、通俗易懂,很有感染力,让我在紧张的学习之余感到放松。"阿旺色珍说:"我是一名艺术生,通过学习黄梅戏让我认识和了解藏戏之外的戏曲,我以后还要走出西藏,走出高原,去学习更多的艺术形式。"当孩子们将黄梅戏唱得韵味十足、身段有模有样,藏语版黄梅戏响彻雪域高原的时候,我真的无比骄傲和自豪,心里满满的是幸福。文化的交流,也必将加快民族团结和民族交融。如今,黄梅戏的种子已经种进了藏族孩子们的心田,从陌生到熟悉,再到熟练,黄梅戏已经成为山南第二高级中学孩子们生活中不可或缺的一部分。通过皖藏元素交融,已经打造铸牢中华民族共同体意识的山南二高范本。在安徽"组团式"援藏团队三年来笃行不息、倾尽全力的培育与爱护之下,爱我中华的种子已悄然在山南二高学生心中生根、开花结果。这一颗颗种子经过时间的孕育,必将如同坚韧的格桑花一样在边境之地、雪山之巅处处盛放。

"教育,就是用梦想点亮梦想。"2020年9月,我勇敢接下学校两个汉族学生班班主任重任,接下了这份工作,我不仅要督促好孩子们的学习,还要照顾好他们的生活起居。于是我又有了第三个梦想——做高原上孩子们的"金妈妈"。既要当好班主任,又要当好藏区孩子"春风化雨的好老师"。援藏队领导们、援友们和校领导给了我莫大的鼓励和支持,给忐忑的我吃了一颗定心丸。每天早起与孩子们一起晨读、一起做操,每天细心观察孩子们身体情况与心态思想的变化,深刻感受到做孩子们的"金妈妈"那种忙碌的幸福。当然,孩子们也以100%的达线率,给了我最好的回馈。

时间就像燃烧的柴火,转瞬即逝,但我们援藏教师,不能只是一根柴火,烧完就没了,而要做一个火种,能够带动一片人,薪尽而火传。"援藏教师"这四个字,在我的心里一直有着神圣的地位,因为这个"平凡而又不平常"的身份,背后承载的是组织的信任和期许,是学生的信任和爱戴。我将继续追求教学进步,用一诺千金的真诚、金石为开的勤奋、点石成金的踏实,用心用情彰显安徽援藏人的担当,用力用智肩负教育援藏的使命,把梦想的种子播撒在雪域高原,让每一颗梦想的种子都生根发芽,茁壮成长。

　　在这里,有一条路叫安徽大道,有一所高中叫山南二高,有一栋楼叫安徽援藏家园……这些饱含安徽元素的地标,见证了皖藏两地人民的深厚友谊,也展现了一批又一批安徽援藏人所付出的辛勤和努力。今后,无论有多少长梦,最深之梦境必定是山南,最多之梦境必定是雅砻,最美之梦境必定是这三年。

为高原而生 为教育而来

作　　者：李敏
派出单位及职务：安徽省巢湖市第二中学副校长
受援单位及职务：西藏自治区山南市第二高级中学校长

永生难忘的日子

2021年，伟大的中国共产党建党百年，西藏和平解放七十周年，大事多，喜事多。7月的西藏，和风送暖，万里浩荡，习近平总书记来到雪域高原，带来党中央的亲切关怀。7月23日，我作为全国优秀援藏干部人才代表，在西藏首府拉萨受到总书记亲切接见，这注定是我永生难忘的日子,这一天,是我援藏的第 744 天。和我一同受接见的还有山南市委副书记、常务副市长,安徽省第七批援藏工作队领队汪华东同志。

"援藏精神是中国共产党的一个崇高精神,是中国特色社会主义的一个显著优势。缺氧不缺精神,这个精神就是革命理想高于天。你们在高原上,精神是高于高原的。"时至今日,总书记动情的话语始终在我的耳畔萦绕,不断激励着我,牢记嘱托,以更大的努力去开拓进取,为西藏长治久安和高质量发展做出更大贡献。

到祖国人民最需要的地方去

2019 年 7 月,我服从组织安排,怀着"我不去,总要有人去"的朴素想法,跟随安徽省第七批援藏工作队远赴雪域高原,担任山南市第二高级中学党委副书记、校长,安徽省新一批"组团式"教育人才援藏工作队队长,开始为期三年的教育援藏工作。

进藏后,我克服高寒缺氧之艰苦、生活条件之清苦、远离亲人之孤苦,主动谋事、用心干事、努力成事,和援藏教师一起努力,为越来越多的西藏孩子插上梦想的翅膀。

创新工作思路,开展特色工作

山南二高是山南市唯一一所自治区级示范高中,学生来自全区 7 个地市,教师来自全国 20 多个省市,师生人数 3000 余人,办学规模处于全区前列。我紧紧围绕"立德树人"根本任务,制订德育实施方案,构建具有山南二高特色的大德育工作体系,努力形成德育品牌,打造雪域高原上的德育高地。

2019 年 9 月,我组织山南二高全体师生开展"我和我的祖国"——庆祝中华人民共和国成立七十周年大型主题展演活动,在海拔3700米的雪域高原,3000多名汉藏师生同唱一首歌、共跳一支舞,以饱满的热情为中华人民共和国生日送上祝福。活动受到新华社、中央广播电视总台等各级媒体的广泛报道,反响热烈。《新华每日电讯》引用活动中的一幅照片作为报道习近平总书记在全国民族团结进步表彰大会上的重要讲话的压题照。

"只有打动学生,才能影响学生。"为加强学校汉藏文化交流交融,我充分发挥安徽援藏人才优势,在学生中组建、开展了黄梅戏、锅庄舞、美术书法剪纸、太极拳等文化社团活动。我创意筹划的汉藏双语黄梅戏社团和融入巢湖民歌元素的特色大课间舞操,成为学校对外展示形象的亮丽名片,被新华社等媒体专题报道。

把爱我中华的种子深深埋入每个藏族青少年心灵深处

青少年阶段是人生的"拔节孕穗期",最需要精心引导和栽培。为把爱我中华的种子埋入每个藏族青少年的心灵深处,我多渠道为思政教育注入"源头活水"。积极联系对接安徽省第七批援藏工作队,高规格聘请安徽省12所高校的马克思主义学院院长和安徽省第七批援藏工作队临时党委书记、委员作为校外思政辅导员,邀请他们定期走进课堂,把党的创新理论带进课堂,融入学生头脑。

为了把思政小课堂同社会大课堂结合起来,我针对性地引进山南当地公安、国防、部队等单位的政工人员和市、区级"民族团结先进个人"进校园,采用学生喜闻乐见的方式进行授课,从而教育引导学生立鸿鹄志、做奋斗者。我还配齐建强思政课专职教师队伍,打造一支可信、可敬、可靠,乐为、敢为、有为的思政课教师队伍,让思政课实现从"点名课"到"网红课"的转变。

"德育的本质是生活。"真正的道德教育存在于鲜活的生活中,存在于孩子们的社会交往中。我多方开辟校外德育基地,把山南市革命烈士陵园作为革命传统教育基地,将西藏民主改革第一村——克松村作为民主改革教育基地,带领学生从封闭的校园走向广阔的社会,进而增强了民族地区青少年对中华民族、中华文化的认同。

2020年10月7日,新华社以《穿行:贡布日山下的校园守望者》为题对我的援藏事迹进行报道;由我主研的德育阶段性成果——"用主题实践活动强化学校'立德树人'功能"的工作案例获得西藏自治区首届"两融杯"教育教学成果交流及展示活动一等奖第一名。我本人先后荣获"安徽省五一劳动奖章""合肥十大教育人物"等称号,还被评为安徽省第八批"特支计划"优秀校长;2019、2020、2021年连续三年考核优秀。受援校山南二高连续三年被授予"山南市民族团结进步先进集体"荣誉称号,2021年被评为自治区"铸牢中华民族共同体意识示范校",学校德育思政工作受到新华社、中央广播电视总台、《中国教育报》等国家级媒体宣传报道,并被写进《内部参考》。2021年8月,《中国教育报》以《只有打动学生,才能影响学生——西藏山南市第二高级中学德育工作掠影》为题,对受援校在铸牢中华民族共同体意识教育方面取得的亮点和经验向全国教育系统宣传推广。

既是教书育人的教师,又是守土固边的战士

2021年的寒假,我是饱含热泪返回西藏的。2020年底,老父亲被查出患肺癌,身为家中独子,我多么渴望能日夜陪伴在病重的父亲身边,尽一尽孝道。但身为一名党员、一名援藏人,我更加深知,在雪域高原,还有

3000名藏族学子在期盼着我回去守护,肩头的担子是沉甸甸的。在矛盾和担忧中,我将父母托付给亲朋好友。

我积极争取安徽援藏资金5000万元,筹划与中国高科技企业科大讯飞联合打造全区一流的智慧校园;协调安徽援藏医疗队为藏族学生进行义诊,捐赠价值60万元的眼镜……伴随着一个个不眠之夜,浇灌着汗水和辛劳,一项项谋实谋深的工作举措得到落实,为学校跨越式发展抢占了先机。体育馆、宿舍楼、运动场修葺一新,山南二高迎来了脱胎换骨的变化。

不忘初心,不负时代

万水千山援藏路,最浓最真雪域情。在剩下的援藏时间里,我将继续牢记使命担当,带好教育援藏团队。发扬"老西藏精神"和"援藏精神",不负组织重托,站好最后一班岗,做好"压茬对接"工作,圆满完成援藏任务,为安徽人民争光,为皖藏交融出力!

不忘初心担使命　奋斗铸就皖藏情

作　　者：刘鹏

派出单位：安徽省广德市月湾学校

受援单位：西藏自治区山南市第二高级中学

　　《钢铁是怎样炼成的》里面有一句很经典的话："人最宝贵的东西是生命，生命属于人只有一次，人的一生应当这样度过：当他回首往事的时候，他不因虚度年华而悔恨，也不因碌碌无为而羞愧。"生于今日之中国，我辈应当常怀感恩之心；展望中华民族之复兴，也必将有我们共同奋斗的身影。

——题记

时光荏苒，岁月如梭，离我的援藏工作结束还有两个多月，我依然清晰地记得自己离家将要入藏工作时的情景：大儿子尚在睡梦中，妻子正哄着还未满月的二宝，我匆匆吃完母亲做的早饭便背上行李出发了。分别显得如此平淡安静，我却知道他们要告诉我的每一句话。

初到雪域高原那几天，缺氧、低压的环境让我阵阵头疼，走几步路就气喘吁吁，不亲身体会是难以理解在这高原上是什么感觉的。除此之外，强紫外线的照射、干燥的空气引发的眼睛充血、流鼻血等都是来到西藏面临的第一道考验。环境虽然艰苦，但我已有心理准备。回想自己能在家乡领导的信任下，有幸成为安徽省新一批"组团式"教育援藏团队中的一员，来到祖国边疆山南市，与藏族等少数民族同事及孩子们相处并相互学习两年的时间，这将是我这一生中多么难忘而有意义的经历啊！为此，再艰苦的环境于我而言，都是对我意志和能力的考验！

入藏后，在李敏校长的理解和关心下，我并没有立即投入教学工作。在适应环境的那几天里，我首先开始学习领悟援藏的重要意义，弄清楚为什么来援藏。端正思想，才能不忘初心使命。在少数民族聚集的祖国边疆地区，深刻体会习近平总书记所言"各民族要像石榴籽一样紧紧抱在一起"，才感觉如此形象和富有内涵。我们援藏不仅要充分发挥自己的专业特长，努力让从小生活在高原上的孩子们用科学文化知识武装头脑，还要为铸牢中华民族共同体意识当好宣讲员，落实用教育改变藏区面貌的方针。

当我开始与这里的孩子们接触后，我发现他们身上充满了朴实、善良、尊敬老师、勤奋好学的良好品质。能够成为他们的老师，我颇为自豪。陶行知先生说"学高为师，身正为范"，为同学们树立安徽援藏教师的良好形象，在他们心中埋下真善美和爱我中华的种子，我认为是最好的教育。学生们都喜欢知识渊博、风趣幽默、平易近人的老师。为此,我抽出时间加强专业理论和中华传统文化学习,努力拓宽知识面。在日常的教学和生活细节中践行"学高为师,身正为范"的要求,时刻注意并反思自己的言行给学生们带来的影响。

课堂上,面对讲台下那一双双渴望知识的眼睛,尤其感到自己责任之重大。为了将专业知识毫无保留地与同学们分享,我坚持每天认真备课,多途径查阅资料,订阅专业核心期刊,尝试放慢教学节奏,努力创设学生熟悉或感兴趣的课堂情境以激发同学们的学习热情。同时,深入挖掘教材中的思政教育素材,将爱党爱国教育、民族团结教育在课堂中适时适度开展,充分发挥地理学科的育人功能。教育同学们树立民族自豪感和自信心,努力学习,建设家乡。课余时间我经常去教室,为孩子们解答学习中的疑惑,在零距离交谈中培养师生感情。有时,我也向孩子们了解他们家乡的风俗,并兴致勃勃地学习几句藏语,师生关系十分融洽。

教育援藏不仅是帮助这里的孩子们爱上学习、圆梦大学,还要加强与当地藏族老师间的交流学习。我每学期都积极联系山南市地理教研员,主动开设校际间的公开课或讲座,在促进同学科教师交流学习中,也得到了山南市教研室和同事们的充分认可。同时,我定期参与本校学科教研活动,交流备课心得,分享教学方法。在与本地藏族老师的交流沟通中,互相优化课堂教学,努力提高教学效率,让教育援藏工作"传帮带"的作用通过实际行动得到体现。

援藏以来,在学校领导的信任与支持下,我在学校政教处的工作也快结束了。初入政教处工作时,正赶上学校新德育室建设期,宽敞明亮的德育室内,党史教育、中国国情教育、西藏发展史以及学校开展思政教育活动的展板和资料都陈列其中,这是向学生进行思政教育的好地方。在政教处次旦多吉主任的支持下，我开始了选拔并培训德育宣讲员的工作，一次次熟悉展板内容，一遍遍模拟演练。经过近一个月的耐心指导，学校思政宣讲员旦增拉姆、旦增措姆等同学在为莅临指导的上级领导介绍学校思政教育工作时，落落大方，应对自如，得到了领导们的赞扬，更展示了山南二高独特而又充实的思政教育内容。政教处的工作繁忙，但我们是一个团结上进的集体。我与我的藏族同事们曾一起为临时紧急工作而加班到深夜两点；一起走进学生宿舍检查卫生和排查安全隐患；一起组织全校师生进行核酸检测；一起开展丰富多彩的学生活动，丰富孩子们的校园生活；在违纪学生的思想教育工作中，大家循循善诱，耐心疏导，耐心教育；等等。在充实的工作中，大家并肩战斗，虽然分工明确，但都能相互帮助，多次获得上级领导的肯定。同时，在日常工作中，我也与我的藏族同事们结下了深厚的友谊。

对我来说，援藏工作是一次难得的机会，是一次自我的挑战，更是一名普通教育人在组织需要时应该具备的使命担当。记得刚入藏时，领导嘱咐我要深入思考"援藏为什么，在藏做什么，离藏留什么"。现在想来，我还是有些地方做得不够理想，还需要不断创新工作方法，拓宽工作方向。只要还在援藏岗位上，我就一定会兢兢业业，圆满完成任务。

如今，三年援藏工作即将结束，山南二高日新月异，这是全体援藏队友和每一个二高人不断拼搏奋斗的结果。"雄关漫道真如铁，而今迈步从头越。"碌碌无为、虚度年华的人生从来就不是我的追求，我将不忘初心使命，在今后的工作中继续发扬"援藏精神"和"老西藏精神"，在自己平凡的岗位上继续发光发热！

一盒野蘑菇

作　　者：刘先美

派出单位：安徽省淮北市第七中学

受援单位：西藏自治区山南市第二高级中学

　　我的藏族学生达娃送我一盒野蘑菇，淡黄的颜色，粗壮的根顶着半收的伞盖，一个个卧在一个塑料盒子里。达娃说这是雪域高原最好的野蘑菇，有抗衰老、减缓高原反应的效果。

　　我来西藏山南支教已五个年头，身体抵抗力越来越差，经常头疼失

一盒野蘑菇

眠，往往一节课上下来，话都说不动。学生们知道我这是高原反应，都让我多休息，经常在我上课前，放杯酥油茶在讲桌上，说酥油茶能缓解高原反应。他们还说秋天树林里长的一种野蘑菇也能缓解高原反应。可是山南植被少，成片的树林更少，想找到蘑菇不容易，只有雅鲁藏布江两岸蘑菇丰富。那里雨水充足，一行行杨柳长得还算茂密，夏天远看就像绵延的绿毯，秋天一层层金黄色的落叶像一床暖和的棉被，铺在奔流不息的雅鲁藏布江两岸的树林里。

达娃说秋天是捡蘑菇的好季节，气温不是很低，有时候下两天小雨，下完雨太阳一出来，铺满落叶的地面上就可能有蘑菇了。达娃家住在达孜县的一个偏僻山村，离雅鲁藏布江有两三个小时的路程。江边是山南通往拉萨的公路，她要翻过公路的围栏，然后下一段坡道才能进入树林，坡道很陡，一不小心就会摔倒受伤。树林里蘑菇非常难找，得一直弯着腰，让眼睛离铺满落叶的地面很近，采取地毯式搜索，同时还得用小棍子把厚厚的树叶扒开，常常是眼睛瞅得流泪，腰累得直不起来，还找不到一颗。发现蘑菇时，得小心翼翼地把周围的树叶和土拨拉开，再小心谨慎地把蘑菇拔出来，然后整齐地码在盒子里。

这盒蘑菇是达娃找了整整一下午才采到的，我数了一下，一共9颗。我看着达娃被晒得黑红的小脸，她的辫子被树枝戳得乱七八糟，歪歪地搭在肩头，衣服上沾满枯叶，捧给我蘑菇的双手满是泥土，脸上却是羞涩而开心的笑。眼泪在我眼眶里打转，我一把抱住了这个懂事又可爱的小姑娘。

达娃的座位在讲桌旁，她是班里的贫困生，平时不吭不言。我叫她大声读书，她的声音像蚊子一样小，我把扩音器拿到她嘴边，她吓得不敢出声。每次我摸着她的肩膀鼓励她，她总是激动得满脸通红。她书上什么都记,用不同颜色的笔记得满满的都是汉字,书皮上醒目地写着:我喜欢汉语老师。我也喜欢这个孩子,下课以后总会跟她说几句话。有时候周末她不回家,我就把她喊到我的宿舍,炒几个菜给她增加点营养。还买了两件羽绒服送给她冬天御寒,她只是低着头说"谢谢老师",声音还是跟蚊子似的,学习却比其他同学都刻苦。

想到她采蘑菇付出的努力和艰辛,想到安全隐患,我严肃地对她说:"谁让你没事往江边跑?谁让你去采什么蘑菇?"达娃委屈地低着头,嗫嚅着:"老师,可以抗'高反'。"我再也忍不住了,任眼泪冲出眼眶,心里却洋溢着满满的幸福。

山南市雅鲁藏布江景区

厚植家国情怀　潜心援藏事业
——人生因援藏而精彩

作　　　者：姚辉
派出单位及职务：安徽省亳州市第一中学教师
受援单位及职务：西藏自治区山南市第二高级中学办公室副主任

2019年8月,经过层层选拔和组织考核,我光荣地加入安徽省第七批援藏工作队,成为新一批"组团式"教育人才援藏团队的一名队员,目前对口支援西藏山南市第二高级中学。"组团式"教育援藏工作是党中央治边稳藏重大战略的组成部分,也是贯彻落实习近平总书记"改变藏区面貌,根本要靠教育"重大论断的有效举措。

进藏后,我克服了高原反应引起的各种不适,很快就投入了教育教学和管理工作当中。吸着氧气备课、喘着粗气上课、每天坚持工作十几个小时……在山南的每一天,我都在挑战身体极限。尽管如此,每当我看到同学们的成绩在慢慢提高时,所有的辛苦和不适都烟消云散了。在我的细心照料和浇灌下,一朵朵"格桑花"绽放出美丽的笑容。

忍着"高反"以教书为乐

2019年8月6日,我和其他5名队友怀着对教育、对西藏的热爱,肩负着领导的嘱托,飞行四个多小时,终于到达西藏山南这片土地,来到美丽的山南二高。每天,我都挂念家里年近八旬的父母,想念爱人,思念不满10岁的大儿子和刚刚出生的小儿子。每天与家人的通话时间,成了我最期待、最愉快的时刻。

每次通话,爱人都会"抱怨"我"舍家弃子"跑那么远去吃苦受罪,不过爱人现在也理解了当初我的选择,通话快结束时她都会心疼地嘱咐我,一定要照顾好自己,这样才能干好工作,教好学生。

还记得2018年暑假我有幸去了新疆和田地区,看到西北艰苦的生活环境和落后的教育现状,就萌生了支边的想法。入藏前,为了应对高原反应,我做了大量功课,但"高反"比想象中严重得多。一下飞机,一系列高原反应接踵而来。与我同行的一位教师,由于强烈"高反",引发肺气肿,被紧急送到四川成都一家医院,休养一个月左右回家了,提前结束了援藏工作。

我支教的山南市第二高级中学,平均海拔3500米,气候寒冷,空气稀薄,"高反"几乎是每个援藏人都要面临的挑战,血压升高、脉搏加速、胸闷气短、常流鼻血、严重失眠、记忆力下降……快走几步就会喘不过气,得捂着胸口蹲在地上;早晨起床,一团团的凝血塞满鼻腔;一不小心感冒,就可能面临生命危险。

我努力克服高原自然条件带来的各种不适和心理上的恐慌,快速调整身份,适应新的角色,迅速投入教育教学和管理工作中。2019年,我担任高三3个班的化学教学工作,一周共有20多节课。2020年8月,由于工作需要,我被任命为山南二高办公室副主任,每天除了繁重的教学任务,还需要处理办公室的行政工作。由于低压、缺氧,我经常在课堂上"停下来,喘口气,继续讲"。

每次下课,我都会赶回宿舍补充氧气,恢复体力。与在亳州一中时相比,我在山南二高承担的教学工作量是之前的两倍,加上"高反"影响,工作强度更大。更加残酷的是,天气越冷,藏区氧气越稀薄,对身体影响越大。

忍受"高反"折磨的我也想过放弃,但每次冒出这样的想法,我都会悄悄来到教室,看着学生们求知若渴的眼神,教师的责任感和自豪感会瞬间化成暖流在身体里流淌。作为一名援藏教师,我要把山南二高的每个学生教育好,才能对得起家长的期盼。

三年来,身为援藏教师,我时刻注意自己的形象和言行,以教师职业道德规范为准绳,严格要求自己,以健康文明的形象言传身教,为人师表,爱岗敬业,关心学生。我始终认为,教育教学工作是学校的核心工作,是学校工作的生命线,要做好"教育戍边"这篇大文章,办西藏人民满意的教育,就必须提高教育教学质量。提高教育教学质量,前提是搞好教研。为此,我经常参加年级备课组、学校教研组和全市集体教研活动,提出了集体备课"三定"(定时间、定内容、定中心发言人),被广泛采纳和推广,对教研组活动进行了补充和完善,充分发挥援藏教师对本地教师的"传帮带"作用，有助于当地教师的专业成长，推动了山南二高的教研教改工作。三年来，我坚持听评课达 50 节以上，积极参与校本课程研究，积极申报市级课题"新时代汉藏高中劳动教育校际课程的建设与实施研究"并成功立项，开展校本培训讲座辅导 10 多次，为广大教师更新教育观念、强化课改意识、推进素质教育起到极大的推动作用。

学生心中的云丹加措

2019 年 8 月，安徽省共选派 20 名教师支援山南市第二高级中学，但化学教师只有我一人。

走上教学岗位之后，我发现藏区学生基础知识薄弱，理科知识基础更是堪忧。我深刻地感受到，地区差异对教育的影响是广泛而深刻的，援藏教师就是为这个使命而来的。

改变从沟通开始。我首先要解决的问题就是与藏族学生的交流障碍。为此，每周我都会积极参加援藏工作队组织的藏语课，学习基本生活和工作用语，像"你好""再见"及各种称呼等简单词语已经不在话下，这拉近了我与学生们的距离。

学习目标和学习习惯是提高成绩的法宝。我经常在课堂上讲成功案例，有时还会把自己在内地的学生的成功经历讲给这里的学生听，激发他们对学习的兴趣。为了让学生们听懂、学会、弄通，我把一个个化学知识点分解讲、反复讲、来回练，虽然教学方法简单，课程进度慢，但学生们都喜欢上了化学课。

我还和安徽省"组团式"教育援藏团队里的其他教师自发组建起一支队伍，开设"学习加油站"，利用双休日时间，无偿地为学生答疑解惑、补差补缺。每到双休日，我就赶到学科"加油站"，为学生进行辅导。

学生成绩参差不齐,我便针对不同层次的学生,因材施教,分层教学,利用周末时间,为绩优生"加餐",为后进生"加油"。高三学生课后作业多,但我每次都能及时批改作业并进行讲评,让学生做到"问题不过夜,天天有收获"。

"山上不长草,风吹石头跑,氧气吸不饱,四季穿棉袄。"这看似诙谐的顺口溜,却是西藏环境的真实写照。但在这样的自然环境下,却生长着一种生命力极强的植物——格桑花,它看上去弱不禁风,可风愈狂它愈挺,雨愈打叶愈翠,太阳愈烈,它开得愈灿烂。它既是藏族人民自强不息的性格体现,也寓意着人民对幸福的期盼。

在我看来,每个藏族孩子都是一朵格桑花,作为园丁,我要把班上的所有"格桑花"都栽培好。

生活中,我尊重和理解学生,积极帮助学生克服考前焦虑;学习中,不断激发学生的潜能,所带班级成绩在学校月考中均名列前茅。同学们热情地帮我取了个藏语名字"云丹加措",意思是"知识的海洋"。

用行动架起沟通桥梁

高三教学任务繁重,我每天天不亮就起床,中午忙到1点才能休息,晚自习上到10点才能结束。每天还要克服身体的诸多不适,以及对家人的牵挂。面对重重困难,我一直坚守着,只因为心中的一个信念——"不忘教育初心,牢记援藏使命"。

支教期间,我帮扶了一名高三学生。这名藏族学生今年19岁,父母离异,由于他家距离学校有五六百公里,所以吃住都在学校。周末我经常邀请他到自己宿舍,与他谈心,为他补课,帮他购买生活用品,渐渐地两人成了无话不谈的好朋友。

我被男孩的善良和单纯感动,从他身上感受到了藏族少年特有的气质。他们与内地少年没什么区别,只是生存的环境不同,接触的事物不同,造成了对问题的看法不同,因此我经常鼓励他以后有机会一定要多去内地看看,多了解外面的世界。每次交流谈心,我都能感受到,藏族学生对内地是充满好奇的,这成了我们交流的重要话题。我会向学生们详细介绍改革开放以来内地的发展变化和成就,还会介绍国家对边疆地区的帮扶政策等。

从药材之都到西部边陲,我全身心地投入工作,很快就融入了环境,融入了生活,融入了西藏教育发展的大事业之中。在三尺讲台辛勤耕耘,在方寸天地奉献年华。我先后获得"西藏自治区学科带头人""安徽省最美教师""亳州市学科带头人""亳州市教坛新星"等荣誉称号。

因奉献而留守,因感动而坚守。今后我一定严格要求自己,把山南当成第二故乡,再难再累,都要挺着腰杆向前走,在援藏工作中不断提高自己,砥砺前行,圆满完成支教任务。

缘定山南　情系二高

作　　者：叶继红

派出单位及职务：安徽省宿州市灵璧师范学校美术教师

受援单位及职务：西藏自治区山南市第二高级中学美术教师

　　教育,是点燃一把火;是唤醒一批人;是一群人,一条路,一起走。出身于教育世家的我,从教三十一年来,一直以执着坚韧的态度、精益求精的追求,培育了一批又一批优秀学生,他们在社会的各行各业发挥着各自作用。

使命在身,我如约而至

　　2019年7月,我积极响应党中央的号召和组织安排,成为一名光荣的援藏教师。8月初，一直身体硬朗的慈父突然去世。我带着慈父生前的嘱托，忍痛安葬好慈父，安排好慈母，如期随同安徽省第七批援藏工作队，来到了美丽的西藏自治区山南市第二高级中学，进行为期三年的支教。

回顾这一年的工作，我克服了高原反应带来的种种不适，克服了一切困难（慈父突然离世，年迈的慈母一个人在灵璧，姐姐白天上班，只能晚上回家陪伴母亲，妹妹在合肥，而我又远在西藏），缺氧不缺精神，我毅然决然，因为使命在身，不敢轻言退却。

岗位赋，讲台颂

走进二高的课堂，感受到同学们的热情和期盼，这让我发自内心地去爱这些天真、单纯的孩子。作为一名美术教师，我在传授知识的同时，更注重在愉悦的教学环境中，教会他们如何去发现美、认识美、感受美。

我所带的从高二（1）班到高二（9）班，师生都没有教材，我就让朋友从内地邮来一部分教材，根据藏区的文化特点和学生的具体情况，有目的、有计划地设计适合藏区学生操作、实施的教学内容，大大地提高了学生们的学习兴趣。在教学中既锻炼了他们的独立实践能力，又培养了他们的小组合作意识，教学效果得到学生们的认可。

上学期因高原反应，我的右膝关节经常出现突发症状，导致行走不便，但我时刻牢记我是来援藏的，不能耽误学生的学习，因此没有请假，没有影响上课。有时在课堂上讲多了会气短，我就休息几秒钟再继续讲。在教学过程中，我非常注重汉藏文化的交流、交融，经常以教学示范的形式向藏族学生介绍内地的书法、国画、剪纸，并指导他们亲身感受这些传统艺术的独特魅力。

三尺讲台映师德，一方黑板琢栋梁

工作之余，我一直坚持主动学习，在自己的书画世界里，教到老学到老，教学相长。

"书不尽其言，言不尽其意"，唯有"立象以尽意"。书法和绘画同质而异体，两者有相同共通和不同之处，"书画同源"是以自然生活为源，通过对自然生活的体验形诸书画作品。书画两艺也能同兼，以书入画，以画绘书，才能更合心意地书画出胸中之象。这对于我们老师提高自身素质和修养是非常重要的，也是我这么多年来一直恪守和追求的准则。

我和这里的藏族老师、学生分享我的感悟和心得，他们也及时与我沟通交流，我们一起探讨、摸索实践，进行教研活动，使我又有新的认知与提高。我把我的理解融入日常教学当中，获得了意想不到的收获，和大家一起把二高的美术教学提升了一个台阶。很多老师和同学也日益感到：书法是中国传统文化的重要组成部分，开展书法教学具有现实价值和历史意义。书法用笔的刚柔、曲直、枯润、顿挫、轻重、疾徐等节奏变化和绘画的线描息息相通。学习中国画也需要具备书法的功力，这也是继承传统的基本要求。我认为，书法、绘画作为传统文化艺术必须要传承发扬下去，尤其要让这些国粹像格桑花一样在雪域高原上永久盛开。

爱洒雪域，我当好使者

"爱是一种伟大的力量，没有爱就没有教育。"教育家陶行知的这句话一直是我教育生涯的人生信条，教育没有爱是一种缺失。三年来，我积极参与学校的爱心扶贫工作，捐款捐物，班级学生有需要帮助的，我也义不容辞进行帮助。高二(8)班的一位学生，学习认真、勤奋，还特别喜欢画画，我就利用业余时间对她进行特别辅导。在生活上，我也给予了不少帮助。不仅如此，藏族老师有需要帮助的，我也是积极去做。我觉得这是我们援藏人应该做的。

从内地来到雪域高原，大家都或多或少有点不适，作为老教师，更应该在生活上对同事给予关心，所以，我就经常做一些家乡的美食同大家分享，谁有困难，及时给予帮助，受到援藏工作队队员们的一致认可。

当我们以满腔热忱投入援藏工作中时，就会发现我们拥有更多的乐趣、幸福和自豪感，看到大家都团结一心、其乐融融，更是感到幸福满满。

诗词三首

作　　者：张明全

派出单位：安徽省六安市张店中学

受援单位：西藏自治区山南市第二高级中学

安徽援藏工作队雅江边义务植树

风舞黄沙卷地昏,冰消江上水流浑。

干群撸袖手磨茧,种片清凉荫子孙。

雪域高原第五个教师节

金辉万丈染琼英,碧宇闲云霁后轻。

五度高原逢此节,几批学子启鸿程。

苍颜已染古铜色,热血尽融援藏情。

既认他乡为故里,何甘雁过不留声?

满庭芳·雪域秋兴

　　雪薄云轻,群山残绿,晨昏塞上尤凉。水寒芦白,征雁思衡阳。万仞高原久客,却已是、认作家乡。容颜老,情怀未改,任鬓染繁霜。

　　遥望。天地阔,国旗招展,一派繁昌。纵韶华难留,无限秋光。回首宽怀何事,亦培就学子名扬。迎风处,格桑犹放,皖藏两情长。

山南市乃东区雍布拉康景区

赴雪域圆梦，捧高原师心

作　　者：赵银路

派出单位：安徽省滁州市定远县民族学校

受援单位：西藏自治区山南市第二高级中学

"组团式"教育人才援藏是党中央第六、七次西藏工作座谈会给予西藏教育的特殊政策，充分体现了党中央对西藏教育工作的高度重视和特殊关怀。2018年8月，我随安徽省首批"组团式"教育援藏队来到了这个离家5000多公里、平均海拔达3700米的雪域城市——西藏山南市进行支教。转眼一年支教结束，援藏队领导、受援学校领导、学校生物教研组的同人以及我可爱的学生们也都热情地希望我能够留下来。为确保援藏教育工作的延续性，我积极服从组织安排，自愿继续留藏支教三年，捧出一颗教育初心，续写高原教育情怀。

满怀仁爱　授业解惑

我的援藏教学从2018年8月27日正式开始了。经过初步了解，我发现藏区课堂教学与内地课堂教学有一定差距。因此我认真领会和学习课程标准，根据藏区学生的实际情况设置合理的教学目标，精心备课，写好备课笔记，制作幻灯片，布置适当作业，设计适合藏族学生的课堂方案。

我性格急躁，语速快，有时夹杂方言，上课嗓音大。为了防止损伤嗓子，我特地从网上购买了小蜜蜂扩音器。但几节课下来，有的学生反映用"小蜜蜂"他们听不清楚。我毅然决定不用"小蜜蜂"，放慢语速，尽量讲普通话，上课克服急躁情绪，虽然每节课下来嗓子疼痛难忍，甚至一身汗，但看到同学们能听懂我上课的内容，心里非常宽慰，也踏实许多。

藏族学生热情大方，性格开朗，待人很热忱，特别尊敬老师，遇到老师会主动打招呼、让路，犯了错误能够虚心接受批评。对老师提出的问题，学生们甚至在你话没落音时就把答案说出来了，响彻云霄，如军令般整齐。你听了会以为他们反应敏捷，但当你单独提问时，他们不是摸着头就是望着你笑，答不出一个字。甚至个别学生声音较高，有时答案偏离方向，于是我采取老援友们的经验，当他们一起回答问题时，谁的声音大就单挑谁回答。回答好的，全班掌声鼓励；回答不出来或恶意捣蛋的，我就给小惩罚，让他们注意课堂纪律与回答问题的正确方式。有时也找简单的问题让他们回答，给予鼓励，让他们有获得感、成就感，既不打消他们回答问题的积极性，也让他们注意回答问题的正确方式，从而提高他们对生物学科的兴趣。

我课下和学生交流得知,由于生物被认为是副科,不参加中考,加之初中段生物教师师资力量薄弱,很多地方没有专业生物教师,有些学校不开设生物课。有些学生对生物基本概念都不清楚,例如生态系统、人体八大系统、组织、器官都不知道。因此我上课时尽量从最基础的知识讲起,问题设置紧扣课本的内容,先把书本上基础知识分析弄懂,反复讲解,再结合训练,让学生掌握相关知识。

半学期过去,我不断与学生交流和融合,了解他们的学习习惯和性格特点,不断调整课堂策略,我既要适应他们,又要让他们适应我。多点耐心,多点爱心,多点关心,一步一步地引导学生的学习兴趣,养成良好的学习习惯。

学贵为师　亦贵得友

山南市第二高级中学的学生大部分来自偏远县城,个别学生来自几千里之外的阿里地区,一学期才回家一次。我深深明白,只有先和学生处好关系,才能有效地开展教学。为此,我组织不回家的学生一起过周末。通过接触,我发现藏族的这些孩子特别淳朴可爱,他们对外面的世界充满了憧憬和向往。我就借此给他们讲改革开放以来祖国的巨大变化,一些国内高校的状况和发展历史等,还组织他们收看《新闻联播》,帮助他们树立正确的人生观,引导他们规划自己的人生。教育他们过好当下幸福生活,努力学好本领,建设"美丽幸福西藏,共圆伟大复兴梦"。

针对同学们基础知识薄弱的情况,我成立了课外兴趣学习小组,让同学们亲自动手动脑去解决问题。比如,在实验室里让同学们自己讨论,自己动手做生物实验。这样不仅提高了他们的学习兴趣和积极性,也拉近了师生之间的距离。很快,同学们便和我打成一片,就喜欢围着我转。每次放假回来,同学们见到我的第一面,就是团团把我围住,一口一个"赵老师,赵爸爸,我们想您了"!听到这话我感动得热泪盈眶,心里暖暖的。有一次,我上课时由于缺氧,突然感到头晕,险些摔倒。同学们纷纷嚷道:"赵老师,您休息会吧,我们自己看书。"平时最不听话的阿觉同学赶紧给我搬来凳子,让我坐下休息。我被同学们搀扶着回到办公室后,又有学生送来牛奶、酥油茶等,说可以帮助我缓解高原反应。这里的孩子就是这样朴实,只要多一些诚心投入与真情呵护,他们就能报以十倍、百倍的学习热情和坦诚相待。

不忘初心 砥砺前行

自古忠孝不能两全。来山南后,我远离家乡,无法照顾家庭和父母。75岁高龄的父亲突发严重脑梗,经医院抢救勉强保住生命,但已卧床不起,近乎植物人,生活不能自理,也失去语言功能。70多岁的母亲患有严重高血压和多种疾病,二老正需要我照顾。妻子工作忙,还要担负起家庭的重担,两个孩子,一个读高二,一个上初一,尚需大人照看。妻子为了支持我,经过协商,辞职在家照顾老人和孩子。想到这些,我常常失眠和焦虑,心里也打过退堂鼓。每当这时,我就用习近平总书记的话给自己打气:"在高原上工作,最稀缺的是氧气,最宝贵的是精神,缺氧不缺精神,这个精神就是革命理想高于天!"是啊,援藏就是来奉献的,还有什么困难不能克服呢!好在我有组织的关心关怀,有亲人的安慰支持,让我安心扎根雪域高原,努力浇灌格桑花。援藏工作是一份事业,用心付出才有一份担当;援藏工作是一种见证,用心维护才能谱写民族团结的乐章;援藏工作是一种洗礼,用心体悟才能有灵魂的升华;援藏工作是一种享受,用心呵护才能感受生命的真谛!

能歌善舞的藏家儿女

作　　者：朱超

派出单位：安徽省阜阳市颍上县第二中学

受援单位：西藏自治区山南市第二高级中学

2021年8月21日，周六，尽管是休息日，但我依旧准点赶到山南市第二高级中学大门口，在门岗室值班。回忆起刚进藏时的一幕幕，我的思绪也飞回到两年前的那个8月。

2019年8月25日，从合肥飞往拉萨，再历经两个小时的车程，早已疲惫不堪的我终于到达西藏自治区山南市第二高级中学。

山南市地广人稀，位于西藏南部，是藏源之地，海拔3700米，气压56千帕——这是我到山南的第一印象。

与大多数援藏教师一样，我也战胜了头晕、难以入睡、心率过快等高原反应的考验，并逐渐融入当地的校园生活中。

"这儿民风淳朴，风景如画。藏家儿女个个能歌善舞，每天都唱着跳着过。"这是我到西藏后第一次和妻子通电话，向她介绍我所支教的高原。的确，藏族是一个幸福感很强的民族，他们纯洁、善良、包容、质朴。藏族孩子性格活泼开朗，心地善良，对老师十分尊敬。

藏族是多才多艺的民族，可以说"会说话就会唱歌，会走路就会跳舞"。学校组织文艺活动，从来不需要提前准备，通知发出，只需半天时间，一场文艺盛宴就热腾腾地"出锅"了。

学校里的学生能歌善舞，他们的家长也是如此。夏季，树林中的草坪上，总能看到来"过林卡"的藏族同胞，他们也许是一家人，也许是朋友，带着糌粑、青稞酒、酥油茶以及其他各种美味，身着盛装，边吃边喝边歌舞，直到傍晚，一路欢歌而归。

藏族同胞除了能歌善舞，待人还非常热情。在夏季的周末，会邀你去"过林卡"，边吃土豆炖牛肉，边玩藏式骰子，吃饱了喝好了就载歌载舞，随性地唱，狂野地跳，那高兴劲儿很富有感染力。

有一次，我骑电动车去当年的一个农场主的庄园遗址游玩，回程途中电动车没电了。恰巧离村庄不远，我将车子推到一个藏族村民家中，请求帮忙充电。女主人十分热情，立马帮忙找插板充电，还把家里水果拿出来硬塞给我吃。看到主人家中有一台织布机，我好奇询问，主人又拿出羊毛现场织给我看，热心教我如何织，那种真诚就像我们是一家人。

藏族孩子是懂得感恩的。2020年，我扶贫包保一个贫困女孩，给女孩买了牛奶及生活用品。此外，我还将食堂饭卡拿给她，让她周末加餐，偶尔也找她聊聊天。

有一次，我到日喀则出差几天，回来后惊讶地发现厨房灶台擦得锃亮，餐具摆放井井有条。半个月后，我无意中从同事口中得知是两个学生打扫的，其中一个就是我帮扶的女孩。

如今，我即将完成援藏支教任务回内地了，心中的不舍也越来越浓，我想，将来在内地工作之余，蓝天白云映衬下能歌善舞的藏族同胞一定会是我最深沉的思念。

措美县哲古草原上的藏野驴

八千里援藏逐梦 藏源地传承文明

作　　者：倪宝

派出单位及职务：安徽省六安市霍山县霍山职业学校教师

受援单位及职务：西藏自治区山南市完全中学信息管理中心副主任

"既然选择了远方，便只顾风雨兼程。"既然选择了支教雪域高原，便不畏艰辛，在藏源之地传承信息文明，让祖国边陲沐浴党的恩情。

——题记

我是安徽省霍山职业学校的一名"双师型"教师。援藏支教,一直是我心中渴盼已久的梦想。

2020年的暑假行将结束,我忽然接到县教育局的紧急通知:抓紧时间体检,若身体合格,随时准备去西藏支教。在等待出发的日子里,有县教育局领导和职校领导的热情鼓励与叮嘱,有亲人和同事的倾力支持与帮助,这一切坚定了我援藏支教的信心和决心,更成为我奔赴西藏的精神动力和力量源泉。我毫不怀疑此次援藏之行一定是一次新的磨砺,也是一次人生的升华!

离开了美丽的家乡、离开了年迈的父母、离开了柔弱的妻子和在校读书的女儿,带着组织的重托,带着皖西革命老区人民的信任,我义无反顾地来到了祖国的西南边陲——西藏自治区山南市。在山南支教的日子里,我兢兢业业、恪尽职守,教授高中信息技术知识和技能,取得了良好的教学成果。我和贺海林、冶伟芳等老师一起打造山南完中融媒体工作室,制作了20多个短视频,展示完中风采,赢得了不错的口碑。2021年,恰逢建党一百周年,我参与拍摄、剪辑的短视频——《感党恩 听党话 跟党走》被山南市电视台《新闻联播》选用,同时登上了西藏自治区教育厅公众号,还在"学习强国"APP上做了宣传。2021年底,我被选拔为山南市完全中学信息管理中心副主任,这是对我一年多援藏工作的肯定与褒奖。

2020年8月27日,是我援藏支教出发的日子,霍山职校王荣飞校长的嘱咐至今仍在我耳边萦绕:"援藏支教是响应党中央、教育部和安徽省委的号召,为提升西藏山南地区的教学质量,要发扬艰苦奋斗、无私奉献的精神,将安徽的优质教育资源和先进的教学理念带到山南,全心全意为当地教育服务……在西藏好好工作,安徽霍山革命老区是你的坚强后盾,我们会尽最大努力解决你的后顾之忧……"感动之余,我在心中默默发誓:一定牢记肩负的神圣使命,珍惜机遇、接受挑战,为山南教育奉献自己的绵薄之力。

我背起行囊,远离家乡、亲人和同事,从合肥新桥机场乘机出发,四个多小时后,平安降落在西藏贡嘎机场,踏上了西藏这片神奇的雪域高原。尽管我对高原反应做足了心理准备,可是在打开舱门踏上廊桥的那一刹那,低压、缺氧的稀薄空气差点令我窒息,双脚像踏在沙滩上一样软绵绵的,随后头部隐隐作痛……这一切都明白无误地告诉我,这里恶劣的自然环境可不好对付。我按照援友的吩咐,深吸气、慢呼气,不急不躁,少运动,力争早日渡过高原反应这一关!山南市海拔高,但支教人的境界更高。虽然缺氧,但我不缺的是支教边陲的执着信念!

初入雪域高原,我蓦然发现,雪域高原的天是那么的湛蓝、云是那么的洁白,让人看了心灵得到净化,灵魂得到洗礼。当欣喜与激动之情慢慢平复下来时,作为一名信息技术教育工作者,我开始全身心地投入紧张有序的教育教学中。援藏意味着吃苦,援藏意味着奉献。我曾因高原反应难受过,也曾因经常失眠而痛苦过,更因感冒之后长时间的咳嗽而焦虑过。但当我站在三尺讲台上,面对孩子们那一双双渴望知识的眼睛时,立刻把所有的痛苦、烦恼和孤独都抛到了脑后。我时常给自己加油、鼓劲,然后又精神抖擞、满怀激情地投入工作中。最终,我没有请过一天假,没有缺过一堂课!我想,这就是人民教师这个群体所特有的精神和美德吧!

我不是中共党员,却时刻以党员的高标准严格要求自己。我认真学习中央第七次西藏工作座谈会精神,全面贯彻党的教育路线方针和政策。习近平总书记指出:"治国必治边,治边先稳藏。"维护西藏的稳定与繁荣是头等大事,因此,我非常重视民族团结,与藏族老师友好相处,与学生保持亲密无间。我还积极参加"铸牢中华民族共同体意识"线上培训活动，努力学习、实践并逐步落到实处。身为安徽援藏教师，我时刻注意自己的一言一行，以教师职业道德规范为准绳，严格要求自己；以健康文明的形象言传身教，关爱学生；以高度负责的主人翁精神，在每一个平凡的日子里默默付出、辛勤耕耘。

我始终以认真、严谨的工作态度，勤恳、不懈的工作精神从事教育教学工作。为了适应西藏教学的特殊性，我在教学中不断摸索，努力探索适合西藏孩子们的教学方法。为了达到高效的教学效果，我根据完中的实际情况，总结教学方法和技巧，努力构建更加高效、和谐、开放的信息技术课堂，让同学们在轻松、愉悦的氛围中学习信息技术知识和技能，掌握信息技术课的学习方法和技巧。我还积极参加"送教下乡"活动，到海拔近4500米的浪卡子县、洛扎县、错那县的中小学，给当地师生带去精彩而有指导意义的信息技术课和讲座。

2020年10月，山南市教育局出台了一份教育规划课题文件。为了提高自己的教研水平，我与冶伟芳等老师一起申报了课题"援藏背景下少数民族中学生普通话和朗诵表演现状及策略研究——以山南市完全中学为例"，经过一番辛勤付出，顺利通过申报并圆满结题。

我还时常考虑"离藏留什么"的问题。作为一名援藏教师，特别是作为一名有着丰富教学经验的老教师，我深知，不能只上好自己的几节课，还要考虑做好"传帮带"工作。在学校的安排下，我有幸和吴道凤老师结成师徒。一方面，我把二十多年来所学到的计算机知识和技能，尤其是计算机维修技术，毫无保留地传授给小吴老师；另一方面，我和小吴老师互相学习，相互听课，一起讨论课程设计理念与方法，交流授课心得，反思课堂得失，以期共同进步，共同提高。

除了做好教学、教研和"传帮带"工作,我还和贺海林等老师一起积极参与山南完中融媒体工作室的拍摄和剪辑工作,为宣传山南完中殚精竭虑。在完中信息管理中心,我和吴道凤老师一起维修计算机、维护校园网;在安徽省教育人才"万人计划"援藏工作队,我负责摄影工作……

美丽的雪域高原,有低压低氧,有强烈的紫外线,有狂风沙尘,有较大的昼夜温差,这些都令人极度不适,但是我一直咬紧牙关坚持着,时刻牢记援藏工作的初心和使命,也感受到援藏工作的重大责任和光荣使命。我积极践行"老西藏精神",希望能为完中莘莘学子信息技术的学习,夯实基础,我深信,教好一名完中学子就是为国家贡献一分力量。作为一名援藏教师,我不畏艰辛、默默奉献,我甘为人梯、无怨无悔!

山南市措美县哲古湖景区

情系"小格桑"

作　　者：高申满

派出单位及职务：安徽省黄山市黄山区耿城中心学校政教处主任

受援单位及职务：西藏自治区山南市完全中学语文教师

援藏工作已近尾声，在我三年山南市完全中学的执教过程中，接触的人和事挺多，而记忆最深处安放的是那些可爱的学生。

初识藏族学生，他们大都是黝黑的脸庞，确实与内地学生不一样。当学生走近我时，一个个站直、弯腰，很尊敬地说道："老师好。"我不认识他们，学生也不熟悉我，这站姿，这声"老师好"，让我倍感亲切。往后的日子里、楼梯上、走廊中、校园里，熟悉的问候常在身边响起。熟悉和不熟悉的面容都会让我感受到藏族学生的天真、淳朴、憨厚、可爱。

语言学习离不开日常的表达交流，对于母语是藏语的藏族学生来说，汉语学习是件不容易的事。起初授课，学生课堂发言时的表达，口音很重，流畅度不够，只有少数学生能够清晰地用汉语表达出自己的想法，多数学生的二、三声调容易混淆，而且会词不达意。为了让学生准确地表达自己的意思，读准汉语拼音，课堂中我常常有意识地让学生多说几遍。在这个过程中，除了耐心引导，我还会添加一些肢体语言。

达顿、坚才群培等学生经常向我借手机给家人打电话，他们之前很多时候都说不清自己的想法，我便要求他们好好思考，再跟我说。这时他们会无意识地将手放在脑袋上，憨厚腼腆地笑着，眼睛直直地看着我。这一动作在未及时完成作业、课堂走神被发现时经常出现，无邪、诚实蕴含其中。

藏族学生是快乐的，他们能歌善舞，勇于展现自我。他们唱的汉语歌曲，发音很准确，我利用这一特点，帮助学生解决在汉语发音时第二声与第三声极易混淆的问题，屡试不爽。现在，经过两年多的磨合，我所在班级的学生已经能很好地用汉语表达自己的想法，课堂中很少再出现读错字的现象。

同其他从内地去西藏援教的教师一样，我也没能逃过高原反应：夜半喉咙干渴、清晨鼻腔充满血丝、上楼就要大口大口喘气，有时还会影响上课的发声。大多数时候，上课讲了一半，就想要喝一口水，由于没有上课带水杯的习惯，只能停下来，让学生自习，自己休息一会儿。

细心的学生看在眼里，记在心中。下课后，扎珍、德央同学就跑到我身边，递给我两瓶饮料。有同学说，老师我去给你买矿泉水。霎时间，我倍感温馨。第二天的汉语课下课时,达顿将我叫住,手里拿着一袋饼之类的东西。"老师,你吃这个吗?这是我奶奶做的藏饼,挺好吃的。"他从袋子里拿出一个,憨笑着递给我说。看着他那真诚的眼光,我双手接了过来。他迅速转身向教室跑去,教室里传来了喊声"语文老师吃我的藏饼了",声音充满着自豪。随后的每周一,我都能收到学生送我的"特产",一两个核桃、奶渣,一小块牦牛肉,等等。我知道,这些都是家长们周日送给孩子们的食品。孩子们心中有我!而我,也会在周日的上午给他们买点藏面、藏饼,改善一下他们的伙食。

一颗温暖的种子已经播下,我将用心浇灌、抚育这些美好的心灵。

山南市浪卡子县岗布冰川景区

攀登——安徽省援藏工作纪实（2019—2022）

西藏的云

作　　者：黄德军

派出单位及职务：安徽省淮南市教育体育局一级主任科员

受援单位及职务：西藏自治区山南市完全中学副校长

西藏的云

似一缕青烟萦绕山峦

如一匹轻纱披在高原

它是人们敬献给雪山的哈达

在蓝天中垂挂

西藏的云

一如雪莲般
圣洁的祝愿

西藏的云
一座座
如雪山起伏绵延
一堆堆
似棉花雪白柔软
梦想着躺一躺
一定像妈妈的怀抱
温暖又绵弹
渴望着耍两个跟头
必定像爸爸的胸怀
宽广又安全

西藏的云啊
无畏太阳的锋芒
不惧山风的涤荡
以最朴实的姿态低垂
拥抱刺入苍穹的雪山
拥抱高原裸露的苍凉

西藏的云啊
像一壶悬挂在腰间的青稞酒

醉了远乡人的脚步

消解了梦里浓得化不开的乡愁

为了一睹你的霓裳

多少人满腔豪情

怀揣梦想

追寻你

在朝圣的路上

而此刻

我愿化作一朵云

在这绝美的高原

张开最深情的双眸

默默地把家乡凝望

山南市浪卡子县蓝冰湖普姆雍措景区

爱撒高原　情暖山南

作　　者：谷复学
派出单位及职务：安徽省界首市界首中学物理教师
受援单位及职务：西藏自治区山南市完全中学物理教师

2019年初秋，我随着安徽"万人计划"教育人才援藏工作队来到了西藏山南，踏上这片神秘而又美丽的土地，我知道自己是带着使命而来的，也将为这项神圣的使命而努力奋斗。

第一次踏上雪域高原，伴随着兴奋、憧憬的是头痛、胸闷、气短等一系列反应，我才感受到人人谈之色变的高原反应的可怕。呼吸困难、心跳加

161

速、心慌不能自制、头痛欲裂无法形容,甚至晕倒在厕所里。好在我一直坚持着、坚持着,经过将近一个月的适应,身体的不适才基本结束,总算是过了"高反"第一关。

援藏需要一种义无反顾的精神,需要一种坚韧不拔的毅力,需要承受大自然对生命的考验,需要忍受漫漫长夜带来的孤寂和痛苦,更需要有"终生抱病"的思想准备。牢记党赋予"援藏人"的神圣使命,秉持着"艰苦不怕吃苦,缺氧不缺精神"的态度,树立对事业、对责任、对人生的坚定信念,坚持生活再苦都要挺过、条件再差都要胜过的决心,每天给自己加油、鼓劲,总是以饱满的激情投入工作中。每当我站上讲台,望着台下那一双双渴求知识的眼睛时,什么样的痛苦和烦恼都被抛在了脑后。失眠这一"拦路虎"也渐渐被我的斗志打倒。我想,这就是教师独有的精神和美德吧。这种精神和美德源于对知识的笃信,对讲台的痴情,对学生的热爱。它诠释了一名援藏教师对教育的执着与信仰。

2020年是不平凡的一年。突如其来的新冠肺炎疫情影响了全国各地,学校的教学工作也受到了很大的影响,各级各类学校都推迟了开学时间,我们也不例外。心急如焚之下,我生怕耽误了孩子们的课程,每天都关注着疫情动态,询问入藏的时间,时刻为入藏做好准备。终于,在党中央的坚强领导下、在全国人民的共同努力下,抗疫工作取得了阶段性的胜利,我也在焦急中等到了入藏的通知。工作队全体成员在合肥集合,集体做了核酸检测,于3月24日统一乘西部航空航班返回山南。顺利抵达学校后,我第一时间就投入教学工作中,一边与完中师生一起抗疫,一边加班加点完成各项教学任务。为了尽快把因疫情耽误的课补回来,我利用周末和假期参加了学校组织的"周末加油站""牵手小格桑"等活动,终于在学期结束顺利完成了年度教学任务。

疫情期间的课堂，我常因缺氧而呼吸困难，但为了孩子们的安全，仍然坚持不摘口罩。声音闷在口罩里发不出去，我只好加大音量，这样的授课方式，让我在课堂上经常会有眩晕的感觉。为了让孩子们能够顺利地分时就餐，在上完最后一节课后，我主动留在教室内陪餐。孩子们看到我这个"大家长"来陪餐，总是有序而快乐，我也感觉到幸福满满。简单的陪餐拉近了我与孩子们的距离，接下来，他们主动找我谈心，我也更多地了解到他们的学习和生活状况，了解到当地的风土人情，听懂了一些简单的藏语。这种交流成果是显著的，既缓解了学生因疫情带来的心理压力，也使我的内心充满了自豪。我和达娃次仁老师还承包了高一两个班的学生宿舍，经常到宿舍和孩子们一起打扫卫生、整理内务，让他们能有个温馨舒适的休息环境。这种辛勤付出，赢得了学生的爱戴、同事的尊重、领导的信任，为我的援藏工作增添了无穷的动力。为了适应本地物理教学的需要，我不断地钻研新的教学理念，改进教学方法，在实践中积极探索适合藏族孩子的教学模式，激发和培养学习物理的兴趣。为了达到教学最优化，我还根据完中学生的实际情况，自制教具，修改教案，努力构建更加开放、和谐、高效的课堂，让学生在轻松、愉快的氛围中学习和运用物理知识。并且及时鼓励他们，尽力让不同层次的学生树立学习物理的信心，体验到学习物理的快乐。

"传帮带"是援藏教育工作者最重要的任务之一，在完成教学任务、抓好教研工作的同时，我多次给全校的物理老师上示范观摩课，及时探讨交流，拓宽设计理念和思路，互通有无，共同提高。

在团队建设上，我身体力行。来到西藏，我深切地感受到祖国的边疆需要我们、西藏的教育需要我们。把每一个孩子培养成为民族团结的一面旗帜，是我们援藏教育人立德树人的根本任务。民族团结、边疆稳定、祖国统一要靠教育，作为新时代援藏教育人，我们肩负伟大而神圣的使命而来，我们定会加倍努力，不辜负党和祖国的重托，在生命的禁区点燃生命的希望，在世界屋脊塑造人生的高度，在高原城市做百年树人的工作，我感到无比地骄傲和光荣，因为我是一名"新时代援藏人"。

山南市错那县百花滩景区

让音乐之花在雪域高原绽放

作　　者：韩龙

派出单位：安徽省安庆市宜秀区罗岭中心学校

受援单位及职务：西藏自治区山南市完全中学音乐教师

　　春已至，青藏高原的雪仍固执地降临了，雪花轻盈无声、洁白澄净，默默装点着大地。值了一夜班的我望着纷飞的大雪，不禁被这圣洁的场景打动。我愿化作这漫天雪花中的一片，用嘹亮的歌声在高原学子的心中绽放出音乐之花，用指尖的琴键在雅鲁藏布江畔谱写出动人的希望之歌，在茫茫雪域演绎着一个又一个平凡而感人的故事！我是韩龙，一名光荣的援藏音乐教师。

山南市完全中学崭新的藏式现代化教学楼,在蓝天和白云的映衬下,显得庄重而充满活力。这里有呼啸的狂风声、有激昂的雄鹰鸣、有牛羊的低吟、有宁静的转经声。自从我来到这里,校园里的孩子们时常能听到美妙的钢琴声从教学楼里缓缓传出,灵动的琴音和着孩子们清脆的歌声,宛如纯粹的天籁,回荡在这片雪域高原上空。他们做梦都没有想到,自己也可以穿着洁白的礼服坐在钢琴旁放声歌唱。

普布央金是一名来自海拔4500米边境县牧区的孩子,她从小生长在牧区,儿时与牛羊为伴、雪山白云为友。第一次上我的课时,她显得无比激动,黝黑的双手与洁白的钢琴键形成了鲜明的对比,她端坐在钢琴前,好奇地抚摸着琴键,眼睛里充满着渴望。琴声一响,我顿时泪眼蒙眬,感受到藏区孩子对音乐的强烈渴望,也在心底默默坚定信念:一定要为这群孩子照亮追寻音乐的道路。每一次课前我都精心备课,设计有趣的教学环节,探寻适合本地孩子的教学方式。在课堂上,军人出身的我总是活力满满,争取用生动的教学吸引台下那一双双求知的眼睛。孩子们都很好学,生怕错过每一个知识点,在笔记本上记下老师说的每一句话,尤其在互动和展示的环节,他们都争先恐后地上台表演,哪怕弹出一段极为简单的旋律,都显得无比激动。当自己得到老师的认可时,那本就带有些许高原红的脸蛋上就更添了一抹红晕!

青藏高原从来不缺少音乐,也从来不缺少有音乐天赋的孩子,而是缺乏专业的音乐器材和"伯乐"。为了培养少数民族音乐人才,我建议并组建了学校首届音乐高考特训班,给孩子们提供乐器,对孩子们进行专业、系统地音乐教学。面对日渐临近的音乐高考,缺乏经验的孩子充满了紧张与期待。在一次教学中,我细心地发现扎西次仁同学在发声练习中显得有些焦虑,经过一遍遍地纠正仍没有好转,他有些泄气,后来我了解到小扎西不安的心理源于对自己的不自信,因为他来自高海拔的牧区,从来没有接受过专业的训练。我告诉他:"雄鹰都是先被母亲扔下悬崖才会展翅翱翔的。你有很高的音乐天赋,仅仅只是缺乏锻炼!"听到我的鼓励,小扎西的眼里闪烁着泪花,在日后的训练中更加努力。最后果然没有让我失望,他将自身优越的天赋和科学的发声完美融合,表现也越来越好。经历这件事后,我感到很欣慰,因为我知道,比起教授专业知识,帮助学生树立勇气与自信更加重要。与孩子们接触一段时间后,我发现这些高原牧区的孩子非常有音乐天赋,不仅拥有大自然赐给的天然嗓音,而且乐感特别好,只是缺乏合适的乐器和专业系统的训练。

为了促进民族文化的交往、交流、交融,我尝试着将家乡安徽安庆的黄梅戏带入这片雪域高原,悠扬婉转的黄梅曲调与淳朴的藏族民歌相得益彰。当孩子们第一次接触到黄梅戏时,普遍感到新鲜又有趣。于是,我从黄梅戏背后的故事开始讲述,并教授唱法和身法。经过一段时间手、眼、身、唱的指导,这群孩子大都会伴着优美的旋律哼上几句:"树上的鸟儿成双对,绿水青山带笑颜……"从此,悠扬的黄梅戏曲调不时地飘荡在这片神圣的雪域高原上,让距离故乡千里之外的我,也时常感到慰藉。

工作之余,雪域高原上独特的风景和民族风情给予了我无尽的创作灵感。来此近三年,我接连创作了《援藏好儿郎》《幸福吉祥》《行走的界碑》《星光》《为人民》《和谐中国梦》《平凡的路》《共创新辉煌》《雅拉香布雪山下的草原姑娘》《担当》10 首音乐作品,这些歌曲大都讲述藏族同胞的感人故事,传递了高原人民幸福的声音,也曾登上西藏藏历年春晚的舞台。其中歌曲《幸福吉祥》的创作过程让我感触颇深。2020 年是全面建成小康社会和"十三五"规划的收官之年,是实现第一个百年奋斗目标的决胜之年,也是脱贫攻坚战的达标之年。进藏近三年来,我亲身感受和目睹了在中国共产党的领导下,西藏人民生活的巨大变化以及经济社会的飞跃发展,从之前的贫困高原到了如今天路四通八达、家家户户奔小康的美好局面,我在深入西藏各个新老居民区采风,了解西藏人民真实生活的情况之后,创作完成了音乐作品《幸福吉祥》。通过 MV,我们领略了大美西藏的迷人风光,感受到了藏族人民的幸福生活。令我没有想到的是,自己周末偶逛体育场,《幸福吉祥》这首歌已被热情好客、能歌善舞的藏族同胞搬上了大众广场舞台,成为他们广场舞的必跳曲目。看到藏族人民幸福的舞姿,我的内心深感自豪。我将不忘初心、牢记使命,紧跟时代步伐,扎根人民群众,把创作出更好的时代主旋律音乐作品作为我毕生的使命。

回想当初来到高原,从高原缺氧到适应高原,犹如经历一场生死劫难,心脏、脾肺增大,血液红细胞增多,血压升高,身体各种健康指数直线下降。望着窗外的月光,我又想起了启程前夕,上三年级的大儿子含着泪问我:"爸爸,你才回来,怎么又要走?你啥时再回来?"我抱着儿子说:"爸爸要去祖国需要的地方教书,那里的孩子们缺少老师,所以更需要爸爸……"面对家人,我的内心有些酸楚和愧疚,因为不久之前,我刚刚支援新疆归来。才别戈壁、又登雪山,我知道家人需要自己,但我也知道,边疆的教育更需要我,我心中的音乐之花也将一路从荒凉的戈壁大漠盛开到苍莽的雪域高原。终有一天,它将如同那象征着幸福吉祥的格桑花一样,绽放在每一个藏族同胞的心上。

胸怀初心和使命　何惧颠簸与流离

作　　者：郝加彬
派出单位及职务：安徽省安庆市望江县四中教科室主任
受援单位及职务：西藏自治区山南市完全中学历史教师

适逢伟大的中国共产党百年诞辰，激情燃烧的岁月源自伟大的梦想，伟大的梦想铸就伟大的工程，伟大的中国共产党成就了今天伟大祖国辉煌的事业。"感党恩，听党话，跟党走"，这是大江南北炎黄子孙的共同心声。生活在今日盛世的我尤其感叹党的伟大。

我是一名援藏人，也是一名历史老师。2019 年，响应党和国家的号召，受望江县教育局选派，我参加了安徽省"万人计划"援藏工作。8 月 26 日，飞往西藏拉萨的航班平安着陆，我正式成为了一名援藏教育人。

岁月不居，时节如流。转眼间，我的援藏生涯快要接近尾声。作为组织选派的援藏党员教师，我始终"不忘初心，牢记使命"。近三年里，听到较多的几句话就是"羊湖深，情怀更深；海拔高，境界更高""进藏为什么，在藏干什么，离藏留什么""政治过硬、身体健康、平安回家"……耳濡目染下，我自然牢牢记住了组织的嘱托和关怀。我清楚我的使命：带着无私奉献的精神和吃苦耐劳的品质支援西藏教育事业，传播教育理念，分享工作经验，心系民族团结，力促汉藏交流。为此，我迅速找准定位，转变角色，尽最大可能将自己的专业知识和多年的教育教学心得挥洒在这片神圣的雪域高原上。

面对部分基础薄弱的学生，我始终没有放弃初衷。通过反复强调和巩固，让他们掌握应有的知识，慢慢形成相应的历史思维。其间，我与组内几位年轻教师探讨过在西藏的教育教学方法，并邀请他们来到我的课堂。虽然我们对学情的判断基本一致，然而方法却大相径庭，他们认为我讲解过深、拔得太高。殊不知，这已经是我教学最低层次的要求了。但我相信，任何事物都有自己的规律，高中教学同样如此，尊重学情、遵守教学规律、把握学科特征，经过不断地实践和摸索，我们定会探索出一条适合西藏学生的有效的教学方法和思路。"苍天不负有心人"，第一次期中考试全面落败后，我的方法还是发挥了作用，学生不再死记硬背，而是通过把握学科规律，灵活记忆，之后每次考试的成绩基本位居前列。感受到进步的荣耀，学生更加喜欢上我的历史课了，同学科的几位年轻老师也主动向我靠拢。这可能就是所谓的"马太效应"吧，也算是业务上的"传帮带"了。

孩子们底子薄，基础差，我对他们既严且爱。当我严厉的时候，他们会像小学生一样安静地听我说教；当他们犯错的时候，标志性动作就是挠头、吐舌头；当我坐班发现板凳不见的时候，会有很多学生热情地让出自己的板凳；当我与同学们在校园的某个地方相遇的时候，会听到很多问好的声音："历史给拉（藏语，老师）好！"每每这些时刻，我的使命感和荣耀感油然而生，想到的就是怎样倾囊相授，让他们多学点知识，走出高原，走向更加广阔的天地。

我的受援学校是山南市完全中学，老师来自天南地北，汉藏比例大约是五五开。藏族老师热情有礼，我们交流的时候基本都用尊称，汉语表达也很流利，大家相处一直比较愉快。新学校因为师资缺乏，不少是大学刚刚毕业或者从县里初中学校选调上来的老师，在教学业务上经验不足，上升空间较大。2021年，我被学校任命为高一年级部主管教学教研的主任，目的就是在教学上把关、业务上带领教师成长。正所谓使命光荣，责任重大。

上任后，我首先深入课堂听课，了解教学的具体情况，然后不定时查看备课和作业情况。抓住第一手资料信息后，我做了几次关于教学教研方面的讲座，内容主要是如何备课、如何准确把握学情、如何开展课堂教学等等，要求每一位老师必须多钻研教材、多做题目，尤其是高考真题。学校还举办了青年教师课堂教学大比武和高考真题解题比赛等活动，以活动促教学、以活动促成长。老师们大多朝气蓬勃，有活力、能学习，很敬业，有责任心。经过几轮听评课，大家都有不小的进步。

本年级部的老师都有一个非常优秀的品质，那就是对待工作非常认真，安排的工作从未听到任何质疑的声音，最多是咨询，然后就是不折不扣地执行。学校层面开展的教师集体活动、理论学习等，只需要在工作群发一个通知即可。让我比较震撼的是每周一的升旗仪式全体教师能够自觉在广场上列队，国歌响起，全场无一点声响，行注目礼，唱国歌，气氛庄严，我不禁为之肃然起敬。西藏不仅是生态的净土，更是心灵的家园。

援藏期间，党员学习相当重要，参加组织学习是工作的一部分。几年来，先后由校党总支牵头开展了"不忘初心，牢记使命"主题教育、习近平总书记关于教育的论述和讲话、《习近平谈治国理政》第三卷、中央第七次西藏工作座谈会精神、党史学习教育等学习活动。每周一次集中理论学习，会后分发资料自主学习，年末评先评优的一个重要条件就是看学习笔记。我作为援藏的党员教师，响应党的号召，执行党的决定，认真对待，虚心学习。作为政治理论学习的系列步骤，我先后参加了"历史老师讲党史"和七一党的知识竞赛活动。在学校里的党史讲座反应尚可，后来还应山南市教育局邀请，在市委党校为市直学校的校长书记讲党课。当时我还自嘲"生平讲台上了无数次，讲坛还是第一回"。2020年七一前夕，学校举办党的知识竞赛，我报名参加并且获得了团体第一和个人第一的优异成绩。

援藏生活艰苦，高原缺氧、干燥、严寒、紫外线强烈，节奏很慢，工作单一，生活孤独。但是当你适应了这里的环境后，你会爱上这片神秘的土地。我爱这里的孩子，从他们的身上，我看到了纯真和善良，我愿倾我所学去培育浇灌他们。感谢我的同事和援友，是他们让我看到鲜活优秀的灵魂，感受到新时代的正能量，也让我不断自律、努力提高。虽远离故乡八千里，抛家别子，来到祖国边陲，支援西藏教育事业，但这既是挑战，更是担当。因为我一直坚信：胸怀初心和使命，何惧颠簸与流离。

"香甜"的酥油茶

作　　者：阮晋豹

派出单位及职务：安徽省合肥市第八中学教研室副主任

受援单位及职务：西藏自治区山南市完全中学年级部副主任

　　置身雪域高原近千日，除了需要克服高寒、缺氧、干燥等带来的身体不适，还要忍受夜深人静时的孤独和思乡。眼下，援藏工作临近结束，我时常在想：幸福感的获得不是想着自己失去了什么，而是思考自己获得了什么。近三年的援藏生活，我失去的是对妻儿的陪伴和对父母的照顾，可我得到了受援学校师生的认可、领导的信任，得到了孩子们"阮爸"的称呼，得到了每周一壶"香甜"的酥油茶。

酥油茶是西藏自治区最为常见的饮品之一，为藏族同胞所喜，味略咸，你肯定好奇为什么我喝的酥油茶是"香甜"的，别急，听我跟大家慢慢道来。

松动的螺丝钉

习近平总书记说："改变藏区面貌，根本要靠教育。"

2019年的9月，进藏不到一个月，我获得山南市高中优质课教学比赛第一名，被山南市教育局选派为秋季送教下乡的老师。送教下乡活动为期十天，我先后去了山南市的扎囊、贡嘎、浪卡子、措美和隆子县。而令我印象最深的是前往五县之中海拔最高的浪卡子中学送教，因为那一次险象环生，至今想起还心有余悸。

10月29日的山南最低温度已至零下。在扎囊实验中学送教完成后未多做停留，第二日我们又赶赴浪卡子中学，它的海拔有4500多米。

车在路上颠簸着前行，一直喜欢睡在最后排的老师难以忍受，换到了前座。同行的湖南援藏老师用颤抖的双手给车内两位藏族老师——卓玛和边宗拍着视频。行驶到距离上山两公里左右的曲水县雅江大桥附近，开车的师傅感觉不对，停车检查，发现左后车轮6颗螺丝已经断了4颗，还有1颗也已松动，即将脱落。也就是说我们可能在一只车轮只有1颗螺丝钉的情况下跑了近30公里的路程。如果没能发现，车继续开到山上的话……后果不堪设想。想着第二天的送教任务，随行领导立即电话联系市教育局的相关领导，司机师傅也打电话联系修车公司，我和另外两位送教老师则走到雅江对岸的曲水县找了一位修车师傅，可是没有相同的配件，师傅答应跟我们来停车处看看，结果一检查，发现4个轮胎上的螺丝全部松动。没办法，只能等着山南市的修车公司派人过来。雅江的水平静而又缓缓地向前流着,岸边的树叶也变得金黄。午饭后,修车的师傅到了,原来的轮胎已经变形,只能使用备胎。前后花了近四个小时的时间,我们又能继续前进了。

这件事,我在送教工作结束后才跟妻子说,视频的那头,她低着头沉默了一会,再抬起头看向我的时候,双目早已满含泪水,无论我跟她描述羊湖多美都没用。

10月的最后一天,在浪卡子县中学送教,让我一天之内见识到了四季的变换。早晨起床时因为"高反"而头痛,吃完早饭赶到学校,离上课只剩五分钟,教室里坐满了学生和听课的老师,窗外乌云密布,狂风四起。课后离开学校返回宾馆的时候阳光明媚,蓝天白云,景色宜人。可是在路上,北风夹着雪粒扑到脸上,让人睁不开眼。在高海拔的地方,我不敢奔跑,只能裹紧衣服,压一压帽子,侧身向宾馆一步一步慢慢挪动。

此次送教下乡,有3个县海拔在4000米以上,需要克服大风、低温、缺氧、干燥等恶劣环境,还有去返的崇山峻岭、悬崖窄道。在浪卡子的两夜,如同入藏的第三天,头痛欲裂,难以入眠;在措美的晚上,窗外狂风怒号,室内冷如冰窖,瑟瑟发抖。然而,送教过后,能让县里的老师们解决一些困惑,对使用统编教材有了信心,我觉得一切都值得。

送教,不仅是上一节示范课,更重要的是给所送教的学校老师们带去可供参考的建议,比如相关课程的教法、学法,这应该是自治区使用统编教材后老师们亟待解决的问题。

2020年5月至10月,我开设了2节市级公开课,为送教教师磨课2节。2021年7月至10月,我先后就文言文、古诗词、小说内容开设3次市级讲座、2节市级公开课,解答山南市初中语文教师在教学中所遇到的困惑。2022年4月中旬,我再次前往错那县中学开设讲座,给全县教师做了命题培训。

作为一名人民教师,我始终坚守身正为范、静心做事、与人为善的理念,教书育人是本职工作。作为一名援藏老师,我在雪域高原上更是尽心竭力承担着"传帮带"的角色,为受援学校、为山南教育贡献一份力,做一颗不松动、不变形的螺丝钉。

争做一名"发光"的老师

在中央第七次西藏工作座谈会上,习近平总书记指出西藏工作必须坚持以维护祖国统一、加强民族团结为着眼点和着力点。要重视加强学校思想政治教育,把爱国主义精神贯穿各级各类学校教育全过程,把爱我中华的种子埋入每个青少年的心灵深处。

作为援藏教师,如何在传授知识的同时引导学生树立正确的三观一直是我在教学过程中摸索和探讨的内容。"身正为范",许多时候我并不是以"说教"来要求学生,而是以实际行动来影响他们,让学生感受到我的热情和耐心。

2021年5月22日的晚自习,得知期中考试的成绩后,平时总像麻雀似的叽叽喳喳叫个不停的学生都安静了下来,甚至还有学生趴在课桌上,同桌在递送纸巾。哭了?不应该啊。我印象中这好像是第一次有人因为考试没考好而流泪。过了一会,我走下讲台,看见一位名为白玛卓嘎的女生还趴在桌子上,哭出了声响。我低下头,靠近她的耳朵说:"没事的,一次考试而已,别放心上。老师相信你下次一定会更好!"可是听了我的话之后,她的情绪仿佛更激动了,哭声更大了,双手紧握。看着趴在桌子上抽泣的女生,我莫名地感到心痛。

晚自习结束后,我建议班级几位学生带她去广场上透透气。晚读巡查结束,我不放心,到广场上找到了他们。女生的情绪好了点,愿意说话了,手掌也有了温度,不再紧握。我站在旁边,和三位同学一起陪着她。她说了一句藏文,我听不懂。旁边的男生帮我翻译了一下,她说:"我自己好无能,怎么努力也学不好。"听到这句话的意思后,那句"假如我是孩子,假如是我的孩子"立刻浮现在脑海中,我的眼角顿感酸涩。我蹲在她的面前,拉着她的手说:"孩子,你不能这样说,你这样说老师很心疼。花一样的年龄应该充满朝气与活力。你们每个人都是独一无二,无可替代的。学习只是生活的一部分,不是全部。你还有关心你的同学和老师。你不能说自己没用,你的歌声很悦耳,你的舞蹈很优美。你不可以这样说自己……"情绪激动的我一时间语无伦次,不知怎么安慰她。

随着黑夜的降临,白玛卓嘎的情绪有了好转,在同学的搀扶下向宿舍走去。

今年高考结束后,一位组内的老师问我,他后期能不能多听我的课,以便更好地站稳讲台。在沟通的过程中,他免不了对我说一些溢美之词,其中有这么一句:"老师你在讲台上是发光的,那是我很向往的一种状态。"

发光?我不知道,记得以前执教孟浩然的《夜归鹿门歌》后,八中有老师曾这么说过:阮老师站上讲台后和平时是截然不同的两种状态,仿佛自带一身正气。我不知道这算不算"发光"。我只知道当我看见教室里那一张张炯炯有神的面孔时,会情不自禁地提高嗓音,让孩子们感受到我的热情;我只知道当我站上讲台的那一刻,会不由自主地调整情绪,让孩子们的课堂变得不再沉闷;我只知道当我的讲解开始后,会顺其自然地进入教师的角色中,眼里只有学生;我只知道一旦开始讲课,即使生病,身体的不适也会自然消失,仿佛醍醐灌顶般变得通透;我只知道一节课当中,学生能盯着我看、跟着我的思路完成相应的学习任务后,我会高兴得像个孩子……我不知道这算不算"发光"。

而今,置身神圣的雪域高原,在我的眼中,每位同学都是那么的善良、可爱、活泼,无可替代。每周日上午,我会到学校"牵手小格桑",为他们即将到来的高考加油;传统文化节日到来时,我会教他们包粽子,带他们到操场赏月,普及端午、中秋的常识。孩子们在我的眼里就是高原的格桑花,注定能绽放出耀眼的花朵;就是雪域的雏鹰,注定能迎风展翅、直上云霄。作为一名老师,我相信自己的学生能够自信自强,勇敢无畏,成为对社会有用的人。

"香甜"的酥油茶

2019年9月,进藏10天左右,还未完全适应高寒缺氧的高原环境时,受援学校——山南市完全中学正式开学了。

开学前,可能因为我来自合肥八中,有着类似的工作经验,所以受援学校安排我担任学校的汉语文学科组长,同时派我代表学校参加山南市的高中语文教学比赛,一同参赛的还有一位藏族老师——德庆曲珍。

这位女老师来自山南市洛扎县,之前一直在初中任教,缺乏高中授课经验。她个头不高,说话温柔。赛前一周,她准备好参赛的篇目——《再别康桥》,邀请我听她一节课。初次听她上课,感觉她语调平和,甚至缺乏变化。我给予了详细的调整建议。后来,德曲老师获得山南市高中语文教学比赛三等奖。

那时的我们还不是师徒。

2019年的10月底,我在教育局的委派下,先后到山南市的5个县送教。同一时间,为了充分发挥援藏教师"传帮带"作用,山南市完全中学

"香甜"的酥油茶

开展了"师徒结对"帮扶的活动。就这样,德庆曲珍老师成了我的"帮扶"对象,成了我的徒弟。送教回来后,她开心地找到我说:"师父,以后我可以光明正大地听您的课了。"初听"师父"的称呼,一时还难以适应,因为在内地,我都是喊别的老师为"师父",结果到了西藏山南完中后,我却成了"师父"。

既然有了新的角色,那我得对得起"师父"的称呼。给出相关教学建议的同时,作为师徒,我俩也相互听课,每周至少2节。她可以听完我的课之后再到自己的班级授课,而我则会针对她每节课出现的问题做出详细的评价,给予相应的建议。一年时间,由于自身的勤奋与坚持,德曲老师的进步有目共睹,甚至后期的每节课都会有惊喜。2020年5月的"一考三评"公开课,德曲老师执教的《皇帝的新装》受到组内老师的一致好评。

2020年9月,德曲老师申请到初中部执教。我俩虽然不在一个年级,但专业上的沟通与交流一直在延续。作为一名藏族老师,她制作酥油茶的手艺有目共睹,深得大家的认可。每周四的上午,她都会煮上一壶酥油茶,送到我的办公室。金黄的酥油下面是乳白色的茶汁,喝上一口,有淡淡的咸味,仔细品尝,内心甜甜的。因为酥油茶见证了我援藏工作的意义,它知道我做了什么、留下了什么,它也是汉藏友谊间的桥梁与纽带。

人生如逆旅 我亦是行人

作　　者：李为峰

派出单位：安徽省阜阳市临泉县教育局

受援单位及职务：西藏自治区山南市完全中学副校长

忙碌的日子总是令自己无暇烦恼与孤寂，就连家人的视频问候也经常会被提前挂断，来不及说声"对不起"和"抱歉"。时光就是这样匆匆，不给你过多的思绪。今晚风大，无法散步，室外风吼，室内安静，突然发现自己为期三年的援藏支教已接近尾声，不免有点失落和伤感！随手翻开桌上的《苏东坡全集》，今天看的是《临江仙·送钱穆父》："一别都门三改火,天涯踏尽红尘。依然一笑作春温。无波真古井,有节是秋筠。惆怅孤帆连夜发,送行淡月微云。尊前不用翠眉颦。人生如逆旅,我亦是行人。"哦!"人生如逆旅,我亦是行人",真好!

入藏近三年,突然发现自己可以对美丽的蓝天白云视而不见,对巍峨雄伟的群山习以为常,对纯朴善良的藏族同胞称兄道弟……无意间度过了初来雪域高原的"高反"期、煎熬期,迎来了远离家乡的思乡期、孤独期……瞥一眼窗外昏黄的路灯,想起自己和25位援友一起的点点滴滴,不免思绪万千……忘记了当初的艰难选择,习惯了今天的闻香求食、听风求乐……就是在这个遥远的第二故乡,我们都在为一个相同的目标而共同努力着,虽然还有些孤单寂寞,但大家似乎已经习惯了工作中的夙兴夜寐、披星戴月……

而当这一切成为习惯的时候,我才体会到人生的价值就是平平淡淡、默默耕耘……耳边再次响起父亲生前的话:"日子就是熬过去的,如果你习惯了平淡也就成就了幸福……"是呀!我所支教的山南市完全中学,是一所市直属寄宿制的完全中学,每周六、日正常上课。这里的孩子有四分之三来自农牧区,他们大多数一学期只能回家一次(牧区学生回家一次基本上来回就需要四天),因此,我们的星期天也基本上都贡献给了这些可爱的孩子。援藏伊始,也是新校落成、开始招收第一届学子的日子,我们这批援藏教育人见证了这所如初生婴儿般学校的茁壮成长。学校占地242亩,是全区少有的。教学楼、实验楼、综合楼、学生食堂和宿舍,都是独具特色的藏式建筑,浓浓的民族文化能瞬间让你的心灵融化。每天站在校园的晨曦里,抬头看着群雁飞过,真想做一只展翅高原的大雁,融入雁群之中,清晨迎霞南飞、傍晚披星北归……这样,我的生命也许会因平淡而变得有意义吧!

不知什么时候，窗外的风悄悄地溜走了，路边的灯光也亮了许多，一声声汽笛的长鸣透过双层玻璃窗，清晰地传入我的耳中……虽然夜已经深了，但路上的每一位行者都有一个目标——或家，或单位，或旅店……不管什么地方，他们都没有停下，这也许就是他们深夜依然前行的动力。人生需要目标，有了目标才有动力，我又何尝不是呢？这时耳边响起了我们的援藏总领队汪华东书记在教师节慰问我们时说过的话："……同志们，我们作为一名援藏教育工作者，要时刻记住'进藏为什么，在藏干什么，离藏留什么'……"是呀！进藏为什么？在藏干什么？离藏留什么？这样一想，我突然感到自己浑身轻松起来。

窗外月朗星稀，我感觉今天头脑特别清醒，一点睡意也没有，合上书本，站起来在房间里随意走着。想来，对于一个出生在海拔不超过 30 米的小县城、工作多年连座小山都没有见过的我来说，突然有一天来到有两个黄山那么高的地方工作、生活三年（山南市区平均海拔 3700 米，黄山主峰莲花峰海拔 1864.8 米），我真是经历满满。初到山南，我被周围群山的荒芜和市区的绿意盎然形成的反差深深震撼，被远处覆盖着皑皑白雪的山头和万里无云纯洁的蓝天深深吸引，被随意快走几步就要大口喘气和太阳光下皮肤针扎一样的疼痛深深折服……2020 年 10 月，我有幸去了一趟我们学校扶贫点——山南市隆子县雪萨乡笨扎村（行政村）。慰问结束后，我的帮扶人索朗和驻村领队带我参观了村民之前生活和居住的地方：一段只容两人并排行走的小胡同，两侧是用黑色小石片堆砌起来的墙，差不多有一米厚、一人多高；胡同的尽头是几间用石头筑成的低矮房子，站在里面，一伸手就能触到房顶，面积最大的不超过 15 平方米。即便如此，当时一个家庭也只有一间这样的房子。今天，那里虽然被遗弃了，但仍然留下了古老、原始的藏族同胞的生活气息，诉说着一个民族艰辛的生活历史,展现了一幅现代文明与古老建筑并存的美丽画卷……这让我想起老子《道德经》中的一句话:"胜人者有力,自胜者强。"其实,人生最大的敌人是自己,只有勇于战胜自己,才能成功。也因此,在学校每周一次的主题教育活动中,我学会了自我净化、自我完善、自我革新、自我提高,学会了相信自己身边的人,学会了容忍别人的错误,学会了给别人改正的机会,明白了"特别能吃苦、特别能战斗、特别能忍耐、特别能团结、特别能奉献"的"老西藏精神"的真正内涵,学会了"缺氧不缺精神、艰苦不怕吃苦"的"援藏精神"……

前几天与省立医院心脑血管专家孔教授聊天,他告诉我,人的心肺功能是可逆的。援藏三年不算长,回到内地,少则半年,多则三年,只要注意休养,是可以恢复的。因为,人的基因和免疫力非常强大。现在,再次想起孔教授的话,我感觉自己又一次找回了进藏的初心……我想,25位援藏教师和我一样,心中都有一个信念:把教育援藏工作做好,为西藏教育的跨越式发展贡献力量,不辜负安徽人民的重托!

援　藏

珠峰格桑花,雪域羊卓湖。

三年西藏行,一生边疆情。

援藏上班偶遇记

作　　者：杨丽萍

派出单位及职务：安徽省淮南市市直机关幼儿园美术教师

受援单位及职务：西藏自治区山南市完全中学美术教师

　　科学家希望和发明创造偶遇；旅行家希望和自然奇景偶遇；冒险家希望和刺激惊险偶遇；我作为一个普通人，能和什么偶遇？

　　在西藏高原缺氧，我平时不敢做剧烈运动，感觉身体缺乏锻炼。周六上午有一节课，不用提前去坐班，看着时间还早，就想走着去学校，既能锻炼身体，又不耽误上班。

　　走大路，单车道，没有人行道，过往的大货车太多，不用说汽车尾气了，单单大车扬起的灰尘就能让人灰头土脸。我临时起意，准备走民宅后面的一条小路。我记得散步时看到过一条水渠，延伸到学校方向，如果走这条小路,应该是一条直线。于是就一个人从援藏家园南面向右,拐进民居后面的小路。小路仅够一个人走,说是小路,其实走着走着,似乎就没有路了,水渠旁边有一排柳树,那就沿着水渠走吧。我边走边欣赏田间风光,看着一块块青稞田地,绿油油的,其间散落着金黄菜花,有的田里什么都没有种,周围用铁丝和篱笆围着,放养着几头花奶牛,有黑白花的,有棕黄花色的,大大小小几头奶牛,头也不抬,悠闲地吃着野草。

我正惬意的时候,突然毫无征兆地从旁边小屋里蹿出一条大藏獒。它又长又黑的毛发倒竖着,身体俯冲,低着头,龇牙咧嘴,呜呜地向我扑来,此时的我被突如其来的"偶遇"吓得魂飞魄散,本能躲避,向水渠另一边跨越。水渠并不宽,惊慌之下,我竟然没有跨过去,整个人掉进水渠里。水渠看着不深,掉进去才知道,里面的淤泥已经没过大腿。顾不得淤泥脏臭,我惊恐地大叫"救命啊"!随着我的叫喊,从旁边藏式住宅里走出一位穿着藏袍的妇人,她手拿拐杖吼打着藏獒,藏獒乖乖地顺着水渠跑掉了。接着她把拐杖伸向水渠里惊魂未定的我。看着慈祥的老妈妈,我双手奋力撑着水渠边沿,爬出水渠。老妈妈竟然会说汉语,她拉着我的手,让我到她家洗洗。我不好推辞,若此时回住处换洗,肯定会耽误上课,于是我跟在她身后,拖着湿漉漉的鞋子和裤子,红着脸,尴尬极了。老妈妈家没有其他人,她一边给我放热水,一边关切地寻问我到哪里去、做什么。得知我是援藏老师,她更热情了,安慰我别着急,不会耽误上课,又给我找来了她女儿的鞋子和藏装,让我换上。等我换好衣服,她把家里电瓶车钥匙递过来,我感激得不知道说啥,向老妈妈鞠躬致谢!老妈妈的话一直记在我心间,让我觉得援藏再苦再累都值得。她说:"你是教育藏族孩子的老师,是我们最尊敬的人!不用谢,赶快去给孩子们上课吧。"我骑上电瓶车,奔向学校。走进教室,上课铃声刚刚响起。

是的，汉藏是一家，人心换人心，我们都是中国人。藏族老妈妈的及时帮助，使得我从危机中脱险，她温暖的话语让我不再尴尬，一位普通藏族妈妈用行动让我深切感觉到汉藏一家亲！同时感觉到援藏人的光荣，今后我会以更专业的水平上好课，以博大的爱心引导好藏族学生，再续汉藏一家亲，让民族团结之花更加鲜艳。

偶遇了传说中的藏獒，看到它庞大的体形，感受到了它的威风彪悍，是我无意侵犯了它的领地，它在没有主人的指示下，依然忠诚于自己的职责，我虽然受了点惊吓，但还是对藏獒的忠诚勇猛心生敬意。

山南市错那县拿日雍措景区

情系格桑花　梦圆藏土地

作　　者：朱代玉
派出单位：安徽省马鞍山市当涂县石桥中学
受援单位：西藏自治区山南市完全中学

　　2019年8月，酷暑盛夏，烈日炎炎，安徽省马鞍山市正遴选一名思政教师入藏支教三年，这一消息让我本就燥热的心一瞬间变得炽烈。然而一想到9月初即将与女友完婚，我炽烈的心如同被泼了一盆凉水，让我在这个夏日里思虑万千！脑海中重重顾虑、万般不舍，但入藏支教这一信念强烈支撑着我，更让我深深感动的是，组织上及我爱人对我的援藏梦想给予了极大的支持与帮助，让我的援藏之旅最终得以实现。

初到西藏　此心安处是吾乡

　　初进藏，西藏给我的第一个下马威就是高原反应。"西藏"这个地名曾经于我来说是蒙娜丽莎似的神秘与心潮澎湃的向往，真正踏足这个神秘的地方，那清澈空灵的蓝天、雄伟挺峻的高山、碧绿可人的湖水，让我浮躁的心灵得到了瞬间净化！但随之相伴的是生理上的强烈反应，头晕、胸闷，甚至呕吐、流鼻血、手脚无力，夜间于床榻上辗转难眠……种种高原反应症状一遍遍洗礼着我的身体，磨炼着我的意志，我深刻体验到"高反"给我生理上带来的巨大痛苦，更体悟到人类在浩渺的大自然面前恰如尘埃、恍若米粒！自然环境虽然艰苦，但藏族孩子们展现出来的真诚面孔与朴实话语，强烈且真切地触动了我的心灵！这些世居于此的孩子被烈日渲染出黝黑又红润的面孔，却于寒风沙暴中洋溢着纯真："老师，我们脸上的高原红，正说明我们对得起西藏的太阳！"正是这片土地的严酷，塑造了藏族同胞谦顺、宽厚的品质，更孕育了藏族同胞坚韧、不屈、勇且无畏的精神！这种精神让我忽感浑身力量澎湃，我知道自己来对了地方，此心安处是吾乡！

汉藏一家　铸牢民族共同体

我所支教的学校坐落于山南市南郊巍巍山脚下，是一所美丽的市直属完全中学。于这所校园中，我时刻感受着藏族同胞迸发、洋溢的热情与友善，汉族、藏族以及其他各个民族相处和谐融洽，学校的人文气氛其乐融融，身临其中，能够体会中华民族大家庭的浓浓情意与温暖！各民族间深度地交往、交流、交融，不同民族文化作为中华文化的一部分，交相辉映，各自演绎着那一份精彩与风情。于这片广袤的土地上，我品味了人生第一杯酥油茶，分享了人生中第一块糌粑，跳上了人生中第一支锅庄舞。糌粑、酥油茶、锅庄舞……它们蕴含着的是藏族同胞们满满的深情，让我用心灵去感悟，欣赏了藏族文化之美韵、藏族同胞之质朴。我们也为藏族同胞带来了春节团圆夜共享的饺子、春联,向藏族同胞介绍端午节的起源,手把手地教孩子们包粽子,学校里的学生们唱起了充满韵味的黄梅戏,穿上了儒雅内秀的汉服!各民族文化在一个个欢快的活动和日常交往中不断交流、交融与升华!可爱的藏族孩子们在这个过程中,亦同我们援藏人结下了深深的情谊,质朴的他们每每见到我与同仁,都会热情地招呼、深深地鞠躬,向老师表达敬意,这一幕幕情景让每一位援藏同仁为之深深地感动!在这片土地上,藏汉同胞时时刻刻用言行彰显着"汉藏一家亲,融融一家人"!

传知带新　不忘初心记使命

山南市完全中学是一所于2019年9月新生的学校,完中的老师们从五湖四海齐聚于这所新生的校园。在这样一所学校里,一张张年轻且有朝气的青年教师面孔,为茵茵校园带来了无与伦比的青春活力。与此同时,青年教师作为新园丁,从教经验正在不断地积累、形成之中,可爱的他们于教学中有时略显青涩,完中"青春"的思政学科教师组也是如此。执教2019届14个班级思政课的有我和两位青年教师,具备高三从教经验的仅我一人。我深深感受到带领这些青年教师快速成长起来,不正是我处于此地、此岗的意义与价值吗?为了完成这一光荣使命,我带领本组成员积极讨论,共同商定教学计划。带领学科组成员丢下羞涩,积极进入"对手"的课堂,组员们一如学生般认真听课、学习,于实践中去感受每位教师在课堂中难得的优秀潜质,并帮助讲课的老师找寻那些可打磨提高的细节、不足。在此过程中,年轻人之间不乏激烈的争论与探讨,正是在"面红耳赤"的讨论中提高了他们的教学素养与能力!我还通过引导组员们学习最新的教育教学理论、党的大政方针以及最新课程标准,为每一位教师的课堂教学指明了方向。本组教师经常齐聚一堂,集思广益地开展集体备课活动,在激烈讨论中、在思维火花碰撞下、在深入沟通里,实现对集体备课成果的深度精练和完善。"来藏为什么?在藏干什么?离藏留什么?"这是我常常思考的问题。我想发挥好"传帮带"作用,为藏区留下一批带不走的老师,从人才队伍建设上为西藏教育事业的发展留下一批中流砥柱,这可能就是每一位援藏教育人的使命和初心吧!

积极竞赛 实践打磨出锋芒

对于学科竞赛活动,我经常鼓励学科组成员积极参加、投入其中,自己也积极身体力行,主动做好带头示范作用。2020年,我有幸参加了2020年全区高中阶段思想政治理论课教师教学竞赛,我和我的师徒结对教师索朗次仁一起接受了这次比赛的洗礼。比赛期间,我热情帮助索朗次仁老师磨课件、磨课堂实效、磨教态教案……用竞赛来激励自己提高教学素养,更精细地打磨徒弟索朗次仁老师的教学技巧,我们竭力在竞赛中赛出自己的水平、赛出山南完中的风采。最终索朗次仁老师在此次比赛中获得了市三等奖的佳绩,我也因比赛中优异的表现,获得了西藏自治区一等奖的好成绩。2021年,在第三届全国中小学青年教师教学竞赛山南市级选拔赛中,我指导的本校两位青年教师分别斩获了市一等奖和市二等奖的优异成绩,我因此被授予"优秀指导教师"的称号。理论终须实践,教师的成长离不开一次次教学竞赛的打磨与塑造,通过青年教师积极参加各种学科竞赛活动,也通过我对参赛青年教师的不懈指导和打磨,真正将我的一些理解与认识融入本地教师的教学技能与素养中,这也是我对"离藏留什么"所做出的摸索与践行!

转眼,三年援藏已然接近尾声,不舍与难离时时充斥着我的心灵。曾经做出的离故土赴西藏的决定犹在眼前,三年时光亦不觉间悠悠远逝!三年来时刻谨记发扬"老西藏精神",将"艰苦不怕吃苦、缺氧不缺精神、海拔高境界更高"作为自己工作、生活的座右铭!我始终坚持尽自己一份力去发展西藏山南的教育事业,也竭力做到为安徽援藏人增光添彩!在一批批援藏人前赴后继、义无反顾的支援建设下,我仿佛看到西藏这艘船在党中央的关怀下,正乘风破浪,直挂云帆!

山南市错那县让荣湖景区

"谢谢你，大个子叔叔"

作　　者：龚宾宾

派出单位：安徽医科大学第一附属医院泌尿外科

受援单位及职务：西藏自治区山南市人民医院综合外一科副主任

  2021年7月21日，我光荣地成为安徽省第七批医疗援藏工作队的一员，祖国西南边陲的高原便是我们此行的目的地。她或许神秘，或许美丽，或许优雅，但在我眼里她一定充满生机！

  作为医疗队的一员，我是身材最高、年龄最小的外科医生。入藏后，头晕、胸闷、失眠等高原反应困扰着我，让我感到极不舒服，但我尽力克服不适，迅速投入工作中，用自己的专业技术特长帮助当地的藏族同胞解决医疗卫生服务难题。

立足岗位，勇担重任

泌尿外科是山南市人民医院成立较早的科室之一，但发展至今，依然没有独立，也没有专科医师，很多专科类手术面临着技术短缺的难题，一些三四类微创手术也一直不能开展，这些缺陷严重制约着科室的发展。但山南属于泌尿系结石高发地区，特别是儿童肾结石的发病率长期居高不下，很多患儿需要转诊去很远的地方才能接受治疗。如何解决这一难题成为当务之急。在了解到这个情况之后，我立即着手开展调研，并答应平措桑布主任的请求，竭尽全力和大家一起把儿童泌尿系结石微创治疗开展起来，让孩子们足不出市就能接受治疗，免受奔波之苦。

仁心仁术，解决病痛

一天，门诊部的次旺医师打来了求助电话："龚老师，这里有一个15岁的小孩索朗桑布，满肾脏都是结石，其他医院都称无法进行手术，希望您看下影像片子，我们能不能收治？"看完片子后，我发现孩子的情况确实比较危急复杂，于是第一时间回复信息："尽快收治住院，我来给他手术。这么多结石，这么长时间，有可能已经损害孩子的肾脏功能了。"患儿入院后，我与索朗桑布的母亲进行了一次术前谈话，看到我年纪不大，又不是本地医生，她的眼中透露出一丝忧虑和担心。于是，我从治疗方案、手术并发症、术后恢复、注意事项等多个方面进行讲解，认真做好患儿母亲的心理疏导工作，最终，她信任地在手术知情同意书上签了字。

10月14日上午，手术如期进行，历经两个多小时，经皮肾镜碎石手术顺利结束。而后我用B超检查了一下患儿的肾脏，没有看到结石残余的声影，此时我才如释重负，腿脚因长时间地站立已然发麻，更觉有些疲倦喘闷,下半身的手术服也已被冲洗液完全湿透。带上手术室的血氧监护一测,我的血氧才85%,而心率已经到了140次/分!麻醉师看到后也立即提醒我:"老师,您快去吸会氧,休息一下吧!"真正放松休息时,我才发觉自己双腿冰凉,已经感受不到温度,手术室却没有热水可供冲洗,盒饭也已透凉,但我此刻无暇顾及自己,而是想着孩子手术非常顺利,内心充满了喜悦和感动。

10月18日下午,出于对患儿的关心,我到病房查看患儿的情况。片上已经看不到结石残留,结石清除率100%。我把术后复查情况告诉了患儿的母亲,她和孩子都很高兴,不断地向我表示感谢。

10月20日,患儿要出院了,床位医师扎西达杰突然和我说孩子要见一下援藏医生。见面以后才发现——原来他要用藏族的方式感谢我,为我献上一条洁白的哈达。洁白的哈达挂在身上,是感谢、是信任,更是责任,也代表着藏族同胞最真诚的情谊!洁白的哈达更加坚定了我援藏的决心,让我觉得所付出的一切努力都那么值得。

再担重任,迎难而上

元旦以后,队里老师们已经开始陆陆续续返回内地休假了,而我却选择了留下来。那天,有个6岁的小卓玛在妈妈的陪同下来到泌尿外科门诊就诊。经过检查才知道,她的肾脏里长了一颗1.2cm×1cm大小的结石,因为结石已经形成梗阻积水,所以患儿腰疼症状逐渐明显。患儿情况比较紧急,我和家人沟通后,暂停了回家的计划。

我仔细检查了小卓玛的病情,得出需尽快做经皮肾镜手术碎石解除梗阻的结论,但考虑患儿太小,手术风险极大,稍有不慎就有"出血丢肾"的风险,所以我迟迟没能决定做手术。如果能使用可视针状肾镜穿刺碎石术,可以大大降低手术的风险,但山南市人民医院甚至整个西藏地区都没有这样的设备,这使我心急如焚。为了让小卓玛用上这样的手术器械,我多方联系协调,耗费了很多时间和心力,最终,家乡的佑康科技公司答应免费寄送一套可视肾镜系统帮助进行手术。

1月14日,小卓玛的手术得以如期进行,在医院没有介入保障的情况下,我只能更加谨慎小心,一旦穿刺失败,后果将无法预料。在超声引导下,我耐心地探寻穿刺,最后成功建立通道,患儿肾内的结石也被顺利清除干净。这把4.5F可视肾镜,操作通道直径只有1.5mm,因为操作空间小,术后皮肤上仅仅留下一个针眼大的伤口,损伤极小,术中出血也很少。手术顺利结束后,我坐在手术室里,不禁露出了喜悦的笑容,因为小卓玛的肾脏保住了,一切的付出在生命重焕生机时都得到了最好的回报,高原上美丽的格桑花依旧会盛开,且开得更加璀璨!

1月17日,专家楼里的老师们已经走得差不多了,而我却一大早来到病房查房,查看小卓玛时,她已经可以下床走动了。当她和父母亲得知我要返回内地时,坚持要过来为我送行。在妈妈的搀扶下,小卓玛慢慢走出病房,来到护士站轻轻地对我说:"谢谢你,大个子叔叔。"并为我献上了洁白的哈达。我拉着她的手合影,眼泪却几欲夺眶而出……那一声清脆的"大个子叔叔"将永远刻在我的心底。

砥砺初心,无悔援藏

一声"谢谢",一条洁白的哈达,是对我们医疗援藏工作最好的肯定。通过我的努力,山南市人民医院成为西藏地区首个开展儿童无管化可视肾镜碎石手术的医院,泌尿外科在儿童肾结石诊治水平上也进入自治区前列,入藏前答应科室平措桑布主任要让孩子们足不出市在家门口接受治疗的愿望已经实现。同时，我的学生扎西达杰的泌尿外科理论知识不仅变得扎实，还掌握了输尿管硬镜碎石术、输尿管软镜碎石术、经皮肾镜碎石操作要领以及前列腺电切手术等，并能够独立运用，这也为医疗援藏"师带徒"计划交上了一份满意的答卷。

援藏医疗人才是党中央、总书记派来的健康使者，肩负着促进各民族团结的责任和守护健康的使命。我坚信，通过一批又一批"组团式"医疗援藏工作者的接力，努力把援藏工作从"输血"变为"造血"，进而成功打造一支带不走的"安徽医疗队"，西藏的明天必定会更加美好！西藏人民的获得感、幸福感会更强！扎西德勒！

山南市贡嘎县杰德秀湿地景区

雪域红心　无悔援藏

作　　者：李眸

派出单位及职务：安徽省胸科医院结核一科副主任医师

受援单位及职务：西藏自治区山南市人民医院感染科主任

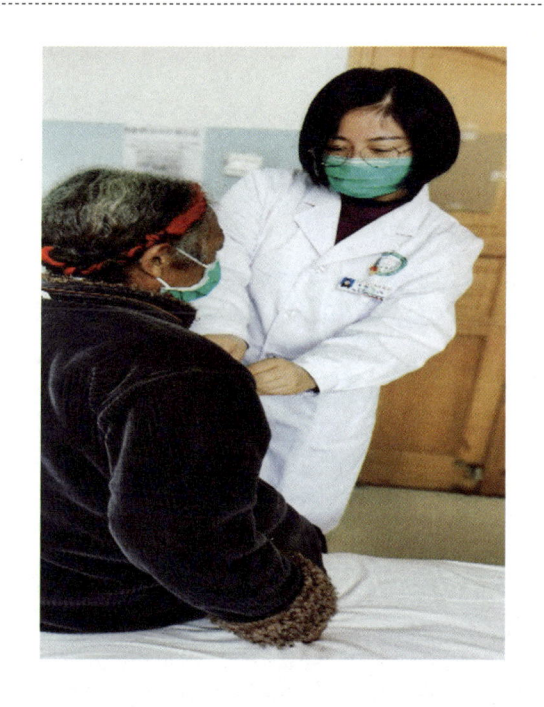

　　岁月不居，时节如流，转眼我从皖中大地走向4000公里之外的雪域高原，已然一年。

　　拥之则安，伴之则暖，转瞬我在雅砻大地4000米海拔的高山河谷行医，已有三百多日。

——题记

历经近一年的"高反"洗礼，作为一名医疗援藏人，我现在可以倔强地伫立雪山之巅，矫健地行走雅砻河畔，领略了喜马拉雅的逶迤，见证了寒风刺骨的浩荡。我无比自豪，我甘之如饴。

百舸争流奋楫者先，千帆竞发勇进者胜

刚进藏没几个月，医疗队的援藏同事们就斗志昂扬，一个个都想为藏族同胞做点贡献。短短两三个月里，大家开展了很多个新技术、新项目，创下了山南市人民医院很多个第一：第一个巨大肾脏肿瘤栓塞术；第一台儿童经皮肾镜碎石术；第一次十二指肠镜检查术……我励志要向优秀的同事们学习，如何能在现有条件下开展更有效、更有用的能留得下来的工作呢？

援藏前，我在原单位的结核科工作，而在这里被分到了感染科。面对的除了结核患者，还有一些乙肝、手足口、带状疱疹、梅毒等病患者。结核菌是一种特殊细菌，它会感染全身，所以对医生来说，我们更要掌握全科的知识。这里的医生其实对结核的诊治也存在很多困惑，希望自己能够帮助他们提高结核病的诊疗水平，包括耐药结核病、危重症结核病等。而我也将向他们学习一些其他传染病的诊疗知识。

根据2021年国家权威数据统计，西藏的结核病发病率在全国排名第一，约是国家平均水平的三倍，而病原学阳性率、肺结核治疗成功率、分子生物学检测能力，都远远低于国家平均水平。2021年8月，我进藏后经过前期调研，认真分析了原因，发现医务人员送检意识不强，一半以上患者都是临床诊断甚至疑似诊断就开始用药，只有20%左右的患者得到确诊；气管镜、肺穿刺的检查治疗手段没有充分利用起来；患者就医不便或者卫生意识淡薄,不重视这类疾病,导致了发病率高、治愈率低。因此,我确定了自己的目标:重练基本功,做到精准诊治!这样很多患者就不会发展成急危重或者耐药的患者,也大大减少了传染源。

初到山南,我就碰到一位全身淋巴结肿大伴肺部病灶复发的患者。患者从高中时期到现在,一直无法确诊,用药反应大,病程长达十余年。患者痛苦不堪,除了机体消瘦以外,精神压力也特别大。评估后我建议穿刺送检,科室医生都用怀疑的眼神望着我,因为他们之前从来没有对淋巴结进行过穿刺诊断。一来他们认为淋巴结小,穿刺风险大,容易伤及动脉和周围组织;二来他们认为穿刺确诊可能性小,因为病理检验水平跟不上。在我的坚持下,同科室的朱医生给患者耳后的淋巴结穿刺,因为取样比较少,未得到检验科明确诊断。我在仔细判断病情后,决定亲自穿刺送检。按照以往的经验,我选用比较小的5ml注射器进行穿刺,这样压强大,穿刺取材成功率比较高,但是因为未完全液化,抽出来的组织并不多,并有少量出血。然而在涂片过程中,我还是能隐约发现少量干酪性坏死组织,这下我心里有数了。我把最有可能查出来的穿刺淋巴组织送到病理科,建议他们做"抗酸染色"。果然,病理科的援藏医生王老师在一番仔细地检验后,给出了大致的方向。隔天,山南市人民医院一张病理科抗酸阳性的报告单发出来了。据悉,像这样的报告单,山南市人民医院在过去的几十年间,一共才出过十几张,对于这样的一个高发病率的地方来说,这显然不符合常理,这说明临床医生对这种疾病的认识严重不足,送检数量少得惊人。结合这个患者的临床表现和影像结果,我给这个十余年久治不愈的藏族姑娘一个基本明确的诊治方向。这是山南市人民医院第一次用淋巴结穿刺针吸术明确的淋巴结结核的病例。也正是这件事让我认识到精准诊治和扎实掌握基础病、多发病在援藏诊疗工作中的重要性。

针对工作中遇到的这些问题,我采取了积极有效的措施,别人三级查房是一周两次,而我对自己的要求是每天都要带领下级医生对每个病人进行查房,选 1—2 个有代表性的病患案例仔细分析给带教的学生听,从而举一反三。每周三上午 10 点,我组织山南和安徽两个医院的科室开通线上会议室进行业务学习,包括结核诊疗指南、专家共识,并对工作中遇到的典型病例进行讨论;遇到疑难重症患者,随时连线进行多学科会诊。为了方便藏族同事们学习,我把与结核病相关的所有知识、指南、专家共识等编辑成册,一共 200 多页,放在科室供大家随时翻阅学习。为了进一步开阔大家的视野,我带领大家一起参加国家继教班的学习、竞赛,我积极参与其中,有幸斩获"雏鹰课堂"病例征集活动全国二等奖,代表山南市人民医院在 2022 年结核病临床思维挑战赛西藏预选赛中荣获一等奖,并获得"中国影响力医生"的称号。为了扩大我们的影响力,做到专病专治,我又带着大家策划拍摄传染病的科普小视频,这在所有科室里也是首创。为了把省外专家请进山南,也为了我们山南市人民医院感染科能够走出去,我带头举办了首届"特殊人群结核病诊疗新进展学习班""结核病诊疗青年论坛"等活动,大大提高了大家的学习积极性和诊疗规范性。

一路颠簸一路无悔,跋涉路远情谊深长

在山南的日子一天比一天充实,我的见识和阅历也比来时更为丰富,这里的每一件事和每一段经历都让我记忆深刻。而我很难忘对全身淋巴结肿大伴肺部病灶的复发患者卓玛的回访。

在卓玛就诊后的半个月左右,我电话随访,得知她的淋巴结肿大伴肺部病灶的症状明显好转,就嘱咐她一个月后来复查。但是不凑巧的是,恰

逢感染科病房改造，患者错过了复查的门诊时间。我心急如焚，担心她又像第一次治疗一样半途而废，电话询问要不没人接，要不就是在说我听不懂的藏语，只知道复查了片子，结果不得而知。那天下午我越想越着急，匆匆收拾了一下，打了一辆出租车去往距离山南100多公里的曲松县。我当时完全忘了对于我来说那是一片陌生的地方；忘了没有和患者约好时间，完全可能跑空；忘了我不懂藏语，有可能什么也问不出来；忘了我出发的时间已经是下午5点多了……所幸司机顺利找到了她的家，患者恰巧刚从外地赶回，所幸一个半小时的路程天还没完全黑，司机师傅是个懂汉语的藏族同胞……再回到宿舍时已经是晚上10点多了。我很开心，患者病灶恢复得比我想象中要好很多，也坚定了我陪伴她继续治疗的信心。

在卓玛住院期间，我就知道她家生活拮据，担心她因为费用的问题中断治疗，这也是我一定要进行这趟访视的原因之一。我曾经私下里费尽周折为她向药物临床试验的相关课题组组长单位申请，看能不能参与免费治疗，但是因为入项标准非常严格而被排除了。前两天我又打听到以他们家的经济状况，可以申请国家救助，每月的医疗费用只需要付10%。给她家送去这个好消息，也是我此行的另一个目的。卓玛听了这个消息以后，握着我的手激动地连声说"谢谢"。临走时，我只留下了打车回去的费用，把身上剩余的1000多块钱塞在卓玛的手里，告诉她有任何困难都可以联系我。临别转身时，我从卓玛和家人眼中闪动的泪光里，感受到了他们对于生命的渴望，只一刹那，我便从内心深处最柔软的地方，感到了此行的无价。

第一次访视患者的经历对我产生了很大的鼓舞，这不仅拉近了医患之间的距离，也给了患者很大的鼓励。我想这样的工作还得继续开展下去。虽然电话随访很方便，但是第一次到患者家里访视，让我感觉到更有价值,也让我更快融入了藏族同胞的生活。

一路的奔波,我辛苦并快乐着

也是这一次的访视,让我深深体会到,在西藏就诊很不方便。因此,我和朱砂医生策划建立感染科网上就诊平台,此前我的在线患者浏览量就有20—30万人次,长期管理的患者也有1000多人。我将自己的经验介绍给他们,方便患者网上就医,这样既省去了患者交通往来的麻烦,也利于床位医生随访自己的患者,一举多得。

回忆援藏的短短一年,我第一次在感染科建立了业务学习制度、访视患者制度;第一次分享超说明书的使用,把雾化结核药物的理念用在特殊患者身上;第一次带领他们给支气管结核患者做气管介入注药的治疗;第一次开展支气管动脉栓塞术治疗肺结核咯血的患者……我和感染科的医生们并肩作战,也留下过很多美好的第一次:第一次凌晨1点被喊去抢救患者,抢救结束后我发现抢救流程不够简化,因而留下来和同事讨论并重新制定抢救流程,直到早晨7点;第一次带领感染科小伙伴抢救急性血胸的患者,轮流值守三天三夜,直到患者停止出血,生命体征平稳;第一次因为医嘱的问题,我严厉地批评了带教学生,对他的不悦我默默地看在眼里,中午临走时放了两个大苹果在他的桌子上,而后他发来了啃苹果时候灿烂的笑脸……一点一滴我都珍藏在心底。

征程万里疾风正劲,重任千钧须再奋蹄

回首在山南的这十多个月,我所做的点点滴滴都是自己工作范畴的事情,实在不值得拿出来炫耀。我也只是千千万万援藏工作队员中的一分子,再普通不过,再平凡不过。比起戴主任轻松卸下患者腹腔巨大包

块，比起崔主任入藏第二天凌晨 3 点即加入急会诊抢救患者，比起王主任大刀阔斧地挽救众多骨伤患者，比起汪主任花费许多精力挽救血糖高达 50m mol/L 的酮症酸中毒患儿……我所做的一切都太微不足道了。我只是秉承自己入藏前的心愿，哪怕多治疗一个结核患者，哪怕仅仅降低一个百分点的西藏结核病发生率，我也算是不负此行，不辱使命。

西藏一直是我心目中的人间天堂，有人为了这片天堂用生命践行了"青山处处埋忠骨，一腔热血洒高原"的壮志诺言，这就是老一辈援藏人的写照。一代传承一代的援藏干部继承光荣传统，践行"老西藏精神"的坚守与付出。我和他们同为援藏人，同为共产党员，应该以他们为榜样。

援藏的日子转瞬即逝，匆匆过去的一年历历在目，有励志、有伤感、有不舍。今后的日子，我更应该以援藏前辈为榜样，践行一名合格党员医务工作者的初心使命，正所谓"征程万里疾风正劲，重任千钧须再奋蹄"。

山南市扎囊县桑耶景区

圣洁的雅砻大地就是我的诊室

作　　者：刘虎

派出单位及职务：安徽省淮北市淮北矿工总医院急诊科副主任医师

受援单位及职务：西藏自治区山南市人民医院急诊科副主任

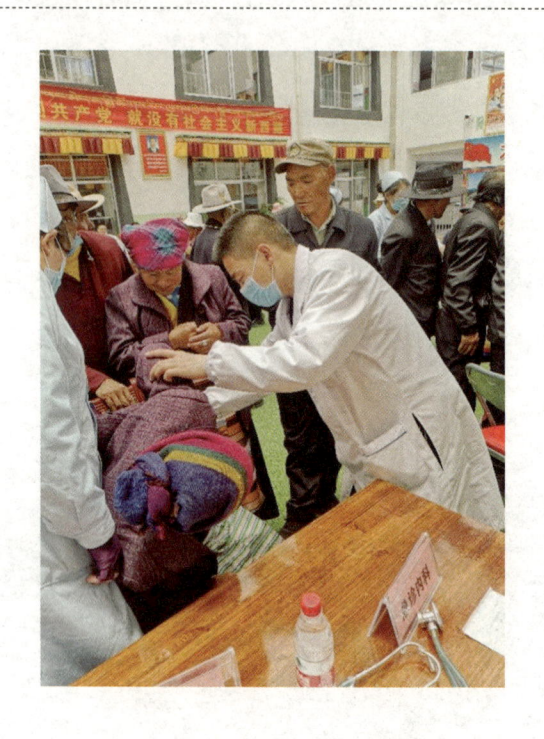

人们心中都有着对雪域高原的憧憬，在艺术作品中，西藏"巍峨的群山，洁白的云朵，漫山的羊群，黝黑而淳朴的脸庞……"是何等令人向往。但当"援藏"这两个字真真切切地出现在我面前时，内心是忐忑而紧张的。"援藏"意味着高寒、缺氧、孤独、思念……听到我援藏的消息后，身边表达关心的电话和信息络绎不绝。我也知道，父母年近七旬，妻子也是忙碌的医务工作者,两个孩子,一个将要小学毕业,另一个才一岁多,如果自己援藏,意味着妻子就要一个人把整个家庭的重担挑起来……

我不是圣人,也不是伟人,但我是一名怀揣着"救死扶伤、不忘初心"信念的医生。当然,我援藏的动力也来自之前援藏的老师们,每次听他们亲身讲述援藏故事,看他们援藏期间艰苦奋斗的照片,我就热血沸腾。我是一名80后,耳闻目睹了非典疫情、抗洪抢险、抗震救灾等危急关头无数医务工作者冲锋在前的感人事迹!我热爱生活、珍惜生命,我也爱美,怕晒黑变丑,毕竟高原的紫外线是极其强烈、无所不在的;作为父亲,我舍不得自己的两个孩子,我会错失他们很多的成长经历,也无法重温他们成长的变化;作为丈夫,我想照顾家庭,分别那么久,带给家人的不仅是思念,更多的是牵挂和担忧……但为了传承和践行我学医的初衷,也是作为一名共产党员应尽的责任,西藏人民需要我,那我就应该到那里去!

我工作的山南市人民医院是三级甲等综合医院,承载着急救、危重患者转运、重大活动现场医疗保障、突发公共卫生事件应急处置、为县乡镇卫生院培训急救人员等重要任务。一年来,我担任对急诊患者诊疗、危重患者抢救等工作,在此过程中从严从细夯实各项科室管理、理论技术操作培训等工作,以先进的理念为支撑,敢于担当,勇于创新,发挥种子作用,通过"师带徒""专家带骨干"等方式,提高科室医疗软实力。

急诊科是医院的前沿阵地,被称为"距离死亡最近的地方",无论风雨、节假日,总是二十四小时运转,每天要接诊几十名患者,其中不乏一些急危重症患者。急危重症患者病情变化快,抢救的最初几分钟往往是抢救成功的关键时间。去年冬天的深夜,县里送来一名重度敌敌畏中毒患者,我查看患者时发现他已经神志不清、口吐白沫、奄奄一息,需要紧急气管插管和洗胃治疗。患者身上呕吐物和口腔里有刺鼻的农药味,在迅速完成抢救操作后，我的眼睛被刺激得一直流泪，呼吸困难，但我没有停下来，紧接着机械通气改善呼吸、清洗皮肤、洗胃促进毒物排出、输液、解毒等对症治疗，忙了近一个晚上，终于让患者转危为安，受到患者家人的肯定和感谢。

夜班，意外伤患者也不少。记得有一位被送到医院的小伙子，因和女朋友吵架，一气之下割伤了自己的左臂。伤口处的小血管还在不停地往外流血，小伙子面色已经开始苍白，但仍不许医务人员给他急救，并激动地说："你们不要过来，再过来我就再划一刀。"我连忙上前安抚："你现在失血量已经很多，已经有休克表现了，如果再不及时处理伤口，以后可能会影响手臂功能，那以后怎么照顾女朋友呢……"苦口婆心劝导一番，小伙子才勉强同意接受救治。

急诊科有时也会收到由供养中心送来的残疾、五保户患者，尽管这些患者没有亲人，身体健康状况较差，我们仍然一丝不苟地为其进行治疗和护理。2019年12月27日，急诊科接诊了一位乃东区供养中心的五保户老奶奶。老人家因风湿性关节炎引起肢体活动障碍多年，身体机能下降，无法正常饮食，引起营养不良、严重压疮，压疮已经侵犯骨面，皮肤发出阵阵恶臭，存在严重皮肤感染。在急诊留观期间，我们不仅根据压疮分期采取不同治疗方案，还安排休息的医护人员轮流照顾老人家。经过一段时间的精心治疗和护理，老奶奶的病情好转，返回供养中心继续调养身体。考虑老人家压疮严重，我们隔三岔五地利用休息时间去供养中心随访，定期为她换药，对供养中心的护理人员进行护理培训。近四个月的随访治疗，老人家的压疮几近痊愈。

危难见真情，汉藏一家亲。2019年11月14日，一条医院内急寻O型血的微信朋友圈紧急求助，内容是"一位藏族同胞一个月大的孩子脑出血，病情危急需要手术，术前需要备血，但整个山南市无 O 型库存血，如果从拉萨调血，患者病情可能因耽误而更加危重"。我熟悉高原献血的风险，充分评估自身条件后，紧急去血站献血。后续听说孩子手术顺利，病情转危为安，我心里非常开心。

  2020 年新年伊始，新型冠状病毒席卷祖国大江南北，并形成来势汹汹的肺炎疫情。疫情就是命令，防控就是责任。刚刚返回安徽休假七天的我，积极响应组织号召，发挥模范带头作用，大年初四匆匆告别家人提前返藏。西藏的冬天是低压、低氧最明显的季节，返藏的前几天，我血氧饱和度仅有 75%，心率更是超过 120 次/分，感到头晕、头痛、心慌、胸闷。自己一边吸着氧气，一边学习研究新冠肺炎防治第一版到第七版指南，随后在科室、医院内开展疫情防控讲座。作为山南市疫情防控专家组成员，我服从院领导安排，到山南市 10 余个警务防疫点进行新冠肺炎防治的宣教。我印象最深的是去措美县哲古卡点的山路上，大雪封路，一路上遇到几起因车辆打滑引起的交通事故，我们查看车上人员身体无明显受伤后，方才继续小心翼翼地驾车来到卡点，把更加规范的防疫知识传授给公安民警，帮助他们在工作中更好地保护自己。

  一年的援藏时间过得飞快。从陌生到熟悉，从熟悉到融入，西藏山南早已是我的第二故乡。只有脚踏实地、实事求是、用心用智，在有限的时间内做更多的事情，才能对得起西藏同胞的期望，对得起医院的信任，对得起家人的奉献。一年援藏行，终生援藏情。援藏工作磨炼了意志毅力，增长了才干见识，升华了人生价值。援藏生活虽然艰苦，但因为有爱，所以快乐、有意义。我为自己有幸成为援藏的一分子而骄傲，为能在山南留下点滴奋斗足迹而自豪。我将继续关注山南急救医学发展，为持续提高山南急救医疗水平付出更多努力，做出更大贡献！

雅砻河畔的时光

作　　者：沈光贵

派出单位及职务：安徽省皖南医学院弋矶山医院 ICU 科副主任

受援单位及职务：西藏自治区山南市人民医院副院长、ICU 科主任

　　雅砻河畔的天很高，云很淡，风轻柔地拂过脸庞，普莫雍措的蓝冰、白马林措的斑斓让眼睛仿佛瞬间进入了天堂，而藏族同胞黝黑的脸庞上，那从无遮掩的诚挚的微笑，让时间在这里仿佛走得很慢很慢。

　　但生命的节奏在这如同仙境的山南，却并没有违反自然规律，疾病依然威胁着这里淳朴的藏民。

作为一名有着二十多年抢救危重症患者经验的 ICU 医生，随时对电话铃声保持足够的警觉是我一直以来的习惯，因为每一分、每一秒对于悬崖边的需要紧急救治的生命而言，都是极为宝贵的。因此，当 2021 年 8 月 20 日中午的电话铃声响起时，我第一时间就接通了，是山南市人民医院重症医学科的达瓦老师的声音："沈主任，请您快到急诊科来一趟，一个刚来的急诊患者的血压维持不住了。"

我腾地站了起来，立即往急诊科跑去，一边跑，一边通过电话快速追问病情——"是外伤吗？有消化道出血吗？""都不是？""可能是心梗吗？心肌酶谱、肌钙蛋白查了吗？"

这时，我的大脑急速运转着：中年男性，近一周胸闷气促逐渐加重，有低热，没有外伤，没有明显的呕血、黑便病史，没有高血压、糖尿病，心肌酶和肌钙蛋白都是阴性的。心电图没有 ST 段抬高，但是有明显的心动过速、肢导低电压。

"低电压！"跑动中我眼前一亮，立即又拨通了急诊的电话："患者心超查了吗？如果没有，立即做个超声，同时做好穿刺准备。"

当我匆匆赶到急诊抢救室时，患者躺在抢救床上，心率只有 40 余次/分，收缩压也只有 50 多 mmHg 了。抢救床旁站着一位一看就是患者妻子的中年藏族妇女，她表情焦急，但依然充满希望地望着周围忙碌着的急诊医护人员。

"白央医生，怎么样？超声什么时候能做？"当知道超声科值班医生已经带着设备在来的路上时，我又赶紧对护士老师说："立即再开通一组静脉通路，加快补液速度，持续泵入肾上腺素。"一连串的医嘱，配合着有条不紊但快节奏的执行，窗外的云虽然走得很慢很慢，屋内的时间却像上紧了发条，快速高效。

我转向患者的妻子,在白央医生的协助下,仔细询问了病史,越问我的信心越足,我让护士老师准备好我需要的东西,现在就等超声明确我的判断了。

超声科值班医生一到抢救室,立即开始心脏超声评估,而当"四腔心"的超声界面一展示出来时,果然是它——"大量心包积液、少量胸腔积液"。该患者一年前被诊断为肺结核,虽然开始抗结核治疗,但因为不能坚持规律服药,病情并未得到明显控制。近一个月又出现了低热、咳嗽的症状,一直没有来医院复诊,近一周气喘胸闷明显加重,晚上睡觉都躺不平了。这就是一例典型的结核感染引起的多浆膜腔积液,而且以心包积液最明显,并且由于量大,已经形成了心包填塞,影响了心脏的收缩和舒张功能,使得心输出量下降,导致了心源性休克。

患者的妻子在我们检查和交流的过程中,默默地站在旁边,虽然安静,但焦虑、紧张的心情一直溢于言表。当看到我们几位医生似乎已经讨论好,确定了诊断和治疗方案时,她盯着我们的眼神多了一份期待,而此时距离我走进抢救室不过七八分钟的时间。

我让白央医生向患者的妻子告知了我们的诊断,此时此刻需要由我这位来自遥远的安徽的医生,立即为她的丈夫做一项挽救生命的操作——心包穿刺引流。她听完,一把握住我的手,是那样地用力,泪水在她的眼里浸润,虽然我没有听懂她的言语,但我读懂了她的心。而这样的期盼,在我从医多年来,一次又一次地见到过,这就是医者的价值。

时间已经不允许我再犹豫了,当患者妻子表示同意穿刺引流后,我立即组织医护人员快速行动起来,争分夺秒地消毒、铺巾、局麻,又请超声医生协助、引导,我定了定神,这时我的手反而更稳了,穿刺进针,放入导丝,置入心包引流管。随着暗红色的液体缓缓流出,患者的血压稳住了,升上来了，慢慢地，患者有反应了。患者的妻子趴在患者的床头，低声地呼唤着，此时，她眼泪终于流了下来。

急诊室里，心电监护仪那一声声的嘀嘀声响传递出生命的坚强与医者的努力。

回顾这即将过去的一年，我始终难忘那第一次佩戴的洁白哈达，回味第一次喝醉的香醇青稞酒，始终记得第一次高原反应带来的彻夜难眠，但是我更无法忘记每一次的抢救、每一例会诊中的泪水与笑容。

雅砻河畔的时间很慢，那触手可及的蓝天白云，那飘扬的五彩经幡，都在记录着这里的岁月和生命的故事。

山南市加查县拉姆拉措景区

感恩西藏
——我的付出与收获

作　　者：石磊

派出单位及职务：安徽省中国科学技术大学附属第一医院眼科副主任医师

受援单位及职务：西藏自治区山南市人民医院眼科主任

　　因为在留学回国后的第二天就参加了援藏体检，周围的人都在问我：你去西藏的目的是什么？那一刻我并没有特别清楚自己在追求什么。

　　在到达西藏之前，我从文献中了解到，由于特殊的地理环境，西藏的白内障发病率比内地高60%，发病年龄也明显提前。而真正成为这里的眼科医生之后，我才发现，这里居然积压了如此庞大数量的患者在等待接受手术，高难度的手术患者也比比皆是。比如，双目失明多年晶体发育异常的患者、严重驼背无法平卧手术台的独眼老人、心梗术后长期服药高出血风险的患者……这些患者都是带着对光明的渴望在等待着手术，等待着希望。进藏第一个月，因为没有适应缺氧环境，在密闭的手术室中，如果不吸氧我就完全无法集中精神做手术，但是，在每天给我准备氧气的藏族护士的关心下，在科室所有同事的配合下，我度过了最艰难的"高反"期，和我的团队共同解决了一个个难题，让每个患者都能笑着离开。渐渐地，那些怀揣着希望的外地患者也越来越多地慕名而来。在这里我觉得自己的价值得到了体现，因为自己带给了他们光明，我得到了内心的满足。虽然在半年的时间里，我完成了数百余例的复明手术，但仍然有太多患者因为经济条件的限制不能及时得到诊治，于是我们积极联系了援助西藏发展基金会，开展免费手术，第一期100例完成后，因为效果良好，无一例不良事件发生，基金会又追加了二期150例。

"留下一支带不走的医疗队"是所有医疗援藏人的追求，所以，在我刚到的时候就签订了"师带徒"协议。以往在合肥的时候，我所在的中科大附一院高手如云，每一台手术，都会有高手为我保驾护航，而在这里，我却成了那最后一道防线，所有的疑难问题、特殊病例最后都要交到我手中来解决，这一刻我突然感觉海拔又高了1000米，氧气又稀薄了一倍。但我毅然决然地化压力为动力，积极进行手术带教，希望能早日培养出山南自己的白内障手术医生。手术带教的难点在于放手不放眼，寻求保证手术质量与让学生有真正的动手机会之间的平衡，尤其在没有任何退路的情况下，压力更大。但经过一天天地传授经验，一天天地打磨细节，索朗央宗医生的操作在一天天进步，每个手术步骤都日趋完美，看到她成为西藏自治区第一位能独立完成白内障超声乳化手术的藏族医生，我的自豪与满足感无与伦比,因为即使我离开了,这些手术技术与理念仍会得到传承,仍将留在高原为藏族同胞服务。在教学中,我感受了责任与担当,也感受了成功的骄傲,不仅成就了自己,也成全了他人。

白内障术后视力的恢复会受很多因素的影响。比如有一位老人家,除白内障外,还有角膜白斑,有眼底病变,这种手术即便在内地具有顶级设备的医院也是难度极高的,而且术后视力恢复率不会明显提高。但老人家坚持要接受手术,她说这是自己的一个念想,如果手术后还是看不见,那就是老天给自己这样的命运。我怀着忐忑的心情给她做了手术,手术过程顺利,但术后第二天与预期的一样,视力没有提高,老人家平静地接受了这个结果。她对我说:"医生,我知道你尽力了,手术那么快,一定很顺利,非常感谢!"这也许是信仰的力量。但是从这位老人家身上,我感悟到"但行好事、莫问前程"这句话,自己去尽力,去完成所有的梦想,不留遗憾,结果交给时间。另外我感动于很多像这位老人家一样的患者,他们对医生无条件地信任。医生在藏语中的发音是"Angela",类似于德语中"天使"的发音,在这里我真正地感受到自己像一个白衣天使一样,被患者无条件信任着,这更鞭策着我加倍地努力和不懈地坚持。他们信任每一位医生的付出,无论结局如何,他们都会献上洁白的哈达、赞誉满满的锦旗,这些送哈达的过程有着隆重的仪式感,他们会对我用尊称"Gela",会对我做出手心向上的手势表示感谢,那是金钱无法取代的满足,也在提醒我繁忙浮躁的生活需要仪式感。在都市人看来,这里的生活依然艰苦,但物质的不丰富并没有影响他们对生命的尊重、理解和深深的热爱。

我感恩西藏,援藏是经历也是财富,是洗涤心灵的良药,更是成长路上的风景,人的一切在这里都会变得极为渺小,生命在这里简单而透彻。

我明白了所谓神山、所谓圣湖,皆因智行者心中有爱,懂得敬畏和融入。行走云端,知行合一,就会看到不一样的风景。

　　援藏历程临近结束,经历已然印在心间,刻入骨髓,生活依然在继续,困难依然重重,而我学会了与自己相处,与未来和解。这段经历给我留下了一个懂得感恩的强大灵魂,让我在今后的工作和生活中,心向往之、无所畏惧,不忘初心、牢记使命,做一个合格的共产党员和一名优秀的眼科医生。

山南市隆子县玉麦村

"超声介入"走进山南

作　者：孙医学

派出单位及职务：安徽省蚌埠医学院第一附属医院超声科主任

受援单位及职务：西藏自治区山南市人民医院超声科主任

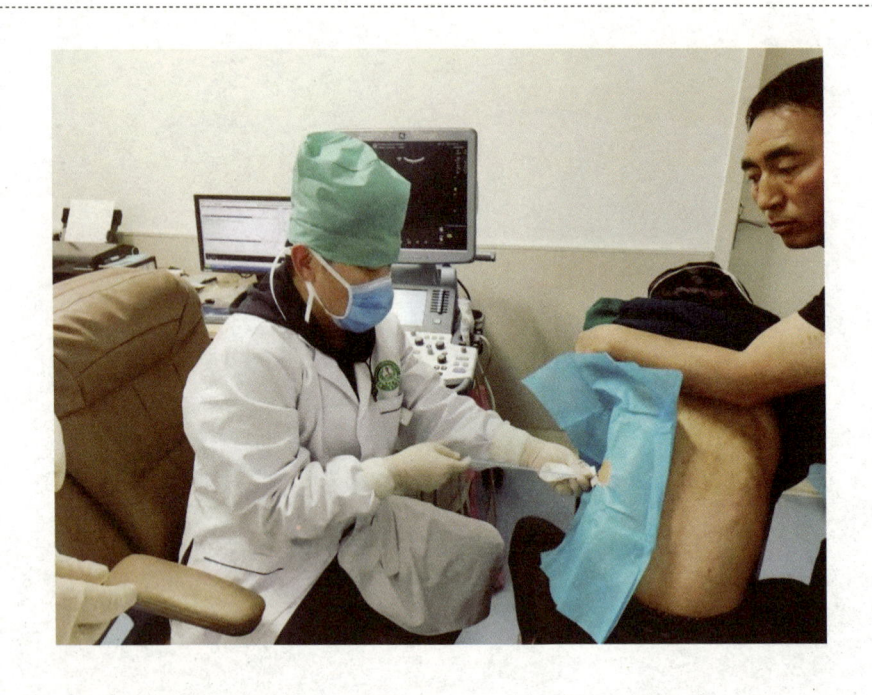

"孙医生，你不是在骗我吧？明天就可以出院？"

"是的，今天做完治疗，明天就可以出院了。"此时的我正作为山南市人民医院超声科介入医生，对慕名前来求医的藏民病患耐心解释着。这不是一段偶然的医患对话，而是自我来到山南市人民医院超声科后时常出现的对话场景。

216

西藏自治区山南市人民医院是安徽省"组团式"医疗对口援助的定点医院,他们对超声学科各方面建设有着极为迫切的需求。

"去了要干什么,该怎么干?"是摆在我面前最直接和最迫切的问题。身为蚌埠医学院副教授、硕士生导师,蚌埠医学院第一附属医院超声科主任、副主任医师,如何从专业和学术方面解决对口支援医院的需求,我一时间觉得遇到了极大的挑战。但我很快就冷静了下来,一方面出发前通过各种渠道了解了山南医院超声科现状;一方面结合自身专业知识,以超声介入为切入口,整合技术资源,拟订了详细的帮扶计划,期望在援藏结束前能带出一支专业超声诊疗介入队伍,让超声微创介入技术在当地医院落地生根,彻底提高科室专业素养建设。但是进藏之后,我发现现实比预料的更为严酷:机器设备条件差,人手不足,从业人员水平参差不齐;较大的接诊量已经让我倍感吃力,哪里还有时间去实现既定的援藏计划呢?尤其是看到藏族同胞不能得到优化诊疗时的痛苦与无奈后,我经常辗转难眠。

"不能就这么应付下去!我是带着使命和责任来这里的,我是藏族同胞的希望和生机。"下定决心后,我立刻召开科室会议,对科室人员整体情况进行摸排,结合网络多媒体对科室人员进行精准化培训,短时间内先提高诊疗效率,错峰分流患者,优化绿色诊疗通道。短短数月,科室诊疗效率及诊断质量直线提升,获得临床一线医生及患者的一致认可。

针对超声介入诊疗落地计划,我采取内外相结合的方式,一方面主动上阵,选择有经验的外科医生协作治疗;另一方面利用科室轮休的碎片时间,在科室选择有资质的超声医生进行一对一实践教学。微创治疗在山南的医院起步较晚,超声介入微创治疗作为超声诊疗发展的新技术,当地医生是闻所未闻,更不要提当地的患者了。起步之初,质疑之声扑面而来,根本没有患者愿意接受这种治疗。这时,普外科收治了一名75岁的巨大肝囊肿患者,因为心肺功能不全,不能耐受全麻手术,患者家属又积极要求治疗。床位医生找到了我,希望可以通过穿刺治疗帮助这名患者。在仔细地介绍了针对肝囊肿介入治疗的详细情况后,我反复与患者家属沟通,最终家属才带着丝丝犹疑接受了穿刺治疗。肝囊肿的超声介入硬化术早已是相当成熟的技术,治疗过程非常顺利,家属甚至看到患者自己走出了手术室。次日患者出院,家属高兴地来向我告别并表达感谢,一个劲地竖起大拇指。这不仅是先进医疗技术的使用,治疗费用也比原先手术费用降了四分之三,大大减轻了患者的痛苦及家庭经济负担。

超声微创治疗首秀完美落幕,我并没有感到自满,反而认识到宣传力度不足是制约当前超声介入技术推广运用的主要障碍。于是,我积极利用科室公告栏、宣传册、公益讲座及不定期的义诊,全方位宣传超声介入这一新技术。

但是真正让这种新技术走进患者和当地医生内心的是一次偶然的急会诊。那是一个急性心包填塞患者的急诊抢救,患者性命危在旦夕,年纪又较大,传统心包穿刺由于时间紧急根本来不及,还有极大风险,此时抢救医生想到了我们,第一时间联系我。我深知时间就是生命,拿上导管三步并两步冲下楼,跑到急救室,迅速成功地为患者实行了超声引导下心包积液穿刺引流术,挽救了患者的生命。这一刻我的心方才落下,瞬时觉得天旋地转,高强度的操作加剧了缺氧,剧烈的头痛差点让我摔倒在地,但是一切都是值得的。至此,这项新技术终于在山南落地开花!

越来越多的患者走进超声科,越来越多的患者在超声介入技术的帮助下获得了康复。近一年来,我利用超声介入成功实施了肾造瘘,胸腹腔各种积液引流,胃癌、肺癌等其他组织活检穿刺,巨大肝囊肿等各种手术,挽救了近百名藏族同胞的生命,也填补了西藏自治区山南市人民医院在超声介入领域的空白,实现了山南在超声介入领域零的突破。鲜花和锦旗堆满了办公室,但我从来都是一笑而过,我更喜欢看到的是患者康复的笑脸。授人以鱼不如授人以渔,我把日常检查工作以外的更多精力投入当地微创治疗团队建设中,亲身实践、规范教学,不遗余力、毫无保留,全身心打造一支技术过硬、医德高尚的专业医疗队伍。

新技术推进的道路从来都是长期而循序渐进的,超声微创介入技术作为现代超声医学的一个分支,其主要特点是在实时超声的监视或引导下,完成各种穿刺活检、X线造影以及抽吸、插管、注药治疗等,可以达到与外科手术相同的效果。我倡导推广的超声介入技术门槛低、手术外部环境条件要求不高,可以适应西藏基层医院的推广应用;医疗费用低廉,极大降低了藏族同胞的经济负担;手术操作简便,病人创伤面少,可以有效减轻病人痛苦。

援藏情

作　　者：汪谊

派出单位及职务：安徽省宣城市泾县中医院内分泌科主任

受援单位及职务：西藏自治区山南市人民医院肾内科副主任

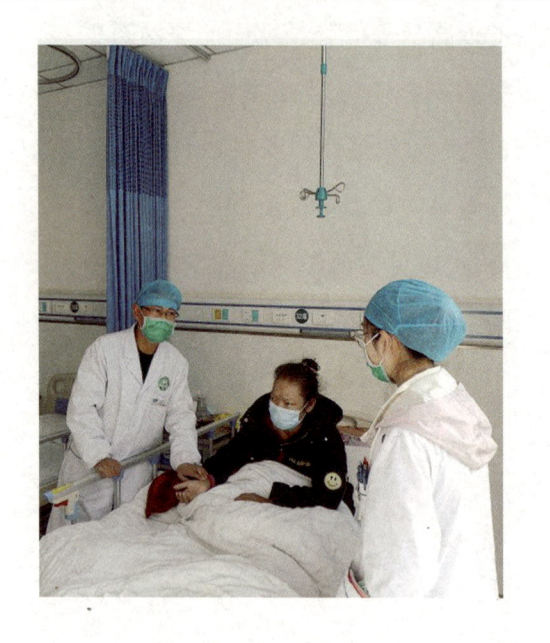

曾经年少时

便怀揣着梦想，有朝一日

能去祖国的边疆——美丽的西藏

去那里走一走，看一看，因为

那里有纯净的天空

那里有美丽的格桑花绽放

那里有巍峨的念青唐古拉雪山耸立

更有天河雅鲁藏布江奔腾不息

去年,一纸令下

大美西藏,我终于来啦

带着特殊的援藏任务而来

我欣喜,我骄傲,我自豪

这里有气势雄伟、神圣庄严的布达拉宫

这里有美丽的圣湖——纳木错

这里有著名的大小昭寺

这里有美丽的西藏小江南林芝

这里更有西藏古文明发祥地——山南

然而,当夜晚看见贡布日神山的月亮时

我还是心系着家乡的亲人和同事

在美丽的边疆

虽抬头望着皎洁的明月

但低头常常思念着故乡

千里援藏,肩上不仅仅承载着一份责任

更多的是留下了一份沉甸甸的牵挂和思念

我思念妈妈唠叨下的家常便饭

思念年迈父亲的腰椎是否痊愈

思念孩子活泼可爱、在我怀中撒娇的笑靥

思念妻子院内院外匆匆忙碌的身影

更多的是思念医院的点滴和科室的发展

多少次问自己,援藏为什么

我的回答一定是

为民族团结,为边疆稳定

为西藏发展,为祖国繁荣

多少次问自己,援藏为什么

援藏医疗服务一年

但心系大美西藏可谓一生啊

我不仅热爱西藏美丽的风景

更加热爱纯朴善良、热情好客的西藏人民

忘不了,一次次高原反应,夜不能寐

忘不了,一次次深夜孤苦,胸闷难忍

忘不了,入党时的誓言铮铮和豪迈

更忘不了,青稞酒酥油茶蕴含的浓浓深情

为了打造一支带不走的医疗队伍

疑难复杂手术无论是实践,还是教学

我们都给藏族同仁手把手地示范指导

每次查房我们认真地剖析,细心地讲解

一张张教学幻灯片加班加点地精心制作

各项诊疗规范更是悉心地带教

面对突发而来的新冠疫情

我们责无旁贷,勇敢前行

为了不让这块神圣的净土被侵袭

我们夜以继日地积极开展各种防疫措施

在抗疫阵地上,藏族同胞们

见证了我们援藏医疗队护卫的身影

五十六个民族,五十六枝花

五十六个兄弟姐妹是一家

我们的援藏任务即将完成

汉藏友谊却地久天长

即将回到魂牵梦萦的江南故乡

但美丽的山南,扎西德勒

你将永远是我余生时刻深情惦记着的

最美最好的第二故乡

攀登——安徽省援藏工作纪实（2019—2022）

藏汉永同心　痼疾今朝去

作　　者：王波

派出单位及职务：安徽省淮南新华医疗集团新华医院骨科副主任医师

受援单位及职务：西藏自治区山南市人民医院骨科主任

"主任，您看下这位患者，他的手臂上长了个大瘤子！"2022年4月的一天，山南市人民医院重症监护室的达瓦群丹老师和浪卡子县卫生局的同志一起，陪同着一位身着藏装的男性患者来到我的门诊。看到患者时，即便是从医已经二十多年，见惯了无数疾患，但我也被惊呆了！患者艰难地脱下外衣，一点点褪去有些褴褛的红色的贴身衣服，只见右前臂一个大如篮球，表面布满怒张静脉的肿瘤呈现在我面前。肿瘤从前臂近端一直延伸到腕部掌侧，表面布满不规则丘状隆起！

患者名叫边巴赤桑，57岁，是个牧民，来自山南市浪卡子县世界海拔最高的行政乡——普玛江塘乡。询问病史，肿瘤生长已经快十一年了，最初发现时也就拇指大小，当时也没在意，瘤子逐渐长大，行动不便，开始影响日常生活。五年前他在拉萨的一家医院穿刺活检时，大量出血，当时医生和他谈及手术风险，他因为害怕就没有继续治疗。此后，肿瘤疯狂生长，如今已大如篮球，且局部疼痛明显。因为肿瘤巨大，患者右上肢活动极为不便！想象一下吧，就像常年绑着一块10来斤重的铁疙瘩在手臂上。

怎么办？望着患者充满期望的眼神，我为难了！

这么多年的从医经验告诉我，这病不好治啊！能保肢吗？能保住患者手臂的功能吗？术后创面怎么修复？——手术风险巨大！

患者经济条件不宽裕，常年一个人生活，一旦失去右手怎么办？先检查看看吧，哪怕只有一线希望，我也要做最大的努力！

听闻我是援藏医生，朴实憨厚的边巴赤桑眼巴巴地锁定了我，检查过程里眼神基本就没离开过我——性命相托，如何能负！检查、会诊——我当机立断。首先联系了影像科的邵世虎主任，马上做了核磁检查。通过核磁报告，初步诊断为间叶组织来源肿瘤，深达骨质，多房，和前臂的重要肌腱、神经、血管粘连紧密！而且，不能排除为恶性肿瘤！

我随即安排门诊先切取一块组织，请病理科的王素芬主任会诊。如果为恶性肿瘤，甚至可能需要截肢处理。看着这个黝黑的汉子，我的心揪了起来。

很是幸运，几天后的病理分析报告显示，活检组织内未发现恶性细胞成分，可能为软骨源性肿瘤。于是我立刻把患者收住院，完善各项常规检查，又在邵主任主持下进行了上肢 CTA 检查（山南市人民医院第一例），发现肿瘤和桡动脉紧密包绕，桡动脉无法保留，幸运的是尺动脉还好，有希望保肢，保全手臂的功能。

太好了！我赶紧做好详细的术前计划，多科室会诊。影像科、病理科、麻醉科，各科室专家主任齐聚讨论，反复商讨手术方案，和患者仔细沟通，准备术中意外处理预案……

2022 年 5 月 6 日上午 11 时，整洁干净的手术室里，炫目的手术灯打开，墙面上的手术时钟跳动着，患者平静地躺在手术床上。陈珂主任主麻，神经阻滞加全麻插管麻醉，我和张积森主任、索朗格桑医生、江白医生依次到位，邵世虎主任在旁边摄像（保留病例资料）。万事俱备，手术开始了。

设计好皮肤切口，一点一点小心游离、保护和肿瘤粘连紧密的重要神经和血管，游离切除肿瘤——如履薄冰！失之毫厘，差之千里，一旦损伤神经和血管，后果不堪设想！历时两小时，肿瘤终于被完整切下了。松开止血带，手的血供情况良好，不用做血管移植接驳切掉的桡动脉，而且保护了重要的血管和神经，重建了切掉的肌腱，术前设计的皮瓣也能完全覆盖创面。那一刻我们悬着的心终于放下了。手术圆满成功！参与这场手术的医生护士无不欢欣鼓舞！

切除肿瘤称重近 5 千克——这可是山南人民医院有史以来手术切除的最大肢体肿瘤！

第二天查房，康复中的边巴赤桑满面笑容，用不太熟练的汉语告诉我们，他轻松多啦。说话间，他还高兴地和我们轻松挥手！借着换药的机会，我仔细检查了伤口——很好，没问题。看来患者手臂的功能完全保留了下来，活动自如！那一刻，我从边巴赤桑投向我的感激的眼神里，感受到了作为一名医生、一名援藏医务工作者的幸福！

山南市洛扎县卡久寺景区

在那格桑花盛开的地方

作　　者：王丽华

派出单位及职务：安徽省中国科学技术大学附属第一医院肾内科副主任医师

受援单位及职务：西藏自治区山南市人民医院内一科副主任

"桑日思金拉措湖畔,格桑梅朵盛开的地方……"

每当听到这首熟悉的歌曲时,我就会想到那格桑花盛开的地方——美丽的西藏。

2019 年,组织安排我去支援西藏自治区的医疗工作,带着组织交给我的任务,7月18日,我出发了。那天当飞机穿过高原云层,在贡嘎机场盘旋下降时,我的内心无比激动,因为我将在这个让无数人憧憬的、极美的地方待上一年。我被安排在山南市人民医院工作,坐在大巴车上,沿途雅鲁藏布江的磅礴气势和当地绝美壮丽的风景深深震撼了我,让我已无暇顾及入藏的高原反应。后来同行医护人员告诉我,当时我的血氧饱和度74%,心率110次/分,处于严重的缺氧状态。

短暂的调整后,我逐渐适应了当地的气候环境,便正式投入工作中。我所在的科室是肾内科,肾内科一直被称为内科中的小外科,各种手术和操作都比较多。这一年,我们不仅用安徽的优势医疗技术造福当地百姓,我个人也经历了一次又一次的成长。

在临床工作一个月后,我和同事们开展了当地首例经皮肾活检穿刺术,作为肾脏疾病诊断的金标准,这项技术让山南市肾脏病的诊治水平上了一个新台阶,许多患者慕名而来。

记得其中一位有多年肾脏病史的患者,因为没有肾脏病理的确诊,常年口服激素,为此她需要承受肥胖、高血压、高血糖等多种激素带来的并发症的困扰。我至今仍忘不了她来就诊时的情景,她用渴求和信任的眼神看着我,强烈地希望我能为她做皮肾活检穿刺手术。然而我发现,长期的疾病已让她的肾脏结构不是那么清楚,穿刺手术风险很高。看到我的犹豫,这位患者十分真诚地说:"我愿意做,所有风险我愿意接受。"不忍她再承受疾病的痛苦,在做了充分的准备后,我为她完成了穿刺手术,同时也明确了她疾病的转归——该类型的肾脏病预后较差,无特效治疗方法,只能延缓病情进展,不能阻止病情发展。她感激地说:"是你们让我第一次真正了解了自己的肾脏,开始认真面对这个疾病。"后来这位患者一直在我的门诊随访,她的信任也一直激励着我认真对待工作。

随后我和同事们又顺利完成了数十例穿刺手术,为许多肾脏病患者的确诊及治疗方法提供了重要的依据。其间,我还充分发扬"师带徒、手把手、输血变造血"的工作精神,和当地的医务工作者共同成长。藏族同胞的淳朴、热情、开朗总是让我感到温馨。特别是很多患者被治愈后,会为我献上洁白的哈达,并说着最朴实的话语,让我有了前所未有的成就感,也增添了我的自信心和责任感。

而正当我援藏工作步入正轨时,有一天我突然接到妹妹的电话,远在安徽的母亲摔伤导致腰椎骨折,需要手术,同时父亲身体也出现不适,而妹妹此时正身怀六甲,即将临盆,挂完电话我早已泣不成声。但当我再次走进病房,看到一位位患者渴望康复的神情时,我下定决心,再大的困难也要克服。远在边疆医院,我就是一名不扛枪的战士,我的家人也深知"治国先治边,治边先稳藏""有国才有家"的道理,给了我很多的安慰和支持,自古"忠孝不能两全",此时此刻我已深深体会到。

山南市下辖1个市辖区、11个县,由于交通不便,很多病患不能来医院就诊,为了让他们得到及时的救治,我加入了当地的医疗队,和大家一起翻山越岭,克服"高反",走进海拔4000多米的高原农牧区,接待义诊患者2000余人次。在2020年5月的一次义诊途中我扭伤了脚踝,导致脚踝部韧带撕裂和骨折,被迫进行石膏固定术。而就在此时,一位尿毒症透析患者急需建立血管通路,对于一个尿毒症患者来说,血管通路就是他们的"生命线",于是我拄着拐杖走上了手术台。手术过程中我吸着氧气,强忍着脚部的刺痛,完成了手术。当我走下手术台时,衣服已被汗水浸湿,脚也肿得不能移动,但想到患者已重获生命通路,我感到十分欣慰。

心有敬畏才能无畏,心有敬畏才能有所止。入藏以来我坚守岗位,无畏付出,认真完成门诊、查房、会诊、危重症患者抢救、透析并发症处理和各种手术操作、理论培训、教学等工作,换来的是藏族同胞对我无微不至的关爱,亲人般的温暖。有人问我"你为什么要坚持做这些事",我的回答是"因为这里已经是我的故乡"!

回顾一年来的援藏工作,不仅让我的人生经历了一次考验与升华,也让我学到了"挑战极限,尽善尽美"的敬业精神,更让我深刻认识到:援藏不仅是一种责任,更是一项崇高的事业。"艰苦不怕吃苦,缺氧不缺精神"是我们援藏人常挂嘴边的一句话,我们把藏族同胞当作亲人,和这里的同事们一道全身心地投入救死扶伤的光荣使命中,为这里留下了一支带不走的援藏医疗专家队伍。这是一段难得的人生历练,更是一笔宝贵的人生财富。它开拓了我的视野,陶冶了我的情操,提升了我的素养,特别是锻炼了我在雪域高原艰苦复杂环境下的工作能力和团队协作能力。有挫折,但更多的是坚强;有泪水,但更多的是欢笑;有痛苦,但更多的是开心;有付出,但更多的是收获。

在那格桑花盛开的地方,我所经历的一切,已成为我人生不可分割的一部分。

高原绽放的生命

作　　　者：王彦

派出单位及职务：安徽省儿童医院呼吸科主治医师

受援单位及职务：西藏自治区山南市人民医院儿科副主任

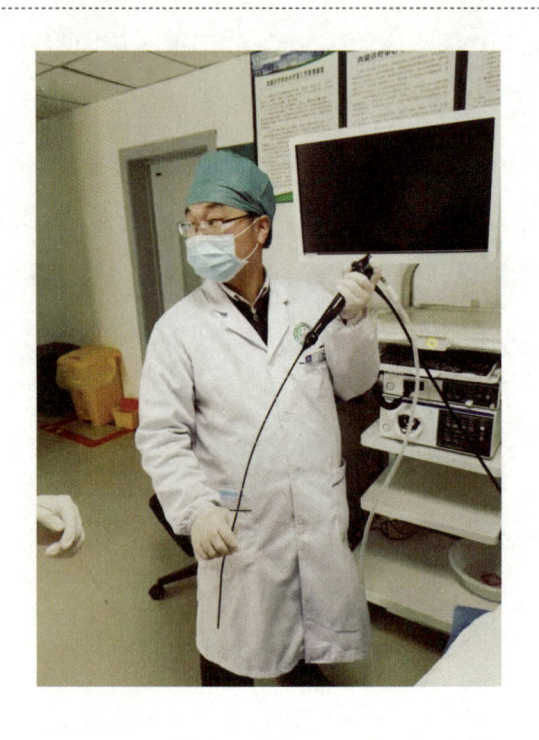

我是在中华人民共和国成立七十周年,西藏农奴解放六十周年这个有着特殊意义的一年进藏的。光阴似箭、岁月如梭,为期一年的援藏时光,还剩一月有余,越是到最后,越发不舍。说长不长、说短不短的一年援藏经历,成了我人生画卷中浓墨重彩的一笔,丰富了我生命的内涵,让我明白了更多生命的意义。这是一种缘分、一种责任,更是无法用物质衡量的人生财富,让我对雪域高原产生了特殊的感情。

山南是一首深情的诗,深沉细腻却不减豪迈。

她是西藏古文明的发祥地之一,因拥有众多个"第一"而被公认为"西藏民族文化的摇篮"。

进藏不久,我还没有完全适应高原"三高一缺"(高海拔、高寒、高辐射、缺氧)的恶劣环境,就有幸代表山南市人民医院参加在平均海拔4500米的浪卡子县举办的"望果节"义诊活动,感受了藏族同胞的文化魅力。当地牧民身穿节日盛装从四面八方赶来,在浪卡子县郊雪山脚下的一块平地上,临时搭建了舞台。大家围在舞台周围,未加修饰的原生态藏族舞蹈呈现出来,每个人用自己独特的舞蹈表达着对这片神奇土地的热爱。听不懂藏族歌词的我沉浸在优美的旋律中,忘记了阴雨天四五个小时山路的疲惫,忘记了更高海拔所致的头痛、恶心、胸闷,忘记了高紫外线给皮肤带来的疼痛……台上台下的藏族同胞像一家人聚在一起,毫无隔阂,无比亲近。

此次活动让我感受到藏族同胞的不易,医疗技术的落后让偏远地区的他们饱受疾病痛苦,基层缺医少药现象更为突出,我们作为"组团式"医疗援藏队,让优质的医疗资源主动下沉,更好地体现了援藏的意义所在。

山南是一幅多彩的画,纯净自然却不失瑰丽。

她拥有人间仙境里一抹蓝的羊卓雍措,人间极境的40号冰川,中国的贝加尔湖——普莫雍错等众多让人陶醉的美景。在习近平总书记"绿水青山就是金山银山,冰天雪地也是金山银山"的号召下,在山南人民和援藏队员的共同努力下,雅鲁藏布江两岸变成了一条绿色长廊。

山南的景色很美,巍峨的群山、湛蓝的天空、洁白的云朵,美丽的哲古草原,宽阔的草甸如一张绿色的巨毯。草甸上成群的牛羊像一粒粒珍珠,悠闲地吃着草。皑皑雪山庄严地矗立在草原的尽头,勇士般守候着草原。圣洁的阳光从云隙中洒下,草原在日光的辉映下,也披上了一层朦胧的光影,柔柔的,温暖了牧民平静而美好的岁月。路过的人们露出淳朴的微笑,五彩斑斓的经幡迎风起伏,使得山南犹如一幅美丽的画卷,这样纯净自然的环境,养育了热情淳朴的藏族同胞。

这里海拔高,恶劣的环境让藏族同胞对高山湖泊心存敬畏,缺氧让每个人脚步放慢,这里没有健步如飞,巨大的温差出现了独特的穿衣习惯,厚重的藏袍裹在腰间,脱去的半边长袖随时保护在强烈阳光照射下裸露的胳膊。

高原的环境和独特的生活、饮食习惯导致各种高原疾病,如白内障、高原性心脏病、高血压、高血脂、痛风等,骨骼畸形的问题也比较多见,稍有不慎,肺水肿、脑水肿就会随之而来,提高医疗水平是我们医疗援藏队的主要任务。我们要用自己所学祛除藏族同胞的病痛,尽己所能地解决这里就医困难、医疗水平落后的现状,我们在努力提高山南市人民医院医疗水平的同时,克服高原反应,抽出时间跋山涉水到山南各个县、乡及单位义诊,更好地为藏族同胞服务。

山南是一首悠扬的歌,淳朴真挚却倍加嘹亮。

松赞干布家族在这里唱响了西藏最嘹亮的歌,使雅砻部落成为西藏最强大部落。文成公主作为千年前的"和平使者",促进了经济文化的交流,增进了汉藏两族人民亲密、友好的合作关系。她将汉族的纺织、建筑、造纸、酿酒、制陶、冶金、农具制造以及历法、医药等陆续传入藏区,促进吐蕃经济、文化的发展。现在拉萨《文成公主》的实景演出以星空为幕、山川为景,气势恢宏、震撼心灵,让我们感受到文成公主当年的伟大和吐蕃王朝的繁荣。

千年后的今天，我作为一名援藏的儿科医生，带着组织对我的信任来到了山南市人民医院。在人民医院的这段时间里，我牢记使命，克服老院区没有儿科内镜房间、没有相关专业人员配合的困难，结合医院实际情况、因地制宜地在院领导关心和成人呼吸内镜室成员的帮助下提前开展了"儿童可弯曲纤维支气管镜诊治术"，实现了山南地区零的突破，并为30余名患儿进行了气管镜诊治，解除了病痛，缩短病程，并成功地为一名儿童进行了"局麻下儿童可弯曲纤维支气管镜异物取出术"，得到了西藏自治区医院和拉萨市人民医院等上级医院的认可，达到西藏自治区同行的最高水平，得到其他省份援藏儿科同行的认同。作为千千万万援藏医生中的一员，我贡献着自己的一份微薄力量，和其他同事一起续唱援藏组歌。

山南是一支舒展的舞蹈，银装素裹更显气势磅礴。

藏族以能歌善舞著称。传统舞蹈历史久远，代代相传，感情真挚丰富，风格多样，表现出藏族人民对自由幸福生活的追求。

真正为山南所普及和热爱的是锅庄舞。舞蹈时，一般男女各排半圆拉手成圈，有一人领头，基本动作有悠颤跨腿、趋步辗转、跨腿踏步蹲等，舞者手臂以撩、甩、晃等动作为主变换舞姿，队形顺时针进行，圆圈有大有小，偶尔变换出"龙摆尾"图案。天气晴好的情况下，山南市体育场会有很多藏族同胞跳舞，我们也会加入，这是我们一天工作后最放松的时候，没有统一组织，没有民族限制，一起应和着音乐迈开舞步、摆动臂膀，用自己的姿势去诠释对生活的热爱。舞者有熟有生，生者跟着熟者一起舞动，每个人兴起就融入舞蹈，尽兴就扬长而去，圈子随着人数的多少时而变大时而变小，但绝对不会影响流畅的音乐和舞动的节奏，一个集体的锅庄舞是民族团结奋进最好的体现。

今天,我们带着援藏任务来到山南,和藏族同胞共舞,我们贡献的专业技能就是最坚实的舞步,我们的旋律就是一批又一批的援藏医疗队伍,我们共同的努力使山南这个大舞台更加绚烂耀眼。

山南市洛扎县边巴峡谷景区

恪尽职守，站好援藏工作的每班岗

作　　者：尹长林

派出单位及职务：安徽医科大学第一附属医院神经内科副主任医师

受援单位及职务：西藏自治区山南市人民医院心脑血管内科主任

丁零零，丁零零！晚上10时30分我接到科室的急救电话："老师，病房来了一个急诊危重病人，请您赶紧过来一下。"放下电话，我赶紧换上衣服跑步来到病房，看到值班医生和护士正在忙碌抢救，家属也围在床边，手足无措、焦躁不安，病人四肢仍在不停地强直抽搐、口吐白沫、双眼上翻、呼吸急促、大汗淋漓。有着多年临床急救经验的我，立即嘱咐护士拿来压舌板,亲自放置在患者口腔内,以防病人咬舌,一边让护士吸痰,保持病人呼吸道通畅,一边嘱咐医护人员立即予以地西泮静脉缓慢推注,病人四肢抽搐症状才渐渐停歇下来。但刚停不到两分钟,四肢又开始抽搐。我再次给予氯硝西泮静脉缓慢推注,病人抽搐发作才停止。考虑病人反复发作,我予以丙戊酸钠(德巴金)静脉泵维持。此后不久,病人再次出现极度烦躁不安状况,大喊大叫,4个人都按不住。我告知值班医生不要慌,让护士立即予以苯巴比妥、右美托米定镇静处理,严密观察呼吸及生命体征,最终患者病情逐渐稳定下来。

经过询问得知,患者是一名31岁藏族男性,系"反复发作性抽搐10次伴意识不清一天"入院。患者入院前一天在家反复发作抽搐,每次2—3分钟不等,开始发作几次停止后,意识能恢复,家人未予以重视,后面两次发作之后,呼之不应,意识不清,家人将其送到当地医院救治,症状控制不了,遂急诊转入我院救治。

作为神经科急诊危重症病人,如果抢救不及时,癫痫持续状态下的病人会因反复抽搐导致脑缺氧、脑水肿、高热、代谢性酸中毒、呼吸循环衰竭而死亡,或者产生严重的脑不可逆损伤致残,所以务必及时抢救处理。该患者目前症状已得到控制,下一步要积极寻找病因,明确疾病诊断。

患者入院头颅CT提示"考虑右侧颞叶软化灶,右侧颞叶占位,胶质瘤可能",于是进一步完善头颅磁共振检查,颅脑增强MRI提示"右侧额颞叶异常信号影"。经过反复追问病史,家属诉说患者一年前有一次类似抽搐发作,未予以就诊。入院检查生化感染九项血清梅毒(+),结合患者年龄、既往病史,患者此次发病过程,相关检查及影像学特点等情况,我的诊断考虑"神经梅毒"。

为了进一步明确诊断,我组织全院多学科大会诊,听取神经外科、感染科、皮肤性病科以及磁共振影像科等相关科室的会诊意见,同时把该患者的头颅CT/MRI检查影像资料、病史资料发到我的原单位进行协助诊断。经过多学科专家会诊讨论,颅内占位基本可以排除,炎性疾病可能性大,梅毒不能排除,需进一步完善血清梅毒确诊实验,以及脑脊液梅毒相关检查。安医大一附院磁共振专家及神经内科专家会诊后答复:"不是胶质瘤,应该考虑神经梅毒。"综合以上意见,我们在征求患者家属同意的情况下,予以患者腰穿刺检查送检脑脊液梅毒相关实验室检查,并同时送检血清梅毒确诊实验。检验科检验结果及时返回:血清梅毒三项提示梅毒初筛试验呈阳性;梅毒确诊实验呈阳性;梅毒甲苯胺红不加热血清学实验呈阳性1∶64;脑脊液梅毒确诊实验呈阳性;梅毒甲苯胺红不加热实验呈阳性1∶8。至此,该患者的诊断已经明确,被正式确诊为神经梅毒,梅毒性脑炎,症状性癫痫,癫痫持续状态。最后结合皮肤性病科诊治意见,予以大剂量青霉素治疗十四天,并嘱出院后连续三周,每周一次肌注长效苄星青霉素,继续抗癫痫治疗。经过正规积极驱梅治疗和对症治疗,患者病情逐渐稳定好转,神志清楚,精神正常,四肢活动自如。出院时病人和家属非常激动,紧紧握住我的手,激动地说:"是援藏专家救了我的命,是共产党派来了这么好的医生,扎西德勒!扎西德勒!"

正是这第一例神经梅毒确诊病例的成功救治经验,让山南市人民医院神经内科倍感提气。内科余小华主任查房后说道:"在今后的患者救治过程中,无论病人入院时病情多危重,病情多复杂,我们一定要多看多听多学,更要向援藏尹老师学习经验,通过多学科会诊,提高神经内科水平。"像这样的疑难重症病例,在我援藏的大半年时间,已见证了多例,如产后颅内静脉窦血栓形成、高颈段急性横贯性脊髓炎、颅内多发性转移瘤、颅内肉芽肿以及自身免疫性脑炎等。在与"组团式"援藏专家的通力合作下,背靠援藏单位的强大后方支持,像这些的疑难危重病例在雪域高原得到及时诊治。这些事例凸显了医疗人才"组团式"援藏工作的强大优势,见证了西藏山南市人民医院神经内科在疑难重症诊疗能力方面的不断提升。

一年里,我通过"师带徒""传帮带"活动,逐渐培养了科室一批年轻骨干医师,完成了"大病不出藏,急病有所医"的任务,我甚感荣幸,这支带不走的医疗队伍一定会为山南市人民医院医疗服务水平做出更多的贡献。

一年援藏行,一生援藏情。一年的时间是如此短暂,终将是我一生的牵挂。无论何时想起,总会触及心中最柔软的情感,我爱西藏,更爱这片热土上的同胞亲人。

山南市洛扎县朱措白玛林湖景区

把窗儿打开，让阳光进来

作　　者：朱云喜

派出单位及职务：安徽省马鞍山市人民医院眼科副主任医师

受援单位及职务：西藏自治区山南市人民医院眼科主任

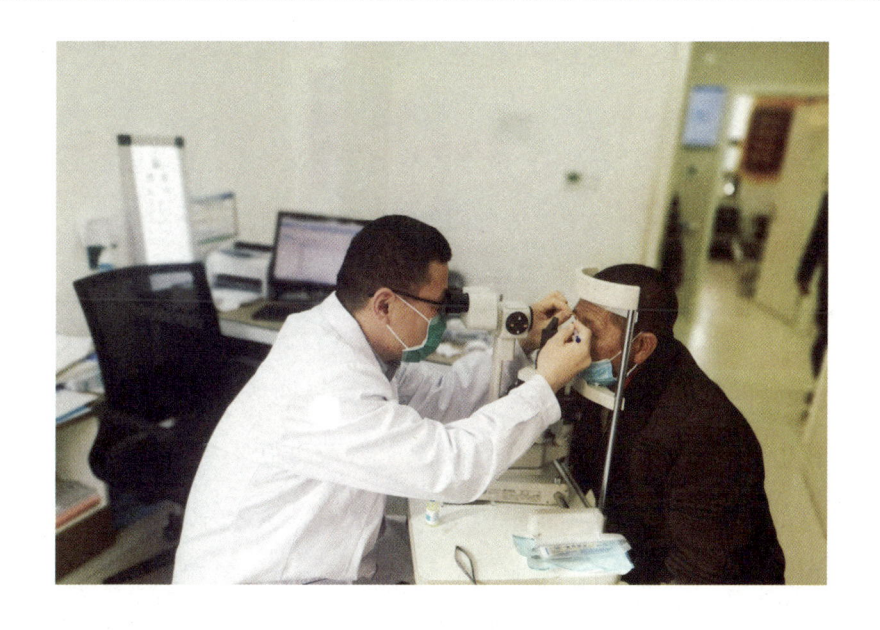

作为一名眼科医生，人生最大的乐事，就是为每一名患者的"天窗"护航，让金色的阳光洒进来。

三个多月前，次仁群培老人突发左眼视物不清，由于尚且能够忍受，距离医院太远，又适逢农耕繁忙，他就想着等空闲一点的时候再到医院就诊。殊不料，接下来的三天，他的病情日益加重，疼痛无法忍受，只好来就诊。

我在门诊第一次见他时，他面容枯瘦、双眼肿胀、精神憔悴，嘴巴里不停发出的呻吟声直接穿透了我的心扉。老人的家人告诉我，他已经三天滴水未进，由于体力不支，只能由家人背着来就诊。老人瘫坐在就诊椅上，如果没人扶着，估计都很难坐稳了。经过仔细问诊，我得知老人有高血压病史，但是没有规律服药，血压控制欠佳；经过进一步详细检查，我发现他的左眼已经没有光感了，角膜重度水肿，虹膜可见大量新生血管，眼压非常高，眼球触之如石，眼底窥之不见……我诊断：这是典型的"新生血管性青光眼"。

新生血管性青光眼是一种极难医治的青光眼，继发于眼球缺血性疾病，尤其是缺血性视网膜中央静脉阻塞，通常在视网膜静脉阻塞三个月后发病，又称"百日青光眼"。由于山南市地处冈底斯山脉南麓高海拔地区，高血压的发病率高，很多患者又远在牧区，就医不方便，血压控制欠佳，导致视网膜静脉阻塞发病率高。如果是缺血性视网膜静脉阻塞，就会继发新生血管性青光眼。新生血管性青光眼眼压很难控制，治疗效果差，很多患者在疾病终末期，由于复明无望，眼痛、头痛，甚至已经超过抗痛极限，最后只能无奈地选择摘除眼球以解除病痛。

我看着眼前这位佝偻着身子的孱弱老人，拍了拍他的肩膀，痛心之余，倍感肩上的责任。我猜测，三个月前次仁群培老人突然视力下降，可能就是因为高血压没有规范吃药，导致了缺血性视网膜静脉阻塞。由于没能及时治疗，三个月后就继发了新生血管性青光眼。无法想象，这三个月老人是怎样熬过来的。我也很清楚，如果不能及时有效治疗，次仁群培老人的眼睛很快就会终生失明，最终可能要摘除眼球。

我要尽全力保住次仁群培老人的眼球。

我脑海里放电影般，搜索着治疗的最佳方案。同科室的几位医生一脸茫然，我知道，他们才是雪域高原带不走的"护眼天使"，于是赶紧给他们科普起来——新生血管性青光眼的治疗，目前国际上最新的方案是采取综合治疗的方式，即先抗新生血管及降眼压治疗，再予眼底激光光凝或者玻璃体切割术。一位年轻的女医生问我，她咋从来没听说过呢。我对她说，由于抗新生血管药物价格高昂，一般的家庭无法承受这样的经济压力，直到两年前，抗新生血管药物被划入医保报销范围，这种疗法才走入临床。我国也是近两年才开始逐步普及这种治疗方法的。

所幸，次仁群培老人新生血管性青光眼发病时间相对较短，处于发病早期，视神经可能还没有完全损伤，如果治疗及时，视力会有一定的恢复可能。我一边揪心，一边庆幸，立即着手给次仁群培老人从全身到局部双管齐下，进行降眼压治疗，同时给予保护视神经、降血压等治疗。

但是一个难题很快又让治疗陷入了僵局——由于医院目前没有抗新生血管的药物，正常采购程序需要一到两周的时间，这么长时间的等待，视神经怕是早就死亡了，视力恢复无望，甚至直接做眼球摘除术都有可能。如果在没有抗新生血管药物的情况下，直接做降眼压手术，术中这些新生血管大概率会破裂，可能导致大量的眼内出血，出现爆发性脉络膜出血的概率也会增加很多。而爆发性脉络膜出血，可能术中就要摘眼球了。

怎么办？看着老人痛苦的样子，我的内心有如火灼一般。当务之急就是尽快找来抗新生血管药物。我向院领导紧急汇报了这种情况，立刻得到了大力支持——时间就是视力，和时间赛跑，才能最大限度地恢复次仁群培老人的视力！全院上下都在争分夺秒，为了能尽快采购到抗新生血管药物，我们四处询问药源。

众人拾柴火焰高。两天后，一支抗新生血管药物几经辗转，终于抵达山南。在给老人眼球内注射了抗新生血管药物三天后，又顺利实施了小梁切除术降眼压治疗。术后第一天,次仁群培老人的眼压就恢复了正常,眼睛也不那么疼了,视力也明显恢复了一部分,虹膜新生血管褪去后,终于能看见东西了!

次仁群培老人激动地双手合十,作揖感谢我帮他解除病痛,重见光明。看到术后疗效显著,除了眼睛里的线头有点磨眼睛,没有并发症,我们眼科全体同志都松了一口气,相视时露出了久违的笑容。

术后一周拆线出院时,老人并没有任何不适症状,患眼视力恢复到了0.4,眼压控制得比较平稳,虹膜新生血管也完全褪去。

老人出院了,我和科室的同事们一直送到医院门口。挥手,转身;吹风,追光——拉满弓的状态下,护眼天使们生如夏花,灿烂如光。

山南市琼结县藏王陵景区

我的援藏故事

——以梦为马，搏律通冠，"心"动高原

作　　者：孔祥勇

派出单位：安徽省中国科学技术大学附属第一医院心内科

受援单位及职务：西藏自治区山南市人民医院心脑血管内科副主任

当确定我加入第七批医疗援藏工作队时，我内心无比激动，作为一名共产党员，我深知援藏工作的意义，也明白援藏工作的艰辛，我向往去拼搏一番，西藏也将成为我的第二故乡。如今，我来到有着"世界屋脊"之称的雪域高原工作、生活将近一年，亲身体验了在这里工作的不易，深深感受了藏族同胞的真诚与淳朴。此时此刻，我对"援藏为什么、援藏干什么、援藏留什么"有了更新、更高的认识。有幸成为一名国家战略的践行者，这是组织的信任，也是一种责任，更是无上的荣耀！

作为一名心内科医生，我充分认识到高原地区藏族同胞的心血管疾病发病率并不比内地低，但是由于医疗条件不足，很多患者没有得到及时、有效的救治，严重者出现明显的致残或致死。本着"缺氧不缺精神"，我先后前往山南地区7个县域参加大型义诊活动，看过无数个藏族患者，我虽知不可能做到为每一位藏族同胞提供医疗服务，但是我想通过义诊和科普教育的方式让更多的人了解心血管疾病，让更多的心血管疾病患者能在早期被发现和诊治。一年来，数百位心衰和心律失常患者入住山南市人民医院心内科，我们提高了他们的心脏动力，搏正了他们的心脏节律，每一位经治的患者，病情均得到了积极有效的控制，出院时都露出了满意的笑脸。

作为一名心内科介入医生，二十四小时待命，争分夺秒地救治急性心肌梗死患者是我的天职。山南市人民医院作为该地区唯一一家胸痛中心，肩负着重要的使命！在这里，我为支撑胸痛中心建设而感到责任重大，更为自己能在第一时间救治多个急性心肌梗死患者而感到自豪。还记得，那是2022年4月1日，山南市人民医院急诊科来了一位52岁男性患者，因"突发晕厥、伴呕吐咖啡色液体"数小时由县医院120急诊送入我院，急诊心电图提示Ⅱ、Ⅲ、AVF导联ST段抬高，I、AVL导联ST段压低。明确诊断"急性心肌梗死合并心源性休克、肝肾功能不全、糖尿病酮症、上消化道出血"。我接到电话后飞奔到急诊科："患者病情十分危重，已存在心源性休克、多脏器功能不全，如不立即开通闭塞血管，死亡风险极高。"诊视后我要求立即启动导管室，并在第一时间再次背上我的"铅衣铠甲"，术中患者持续低血压、反复室速，在医护全力配合抢救的情况下，我迅速进行了介入手术，闭塞的血管被开通，患者的心律、血压渐趋稳定。那一刻，汗流浃背的我成就感满满，因为我明白我们已经把病人从死亡线上拉了回来！

搏律通冠，一年来，这样的抢救已记不清多少次了，但每一次成功的抢救，都让我深刻体会到援藏工作的值得，每一位患者病情好转后的微笑和真诚谢意都让我感到无比自豪和温暖！

"心"动高原，是我作为一名心内科援藏医务工作者的初心和使命。我将继续挥洒汗水，为自己的援藏工作续写动人的篇章！

山南市琼结县强钦村

让援藏留住记忆，把奋斗留在措美
——我的援藏故事

作　　者：程大义
派出单位：安徽省合肥市第三人民医院重症医学科
受援单位：西藏自治区措美县卫生服务中心副主任

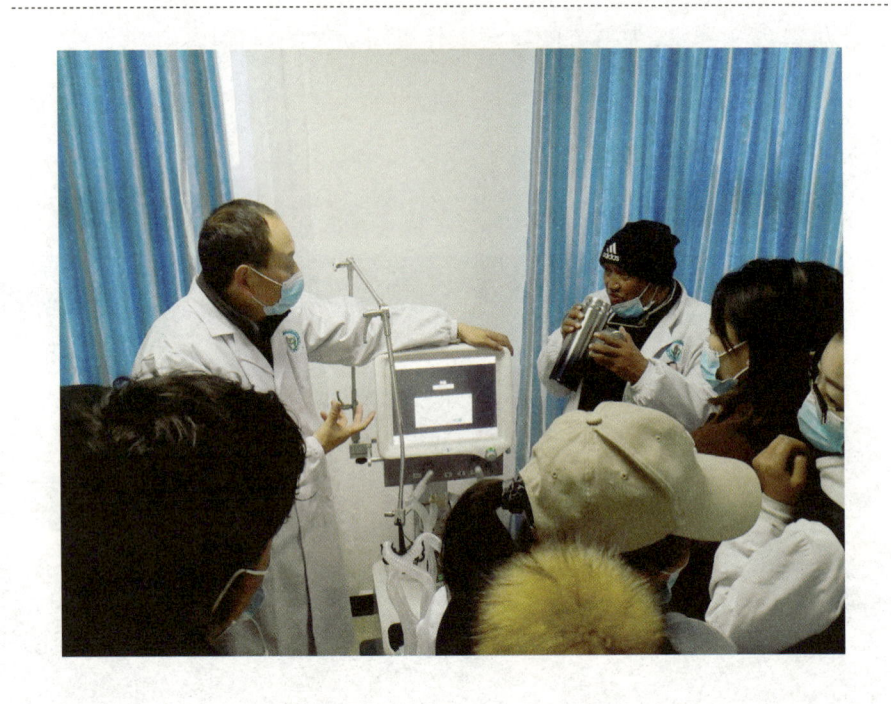

2019年7月13号，援藏人员从合肥直飞贡嘎，在山南市调整一周后，我去往措美县。

措美县城海拔4200米。从山南市出发，沿着弯弯曲曲的560国道一路向南，翻过4898米的鲁古拉山口，经过广袤无垠的哲古草原，再越过

5120米的卡里拉山口,一路盘旋,经过近三个小时的颠簸,我来到了此行援藏的目的地——措美县人民医院。

深夜出诊,野獒让路

一天深夜,急促的铃声把我从睡梦中惊醒,我赶忙抓起手机。

"程院长,来了一位高血压脑病患者,头痛剧烈,血压260毫米汞柱。怎么办?"值班医生急切地问道。

"不要慌,我马上过来。"

没有一丝犹豫,我匆匆起床,甚至连门都忘记关,就冲进夜幕赶往医院。对于急诊病人,时间就是机会,机会就是生命。

11月的措美已经进入寒冬,高原上的寒风鼓足了劲儿就往身体里钻。刚走出宿舍楼,我突然看见一团毛茸茸的黑色东西,心想:哎!哪个牧民这么粗心,竟然将毛毡丢在了地上?我伸手捋了捋帽子。突然,黑色东西竟朝我挪过来,我警觉起来:藏獒?藏獒!啊,前两天藏民们就在疯传,黑色高大的野藏獒在县城出现,医院还有职工被咬伤。

我下意识迅速转身跑到附近房间,从门背后摸出一根木棍,壮着胆再次向着医院出发。我的病人还在病床上煎熬,我能做到的就是分秒必争。藏獒也很乖,没有跟着我。也许它知道我是去救治病人的吧。

很幸运,那天晚上出诊,病人的治疗非常顺利。看到值班医生轻嘘一口气,我也擦干额上的汗水。等我处理完这一切,时间已悄然过去两个小时。我叮嘱值班医生注意观察病人病情,有情况随时联系我。天还没亮,我拿着木棍,又一头扎进夜色中。后来,这根木棍就成为我夜间无数次出诊路上的伴侣。

艺术交流，全程守护

2019年底至2020年初，措美县多批干部来合肥考察、学习及文化交流。其中，措美县艺术团在合肥连续演出6场，观众人数超过1万人。我毅然放弃难得的休假时间，全程陪同，做好医护保障。

男演员嘎玛次仁，在演出第二天出现剧烈腹痛，我急忙对他进行查视，初步诊断为急性阑尾炎穿孔，已发展为严重腹膜炎。我一边联络各方，一边果断地将演员送往合肥市第三人民医院急诊手术。手术后，嘎玛次仁在医院住了十来天，在医护人员的精心治疗陪护下，顺利治愈出院。

女演员玉珍，在巡回演出结束的当晚，出现大出血。经诊视，她血压非常低，神思恍惚，已处于休克状态。我急忙联络后将她紧急送往合肥市第三人民医院。经诊断，演员玉珍是早期流产大出血，通过紧急手术和输血，病人转危为安，随后顺利出院。

结亲帮扶，皖藏情深

2021年暑假，爱人来措美探望我。经组织批准，她陪我参加医疗下乡活动。正当她震惊于壮美的藏地风光时，我突然告诉她，顺着这条没水的山沟再往前跑一个小时，我有个"亲戚"住在那里。

她诧异的表情我至今难忘。是呀，结婚多年了，她怎会想到我在西藏还有"亲戚"？

后来我告诉她，所谓的"亲戚"就是我在西藏的帮扶对象。这是一位80多岁高龄的老人，老人有高原性心脏病，每次去探望，我都会对他进行身体检查评估，并根据他的身体状况给出治疗意见。我永远不能忘记，当我的"亲戚"看着我爱人出现在他面前时幸福的表情。他说，长这么大，还没见过一个汉族女人随着自己的丈夫来这么偏远的村庄给当地藏民治病。

当我将爱人给我织的羊毛围巾赠送给他的时候,他的眼眶瞬间就湿润了。当我们离开村子时,藏族老人迟迟不愿松开那紧紧握着的双手,口中不停地在念叨。随行的司机告诉我爱人,他是在念叨祖国好,社会主义好。

医者无域,行者无疆

三年来,作为重症医学专业技术人员,我在措美县人民医院参与了急性心衰、高原性肺水肿、高血压脑病、癫痫持续状态、脑卒中、创伤急救、高热、荨麻疹、急性心律失常等重症病例治疗,开展了无创呼吸机临床应用新项目新技术应用。

2019年8月,援藏医疗队成功进行了措美县首例腹腔镜胆囊切除术,病人出院当天,家属为每位援藏医疗队员献上洁白的哈达。

2020年初新冠肺炎疫情暴发,我积极投入防控工作,安排多期培训,开展防控演练,务必使医院职工人人掌握新冠肺炎疫情防控知识。

2020年9月,措美县出现手足口病疫情,县医院收治手足口病住院患儿20多例。为控制疫情,我带领援藏儿科医生曹伟主任和县医院儿科医生,对幼儿园和小学进行手足口病筛查共计600余人,并追踪访问相关轻症居家观察的患儿,予以送药和指导治疗,对县幼儿园、小学、初中教师进行手足口病相关知识讲座。10月初,疫情得到很好控制。

作为医院管理工作者,我积极参与措美县医院扩张及建设工作。2019年9月,门诊及办公业务搬入新的综合楼后,我积极参与急诊科室布局设置、旧楼改造。根据国家防控要求,新建措美县卫生服务中心新冠肺炎核酸检测实验室，2021年1月顺利通过验收并投入使用，方便了居民核酸检测。

三年来，通过培训、教学查房、技能操作训练、一对一带教等多种形式，培养了一批完全属于当地的医疗队伍，完成"输血造血"、授人以渔的援藏使命。

三年来带领医院医生多次开展下乡义诊、健康宣教、送医送药、走访卧床病人等活动。安排医生团队短期援藏，依托援藏医生自身优势和特点，开展措美县医院没有进行过的医疗技术。

"天空是纯洁的雪山，草原是花朵的天堂……湖水是高原的眼波，江河是生命的源头……"

援藏，是我一生中最宝贵的经历之一。就像苏联作家尼古拉·奥斯特洛夫斯基说的那样："当回首往事时，不因虚度年华而悔恨，也不因碌碌无为而羞耻。"

我来过，爱过，奉献过。西藏措美，雪域高原，援藏年，我无悔的选择。

山南市曲松县切措湖景区

凡法治所需 皆援藏律师努力所向

作　　者：都勇

派出单位及职务：安徽省合肥监狱公职律师

受援单位：西藏自治区山南市司法局

在人们的印象中，获得律师的法律服务十分容易。但在西藏，这个印象与现实的差距太远。因为西藏大部分地区极其缺乏法律专业人员，在山南市及所辖12个县区，本地执业律师不到7个。在当前依法治国的大背景下，来了一个援藏律师，这对于当地的法律服务工作意味着什么，可想而知。面对当地干部群众的期待和尊敬，援藏律师应该做些什么呢？

我的心里沉甸甸的。

怀揣正义之心　坚守援藏律师的良知

2019年6月12日,经安徽省司法厅推荐,我作为省委组织部、省人社厅选派的第七批短期援藏专业技术人才抵达山南市司法局,对口支援单位是法律援助中心,身份是法援律师。当天下午,法援中心主任普布卓玛就带我去山南市中院阅卷。主任是藏族人,在司法局里除局长外,她是唯一既负责办案又当翻译的。主任说:"对不起,都律师,本应该让您休息几天适应一下的……但案子积压太多,就我一个人……"

第一个处理的是一起工伤案件。今年27岁的藏族民工洛桑某某于2015年12月在一次工地事故中受伤,经鉴定为五级伤残。事故发生后,其所在单位及时将他送去医院治疗,但未向人社部门申请工伤认定。洛桑某某向法院起诉,要求享受工伤待遇。2019年5月,一审作出判决。单位不服,上诉至山南市中级人民法院。在到达山南之前,我已经被指派为二审民事诉讼代理人参加诉讼。6月18日,中院开庭审理此案。虽然时间紧,但是我仍尽最大努力。通过仔细了解案件情况,查阅资料,我在二审答辩中以适用法律错误为由,提出西藏自治区人均预期寿命为70.6岁,请求增加6个月的护理费。同时,参照有关规定,将住院期间伙食补助费由50元/天增加到前七天120元/天,后三十八天80元/天,并将停工留薪期间护理费由120元/天增加到223.6元/天,由此多增加赔偿请求2万余元。二审开庭前进行了调解。我向法庭阐明申请工伤认定是用人单位的义务,用人单位不履行义务就应当承担相应的责任。经过一番庭上"斗争",最终达成一致,由单位支付洛桑某某各项费用105万元,在2020年6月之前分3次付清。中院出具了民事调解书。这起持续了四年的工伤纠纷案件终于画上了圆满句号。

这是我律师生涯中办理的第一个案子,我原是一名监狱民警,2017年在省司法厅挂职期间通过法考,进藏前申办了公职律师。办案过程中我一直很忐忑,生怕业务不熟练让人笑话。没想到结局很圆满,法院以调解方式结案避免了矛盾激化,双方都很满意,我也很满意,因为我用自己的专业知识帮助了需要帮助的藏族同胞。

此后,我又相继办理了四川民工李某"入职三天即遭遇工伤案",帮其争取到一次性赔偿20万元人民币;格桑某某"干活被砖拍伤案",帮其争取集中赔偿7万元人民币;湖北民工赵某"家暴案",帮她申请了当地第一张"人身保护令"。在藏半年,我通过办案为困难群众争取利益(或避免损失)390余万元人民币。2019年中秋节,怀着对亲人的无限思念,我发了一个朋友圈:虽然过节无法与亲人团聚,但我们帮助了许多人……

守护司法公正　恪守援藏律师的本分

习近平总书记说,努力让人民群众在每一个司法案件中感受到公平正义。维护当事人合法权益,守护司法公正,援藏律师责无旁贷。

7月25日,山南中院一审公开宣判罗某等5人"恶势力犯罪案"。这是扫黑除恶专项斗争开展以来,山南首例恶势力犯罪案件。其中,被告巴桑某某被判处两年零三个月有期徒刑,系恶势力成员中处刑最轻的,比市检察院提出的三至五年量刑建议至少削减刑罚九个月。巴桑某某的减刑得益于我的辩护。我认为,地方党委政法委的一项重要职责就是创造公正的司法环境,越是重大案件,越要重视维护当事人合法权益,确保案件审理经得起历史检验和社会评判。后来,我参与制定市政法委涉黑案件证据指引。会上,政法委副书记说,原本没打算通知司法局参与这项工作，但通过罗某涉恶案件的审判，政法委认识到了法律援助的重要性。

在藏半年，我出庭辩护6次，让相关当事人免坐冤枉牢狱总计不少于二十年。在"尼玛某某敲诈勒索案"中，我提出的其和妹妹、女朋友不宜被定性为恶势力的意见被公安机关采纳，为其减轻了罪行。在自治区高院开庭审理的"其美某某故意杀人案"中，我的辩护意见被合议庭采纳，最终法庭判决其美某某三年有期徒刑的最低刑罚。在"尼玛某某文物盗窃案"中，我发现西藏文物并非埋藏在地下，由此提出了其不属于一般盗窃罪的辩护意见，最终助其减轻刑罚四年……

事后我想，公正其实是一种度量、一个标准，无论藏族还是汉族，公正价值的追求是相通的。法律就是公正的化身，援藏律师唯法律与公正是从。

传播法律文化　坚持援藏律师的建言

《中共中央关于全面推进依法治国若干重大问题的决定》强调，法律的权威源自人民的内心拥护和真诚信仰。维护法治统一，必须让包括藏族群众在内的全国人民信仰法律。推动共同发展、推进思想交融、促进民族融合，铸牢中华民族统一大家庭的思想根基是西藏乃至全国长治久安的治本之策。

9月27日，在山南市举行的各族各界代表庆祝中华人民共和国成立七十周年座谈会上，我代表新的社会阶层建言将法治精神融入藏传佛教教义，得到了宗教界人士广泛认同。在向民族宗教局汇报并取得支持后，我着手按经义条目形式梳理中国特色社会主义法律体系的基本精神、基本理念，再通过拜访活佛、恳谈会等途径，向教职人士进行传播，最后通过教职人士向信教群众传播，这一做法受到了欢迎。

每天办公室一开门,前来咨询法律事务的群众就络绎不绝,涉及农民工讨薪、工伤、民间借贷、交通肇事、公司事务、婚姻关系、城市拆迁、相邻关系等各个方面。对每一起咨询,我都耐心解答,分类处理,让每一位藏族同胞相信法律、相信正义、相信真理。在藏半年,我共计参加普法宣传活动15场,直到离藏前一天,我还在琼结县的乡村连场宣讲。

我坚信,援藏就是要让藏族人民过上好日子。作为援藏律师,用法律手段帮助藏族同胞实现美好生活,是我矢志奋斗的初心和使命!

半年援藏,我的事迹被人民网、《法治日报》、《中国律师》、《西藏日报》、西藏广播电视台、西藏自治区及安徽省司法厅微信公众号、中央统战部中国西藏网、《安徽日报》客户端、《安徽法制报》、法制网、安徽网等宣传报道近50篇次。离藏前,山南市司法局罗布局长专门主持召开座谈会,全局工作人员为我献哈达,局党组给我记三等功,这也是山南市司法局首次给援藏干部记功表彰。

半年援藏结束了,如今工作之余,我常常不自觉回忆那段艰辛但很有意义的岁月。我深感庆幸,自己有幸参与到一次国家的战略任务中,没有辜负组织的期望;我也深感压力,被贴上援藏队员的标签,社会对我的期望和要求会更高一些;我更无畏,在西藏那样艰苦的环境中,都能践行"特别能吃苦、特别能战斗、特别能忍耐、特别能团结、特别能奉献"的"老西藏精神",难道回到相对舒适的内地反而会懈怠下来?答案是否定的!我将不负韶华,继续前行!

倾听梦想开花的声音

作　　者：张理华

派出单位：安徽省广播电视台

受援单位：西藏自治区山南市广播电视台

从"科里科气"的大湖名城到万里之遥的雪域高原，从冉冉升起的经济增速明星城市到祖国西南边陲，从中部崛起的现代化"霸都"到人烟稀少的世界第三极。怀山海情，逐边疆梦，穿越山山水水，我从安徽合肥来到西藏山南。其中有怎样的故事和经历呢？

有一句话这样说：你读过的书、走过的路、遇到的人、扛过的事儿，构成你的人生格局。

2020年5月，受安徽广播电视台指派，我成为50名安徽省第八批短期援藏专业技术人才中的一员，奔赴西藏山南市广播电视台进行半年短期援藏工作。按照自治区深化对口援藏扶贫工作会议的安排,我圆满完成对各县区讲解员一周的培训。之后,台长希望我每天为播音部的同志示范演播新闻稿件。我仔细听大家的播报练习,指出问题,一起探讨改正和提高的有效方法。拼音、声调、连读、轻重、气息、语速,一点点抠细节、一字字正发音、一句句找语感、一段段练气息、一篇篇做示范。其实我还真不是播音主持专业的,但是那一道道热切的眼神,一道道追随的目光让我在深受触动之余倍加努力,尽己所能,倾囊相授。

  山南市琼结县下水乡,有一位农家妇女扎西央宗。她的丈夫王勇是汉族人,因工伤双目失明、双耳失聪,失去工作能力,但这位藏族同胞没有放弃给丈夫治疗,做各种小买卖维持生活,养育一双儿女长大,用不离不弃的守护撑起一个家。台里要我负责对她采制一部短片。初见面我很震惊。王勇已经62岁了,可看上去皮肤紧致,红润细腻,能吃能睡,心情愉悦,完全不像常年在高海拔地区生活的不能自理的失聪、失明病人!而扎西央宗看上去却比大她16岁的丈夫还要苍老,扎西央宗的付出可想而知!央宗会说汉语但不善言辞,拍摄数次出现僵局。看着她尴尬而不失礼貌的微笑,我感动于这份来自藏家女儿"不抛弃、不放弃"的赤诚之心,拉着她布满老茧的手和她聊天:"白天要照顾老王,你就等他晚上10点睡了再出去。骑电瓶车一个半小时到市区,天这么黑,路上会不安全。在歌舞厅里卖花虽然收入还行,可总有人不怀好意。凌晨两三点卖完花不敢回家,随处窝一下,5点钟往村里赶,只为在他7点起床前做好早饭。作为女人,这样做值吗?万一出点事,不害怕吗?六年了!靠什么坚持?"一番话勾起她的无限心酸,泪水夺眶而出,她张口道:"我们是一家人啊!"话匣子也因此打开。她说她也曾迷茫又无助,背地里不知流了多少泪,老王更因不想拖累她数次轻生,但十几年深厚的夫妻情感让她不能退缩……就这样,从家到花店、歌厅、医院几番轮转。我总是牵着她的手或挽着她的胳膊,从她的回应中我感受到她的心扉在向我敞开。我们成了朋友,还互相保存了对方的手机号码。常年坚守,经年付出,人间自有真情在,恩爱夫妻渡难关。扎西央宗用内心的坚守兑现婚姻的承诺,用无微不至的照顾诠释"妻子"二字的内涵,谱写了一曲"藏汉一家亲"的爱情故事。拍摄顺利完成,在现场直播的"感动山南十大新闻人物"颁奖晚会上,"民族团结"代表扎西央宗,被定为开篇第一位出场人物。短片中那真实接地气的生活琐碎、平凡又伟大的人间真情,感动了在场的每一位观众。2021年11月5日,第八届全国道德模范座谈会和颁奖仪式在北京人民大会堂举行。扎西央宗被授予第八届全国道德模范提名奖,受到习近平总书记的亲切接见!如今,她女儿有了工作,儿子即将大学毕业,生活一天比一天有盼头!

中国特色社会主义已进入新时代,作为党的新闻工作者,就是要不断提升自身能力素质,努力增强"四力",务实创新讲好故事。勇做党的政策主张的传播者、时代风云的记录者、社会进步的推动者、公平正义的守望者。我不忘初心,牢记使命。

半年短援,我负责第八批短援宣传工作。西藏,是很多人的"诗和远方",是神秘且令人向往的雪域圣地。天高云淡,群山望不断;雅砻河畔,格桑花正艳。我们就像闯进新奇世界的孩子,满眼的新奇,禁不住喜爱,只把他乡当故乡。正如宋代大词人苏轼在《定风波》里的诗句:"试问岭南应不好,却道:此心安处是吾乡。"我和小伙伴们克服"高反",在医疗、教育、法院、林业、公安、财政、审计、环卫、文旅、交通、幸福家园建设等十几个领域多点布局,高效融合,向受援单位交出一份份满意的成绩单,先后在省内各级媒体发表、刊播100多篇业务稿件,我本人占了四分之一。

有的被安徽省网信办全网推送,被新华网、中新网、人民网等中央媒体转载。大家伙都很信任我,几乎每个人都会把自己的稿件拿给我看,请我修改,而我也能透过字里行间触摸到短援人的所思所感,感受到援藏人的使命担当!

我们短援团队由安徽省第七批援藏工作队统一领导。这期间,我跟随工作队上山下乡,记录下他们援藏的脚步。2019年7月,满载着7000万安徽人民的重托,肩负着皖藏友谊接续的使命,安徽省第七批援藏工作队踏上来藏征程。仅仅一年,他们就交出了一份可观的成绩单。习近平总书记说:"在高原上工作,最稀缺的是氧气,最宝贵的是精神。"按照总书记要求,他们砥砺奋进,奋勇向前。仅仅一年,安徽和县援建的2000亩大棚的产出蔬菜端上了山南老百姓的餐桌,措美县哲古景区旧貌换新颜,海拔4500米的浪卡子县打隆镇群众住进了新房,黄山茶苗种上了喜马拉雅群山,藏茶进京又获金奖。还有用粽子和月饼让藏族学生了解传统文化,组织省工商联及爱心人士带给山南青年内地就业的机会,加强教育、医疗多行业跟岗帮扶学带的交往交流交融活动,等等。在山南,提起安徽援藏,人们的目光就会肃然起敬,信任又信赖!

这背后,有为了项目推进运筹帷幄、殚精竭虑的工作队领队;有每天斡旋于各种大小事务,忙起来平均每天要接80个电话,甘当"保姆"的秘书长;有一年大多时间要出差,成为"空中飞人",为藏区遴选输送人才的部长;有不到40岁就因"高反"而两鬓斑白的局长、主任;有常年在高海拔地区工作,面色苍白、心室肥大、血压居高不下的县委书记;有直系亲属去世也未能见上最后一面的县长;有为了多救治一位病患不顾左腿脚踝受伤,选择坚强和担当的医生;有把爱心无私奉献给孩子们的老师"妈妈"和老师"爸爸"……

这一切都让我体会到在雪域高原工作的不易，感受到"皖藏一家亲"的分量，理解援藏国策的重要意义。援藏工作是一种无私奉献，是一场无声战斗，是一生无悔选择。这片雅砻大地上每一朵奔腾的浪花、每一份丰收的喜悦，都与援藏人息息相关！明亮、坚韧、耐寒，在人格的高纬度闪闪发光！他们就是雪域高原最美的格桑花！作为江淮儿女，我愿绚烂成一朵格桑花，致力书写人生壮丽篇章！

短援结束，在市委组织部召开的欢送会上，我代表安徽短援团队发言。我说道："此刻再回首，'高反'已经不算什么，我们心中涌动着的更多的是这半年来对自身努力的肯定与自豪，是对守护这方热土的援藏、在藏干部群众的崇敬与感动，是对藏族同胞朴实笑脸的依依不舍，是内心深处难以割舍的离别之情！"

临别之际，我郑重向工作队汇报我的想法，得到工作队领导的理解和支持。2021年10月30日，时隔整整三百六十五天再次踏上西藏这方热土，我正式被调入西藏工作。耳畔回响起聂台的话："有困难，给我打电话！"陈书记说："安徽台永远是你的娘家！"张台说："有需要，我们一定支持！"是的，我的抉择固然有自己的勇气，有家人的理解和支持，更有安徽台这么多年的培养和给予我的强大底气！我的身后有安徽媒体，有安徽省援藏工作队，还有安徽省委省政府方方面面的支持！是你们给了我勇气和底气！

人生这条路，偶然与必然时时冲撞，成全与被成全常常相逢。既然所有的相见都是久别重逢，我想做的，就是让所有的重逢能够成为生命中铭刻的日子。我深知，援藏工作光荣而艰辛，但既然选择了远方，便只能风雨兼程。作为新时代的新闻工作者，我愿尽己所能履行职能，用情用心做好时代的记录者，倾听梦想开花的声音！

从南山到山南

作　　者：郭世翔

派出单位：安徽省淮北市发改委

受援单位：西藏自治区山南市幸福家园建设管理局

我曾经在淮北市南山村工作了四年,对那片土地和百姓有着深厚的感情。2020 年 5 月,当得知去西藏援助的城市是山南市时,我就笑了。南山和山南,"山"和"南"这两个字和我真是太有缘了!

南山村依山淘金的小郭书记

2010 年 3 月 2 日,我在淮北市物价局办公室副主任的职位上,被选派到南山村担任党总支第一书记。

那年,我35岁,南山村的村民们都亲热地称呼我"小郭书记"。

南山村地处城市边缘,山地较多,土壤贫瘠,农业发展滞后。百姓的致富路在哪里?经过多方调研,并广泛听取干部群众的意见和建议,我确定了利用荒山发展种植业,作为带动村民致富的方向。

很快,黄杏、核桃等6万多棵优良果树在荒山上扎下了根。

南山村山窝里种的红薯,瓤红、味甜、口感糯,在当地小有名气,但一家一户的小农经济,严重制约了红薯的生产和销售。经过研究,统一思想,我决定依托农民专业合作社,统一种植及销售。我先后多次奔走山东、江苏等地,利用选派干部专项资金投资盈余,购买了12万株改良甘薯苗,在村里推广种植紫薯,并与市区真棒、苏果等大型超市建立了合作关系,打通销售渠道。一年后,村里注册的"香娃"牌紫薯,成为当地农民增收致富的"主力军"。2013年,南山村农民人均收入9925元,已位居矿山集街道办东部山区首位。

在南山村的那几年,我带领群众种植杂果林3000多亩,发展以"寿"文化为主题的乡村旅游业,先后建成汉文化馆、汉韵水街、长寿广场、观景台等景点,以及6个观光采摘园;结合美丽乡村建设,组织群众大力开展村庄整治,绿化后的环山路、村内主干道两侧已绿意浓浓;改装饮用水管道1290米,幼儿园、自来水厂、垃圾中转站等公共配套设施顺利建成并投入使用,村民的人居环境明显改善。另外,我多方争取资金整修水渠、桥涵和深水井,让村里2000余亩耕地旱可浇、涝可排,从根本上改变了"靠天吃饭"的局面。

"那里有乡情,有责任,有牵挂。"说起南山村,我总是嘴角忍不住地往上扬,"那几年,我只是在发展思路上多想了一点,为打造南山的村域经济起了个穿针引线的作用。环山路的建成彻底解决了车辆进山难的问题,南山村成为全市乡村观光旅游胜地,村域经济发展得越来越好。"

农村有大有可为的土地,是希望的田野。在南山村的四年时间,我带领干群在建设社会主义新农村的征途上,一直奋力前行!

山南市不畏艰难的老郭科长

西藏,离天最近的地方;西藏,有志男儿的诗和远方。

2020年5月14日,我与全省其他49名援友一起,飞越万里蓝天,奔赴西藏山南市。

我去援藏,许多人不解。

45岁,淮北俗话里"属驴"的年纪。家里老人步入年迈,孩子面临升学,这一去不仅要在特别艰苦的全新环境下生活,还要接受从未接触过的新工作的考验,图个啥?

"习近平总书记'治国必治边、治边先稳藏'的重要论述有着非同寻常的战略意义。开展支援西藏工作,是党中央、国务院着眼党和国家工作全局作出的一项重大战略决策,作为一名共产党员,自己责无旁贷。"当初,我率先报名参加援藏,就是想继续发扬在南山村时吃苦耐劳、务实创新的工作作风,为山南市的发展贡献力量。"能在新时代西藏发展中谱写自己的'诗篇',让自己在走向远方的路上得到锤炼,值!"

现实,并不那么诗意。

下了飞机,我立刻感受到了高原给的下马威:走路好像踩在棉花上,使不上劲儿,也不敢使劲儿。

山南市海拔3500米左右,空气中氧气含量不足内地的60%。我被安排在山南市幸福家园建设管理局,承担着为极高海拔生态搬迁居民布局产业发展的重大战略任务。头疼、失眠、呼吸急促、鼻黏膜出血等高原反应接踵而来。同时,对家人的牵挂,新岗位、新工作的新要求,也愈加沉重地压在心头。

困难,在强者面前也是纸老虎。有"高反",保持乐观情绪找治疗办法;睡不着,就利用大把时间看书充实自己;工作压力大,就多问勤学、深思苦干,快速提高综合能力。

为了尽快熟悉社情民意,身体稍稍适应后我就揣着氧气罐,开始了项目实地调研。

去往雪域高原的道路,很艰难。呼吸困难,脚下无力,胸肺部如炸裂一般……项目调研中,要求自己仔细认真,没有搞清情况、摸清底数绝不罢休;撰写文稿时,因为晚上睡眠不好,头晕目眩时有发生,一边吸着氧气,一边用风油精提神,反复推敲论证;执行维稳任务中,没有睡觉的地方,就自带被褥,两张椅子拼起来当床,连续数天坚守在工作岗位上……

责任就是使命,使命就是动力。一步一个脚印砥砺前行,这是一份光荣,更是一份责任。我成了藏族同胞的老郭科长。

在哪都始终不忘初心的公仆

雪域高原,也是精神高地。

"在高原上工作,最稀缺的是氧气,最宝贵的是精神。"这是习近平总书记在中央第六次西藏工作会议座谈会上讲的话。作为援藏干部,我始终牢记心头,传承和发扬"特别能吃苦、特别能战斗、特别能忍耐、特别能团结、特别能奉献"的"老西藏精神",克服了种种困难,经受住了一次次考验。

"一个人的价值不在于他得到了什么,而在于他奉献了什么。"

在援藏的日子里，根据幸福家园建设管理局所属森布日农畜产业园、经开区、桑耶文创园、昌果新型产业集聚区的实际，我与当地工作人员一起谋划产业项目发展规划，梳理产业发展重点项目。按照西藏自治区发展规划，拟定项目32个，积极联系安徽农产品加工业、畜牧业、乳制品业等与山南园区发展相契合的企业6家，给当地园区企业发展牵线搭桥，为当地招商工作打下了坚实基础。

会同相关部门多次到森布日农畜产业园实地调研，实地对接落地项目，解决项目落地过程中产生的各种问题，力促项目尽早开工。每周我都会深入现场与经果林基地项目、林芝毛纺厂恢复重建项目、拉萨皮革厂迁建项目、现代牧场项目等业主方对接，了解掌握项目进度，及时协调解决他们在运营建设过程中的问题……

在西藏的每一天，我都没有忘记过自己的初心，特别注重"传帮带"，将先进的管理经验和专业技术传授给当地干部。

我短援结束时，山南市的幸福家园已经入住一万多人口。让这些农牧民从山上搬下来，就是要为他们寻找发展新路子，让他们过上更美好的日子。

援藏，是我人生中最难忘的信念之旅、使命之旅、历练之旅。

2020年底，援藏工作结束。山南，那个海拔3500米的藏文化发源地，已成为我一生的牵挂。在山南工作时的每一份收获和付出，也是我在那片土地上写下的最美的诗行……

措中的操场

作　　者：陶鹏海

派出单位：安徽省安庆市宿松县第二中学

受援单位：西藏自治区山南市措美县教育局

可能是我喜欢足球的原因，每到一个学校，我最先去的地方一定是操场，到山南二高是这样，到措美镇小学是这样，到措中也不例外。

山南市措美县中学最美的是操场。措中操场的美是独一无二的，只一眼就深深地吸引了我。她真的美得让人窒息。措美县四面高山，地势北高南低。从面西的校门进去，于北面办公楼和南面的学生宿舍楼之间，往里走100米，顺着东西向的食堂和学生宿舍楼的通道望去，你便能发现低下去的操场上人工草皮的绿。尽管你知道这不是天然的绿，你还是会很激动，因为这里的绿色很少，看到满眼"绿"更能激发青春活力。出了通道,整个操场便豁然横在眼前,毫无遮拦。我就这样看着她,她也看着我。

我从未见过如此特别的操场,震撼之余却不知道原因何在。沿着台阶走下不高的看台来到操场之中,良久才明白措中操场的特别之处——视野实在太开阔了。由于地势原因,整个操场就如同一个景区的观景台,南边低处的少量建筑及大片田庄都在操场平面下,只剩下不远处连绵层叠、灰褐苍凉、巍峨而沟壑清晰的群山作为背景。而操场上干净碧绿的人工草皮与瓦蓝瓦蓝的天交相辉映,越发显得奇异。操场边国旗杆直指蓝天,迎风猎猎的国旗红得鲜艳无比,整个画面无与伦比。我突然间觉得这世间恐怕再无这样的操场,她是独一无二的。连日的"高反"缺氧导致的头痛、饮食不适顿时无影无踪,似乎一切都是在等待与她的邂逅。

星期三下午第 7 节课是体育课,孩子们和我相约进行足球比赛。援友中有医生,他一再叮嘱我不要剧烈运动,但我还是没有抵挡住诱惑。到达球场时,孩子们正在体育老师们的带领下认真地做热身运动,拉伸、跑圈,一丝不苟。这是让人肃然起敬的——既对老师们,又对孩子们。本能告诉我,这样的训练和教育对于这些尚在初中的雪域高原少年来说,意义是多么深远。可以预见,这些科学的训练和教育所培养的良好习惯,将会深深地印在少年们的脑海中,影响他们的一生,甚至一代又一代。这无论如何都是让人欣慰的。

比赛在他们煞有介事地用藏语进行"锤子、剪刀、布"分边之后开始。我惊喜万分,这里的孩子们传球、停球动作有模有样,跑位积极,配合默契,拼抢、射门果断。守门员似乎是专职的,手套有点旧,但戴在手上很合适,高接、低挡、侧扑,是那样熟练和自信。每进一球,我们一起庆祝,每失一球,也无相互责怪,团队精神早已是自然而然的存在。这和老师们平日的言传身教不无关系。下课铃响,比赛结束,分组用的专用背心脱下来集中收好,比赛结果不再提起,大家一起走向教室,说着笑着,已分不出是对手还是队友。他们从我身边经过,有的说:"老师,你踢得不赖!"有的说:"老师,我们下次再来吧。"此刻,心中的暖流是快乐真实的。比赛和训练的球就随意留在操场上,留在透蓝的天空下,留在碧绿干净的操场上,同那只慵懒的小黄狗一样,等待着他们的下一次归来,等待着他们再次蜂拥而至。

措中的课间操时间有三十分钟,孩子们迅速赶到操场,纪律观念很强。校领导和老师们也都早早地来到操场上。从整队至散开到课间操队形,整齐而迅速。很快,师生们形成了一个舞动的整体。这不足300人的队伍在这美丽的雪域高原操场上是那样壮观。第二天的课间操,我又有了更惊喜的发现。音乐响起我才知道,这不是昨天的广播体操。身边的老师告诉我,这是本地专业人员根据当地传统锅庄改编而来的本地特色课间操——果谐课间操,与现行广播体操每天轮换。非遗进校园——传承活态的非遗技艺从果谐课间操开始抓起。师生共舞的场面实在是太壮观,我忍不住拿出手机绕着操场拍了一圈又一圈的视频。

孩子们在课间操后并非一哄而散,而是分班有序地沿着看台中间的台阶回教室。台阶上方,早有后勤人员备好营养食品在等待,或一人一瓶酸奶,或一人一个洗净的水果。孩子们欣然自取,秩序井然。有时,师生们并不急于散去,而是全部散开蹲在操场上,仔细地寻找并捡起草中的杂物,一起带走,扔进操场边上的垃圾桶里。从那自然流畅的动作能看出,这早已是师生们生活的常态。这一刻,措中的操场显得更加美丽。这也让我明白了,措中的校园为什么总是那样干净和整洁。

足球场的西头是器械场和篮球场。应喜欢篮球的孩子们之约,再一次体育课时，陪他们打篮球。不是比赛，很放松，几个孩子问了好多的问题，如："老师，你喜欢哪个球星？""老师，我喜欢库里，你也喜欢吗？""老师，你经常打篮球吗？"一边玩，他们一边还教我用藏文说"打篮球""踢足球""打羽毛球""牦牛""山羊""早上好"等词语。我们一起拍照片、拍视频，很是开心。我认为，操场上的这些经历对我和孩子们之间的沟通很有必要。课堂上，我说球要打好踢好，学习更要搞好，他们都会点头表示要好好学习。所以，我多了一样激励他们学习的利器呢。

措中的操场不仅仅是孩子们运动玩耍的地方，也是学习的好去处。每每晚餐后，晚自习之前，尤其是期末统考期间，草坪上、台阶上、篮球架下、跑道上、主席台上，到处都是席地而坐、手捧课本的孩子。他们或低头诵背，或相互问答，间或嬉戏打闹。身边的草地上，书、衣服、帽子和球任意地摆着，那只悠闲的小黄狗走来走去。他们都是这操场的主人，无拘无束，自由自在。他们在高高飘扬的五星红旗下，与操场边数量不多却茂盛顽强的树，与不远处连绵的群山早已浑然一体，构成一幅美丽的雪域高原风景图。

措中的操场很美，美在其开阔的视野，美在身后巍巍群山的环抱；措中的操场最美，美在这里的人，美在这里的情。这里的老师们甘于奉献，默默守望；这里的孩子们朴实真诚，茁壮向上，单纯如这里的蓝天，乐观如这里的太阳。这是一个离蓝天最近的操场，这是一个永远充满阳光的操场，这是一个充满希望的操场。

一封家书

作　　者：郑曌起

派出单位：安徽省宁国市交通运输局

受援单位：西藏自治区山南市错那县交通运输局

小雨：

在网络飞速发展的时代，写信这种古老的交流方式似乎已经落伍，但亲笔书写的文字中流淌的亲情和温暖是现代即时通信工具无法替代的。爸爸来西藏，原本就答应给你写封信，可由于种种原因，一直没写。在西藏的日子仅剩几天了，再不写就会留下一点遗憾。所以今天，给你写下这封信，希望在你对生活、对社会的认识以及对你的成长等方面有所帮助。

西藏是世界屋脊，也称世界第三极。爸爸来到西藏自治区山南市错那县,真正体会到了什么叫"自然条件恶劣、生活条件艰苦"。海拔4400米,氧气含量只有内地的60%,走路都会因为缺氧而大口喘气。整个县城没有一棵长得像样的树,仅有的几棵树胸径不超过10厘米。因为海拔高,这里的食品全靠外运,从山南市区到错那县有220公里,猪肉、鸡鸭全靠冷冻,蔬菜水果运过来时新鲜程度已经不高。全县只有一所中学,这里的寒暑假和内地不一样,因为冬季雪大气温低,寒假比较长。学生基本上全寄宿在学校,周一到周六上课,周日放假,但大多数学生离家太远又没有班车,无法回家。班主任老师更像保姆,从早到晚,包括周六、周日都跟着学生。可我不得不说,在这种比内地差了不少的学习环境中,学生的学习状态仍然保持得不错。

你现在已是初中三年级的学生了,还有三年多,你就是成人了。现在正是你人生观、价值观形成的关键时期,也是学业最重、爬坡上坎的压力集中期。现在以及未来三年你的思想观念、学习成绩将直接影响你的未来。因此,你一定要充分认识到这一点。在你整个人生过程中,父母只是你生活的拐杖,老师只是你学习的拐杖,真正直立行走还是靠你自己。

关于你的未来,爸爸建议你现在开始要思考一下人生的规划,长大要做一个什么样的人。确定一个大概的方向,一步一步朝着方向前进,过程就不会有太多的迷茫。因此,爸爸给你几点建议,供参考。

首先,做一个勇敢的人。爸爸进藏以后,你姑姑给爸爸发了一条信息:你是一个勇敢的人,一个敢于走出舒适圈的人。这是一种褒奖,也是一种激励。你的学习生活也一样,面临的困难可能会很大,也会遇到多种多样成长的烦恼。如何勇敢地面对这些事并妥善处理好?一句话:你需要用你的智慧、信心和勇气来面对一切,克服所有前进中的障碍,一往无前地走下去。在你这个年龄阶段,我觉得勇气是第一位的,勇者无惧。只有立志,勇敢地去面对困难、有勇气去克服困难,你的智慧、信心才有用武之地。

其次,做一个有情怀的人。"家是最小的国,国是最大的家",这句话绝对不是空话。我援藏从某种意义上说也算是为国尽力,虽是绵薄之力,但终究做了我一直以来想做的。在你的人生观、世界观成长的时期,一定要树立这种家国情怀。如果你的思想、情怀没有一定高度,那你以后的学习、生活会很容易陷入琐碎之中,所以爸爸希望你一定要有家国情怀。

最后,做一个珍惜荣誉的人。爸爸在单位中,每当遇到急难险重任务时,给同事们做动员时,都会让同事们思考我们为什么要去干。一般我会说两层意思:一是我们不追求政治、经济上的利益,我们只为荣誉而战;二是为我们的子女、我们的家庭做一个正面向上的引导。什么是荣誉?荣誉是一种深度的信仰,是我们内心深处坚信是正确的东西,也是一种深层的责任感。而不是追求被某个人表扬一下。爸爸希望你在成长的每个阶段都能够在这个阶段最重要的事情上把荣誉放在坚守的第一位,不懈努力,执着追求。

相信你,一定会成为具备勇敢品质、具有高尚情怀、懂得珍惜荣誉的人。祝学习、生活平安顺利!

爸爸　郑曌起
2019 年 11 月 15 日

浪卡子点滴事

作　　者：赵仕浩

派出单位：安徽省铜陵市人民医院

受援单位：西藏自治区山南市浪卡子县人民医院

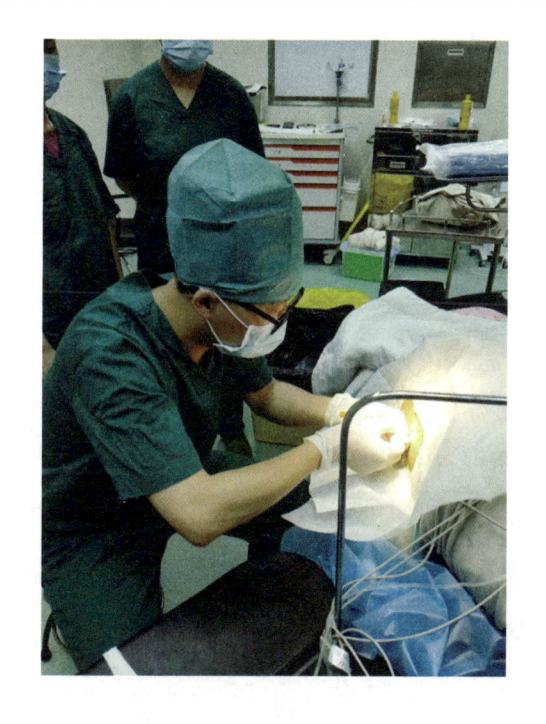

　　小时候，看《红河谷》这部电影的时候，被巍峨的雪山、苍茫神秘的高原风景所震撼，被保家卫国、不惧生死的英雄气概所震撼。后来，"世界第三极""中华水塔""三江源""布达拉宫"这些名词让我对她充满了向往；手拿着转经轮，一步一叩的虔诚信徒，让我对她充满了好奇。但是，我从没想到过，我会以"援藏专业技术人才"的身份，来到雅砻大地上。

当接到单位援藏通知的时候，很多种复杂的情绪都交织在了一起。紧张——4500米海拔的高原，氧气稀薄的雪域，能否适应；自己的能力能否给当地的藏族同胞带来帮助。激动——终于要亲眼看到那终年积雪的雪山，看到山间盘旋的雄鹰，看到牦牛静静吃草，看白云悠悠千年不变……

真正站在雅砻大地的时候，才发现之前对她的想象实在太单薄，这里的美是超越文字的美。沿着雅鲁藏布江，山南市浪卡子县里来接我们的车带我们一路盘山行进。此时的雅鲁藏布江，像一个少女，娇羞地、静静地从你身边悄然闪过。江中沙洲上点缀着藏杨柳树，似一位位藏家少女迎接我的到来。当车越过海拔5300米的岗巴拉山口，羊卓雍措第一次在我面前出现的时候，梦里才会有的景色就从山顶拐弯的那一瞬间扑面而来。褐色的山上，草色淡淡，在等雨季到来后的爆发。一汪深蓝、淡蓝、翠绿、烟灰、鹅黄，还有都分辨不出名字的颜色完美勾勒出的湖水，静静地从视线最左边蜿蜒到最右侧的山后。山脚一片片绿色的油菜田，还没有到开花的季节，但是浓浓的绿色已经预示了花季的绚丽。再远处，连绵雪山如同女神，静默地看着藏家儿女千百年来的荣辱悲欢；朵朵白云，山顶游走，见证新时代雅砻子女的幸福生活。

来到山南市浪卡子县，还没来得及品品酥油茶的香甜，头痛、失眠、气促、流鼻血等一系列的高原反应就让我措手不及。队友们开玩笑说"我们是提前步入老年生活"，不敢大声喧哗、不敢快走，更不敢跑跳游戏了，出门就是匀速地慢走。

刚来还没有半个月，就出现了一次急救险情。那是6月底的一天晚上10点多，医院值班医生打电话说有一位昏迷的病号，考虑"脑出血、脑疝"，已经出现呼吸抑制，需要立即进行气管插管后转到拉萨市进行急救。宿舍距离急救部大约有1000米的距离,平时走过去需要十多分钟的时间,但是大脑对缺氧的耐受时间只有三分钟,意味着每晚一分钟,病号就会有很多的细胞不可逆地死亡。我只能小跑加快走地往医院赶,希望自己能早一秒到。气管插管,这个急救操作,在家完成了成百上千次,烂熟于心,但是在这操作的时候发现自己因为缺氧和剧烈运动,呼吸急促到手都开始发抖。看着病号建立好人工气道,供氧后血氧饱和度从50%逐渐升到90%以上,我的心才稍微平静一点。这时候我才感受到由于刚刚的剧烈运动和紧张,通气过快让胸口火烧一样的疼痛,手指已经麻木僵硬。但我顾不上这些,因为脑疝的患者,呼吸、循环都随时会出现骤停,在甘露醇脱水、镇静药物作用下给患者继续保护脑细胞,我们用这争取来的时间将患者火速送到自治区人民医院。经过后续积极治疗,患者恢复良好,现在基本能够生活自理。

随着七八月雨季的到来,我们也逐渐适应了高原生活,无痛人流、阑尾炎切除术、双侧输卵管结扎术等手术,气管插管、心肺复苏等授课培训考核也逐步开展起来,我们甚至去了世界上海拔最高(5373米)的行政乡——普玛江塘乡,为当地的藏民义诊。不过我自己却血压高到170/110mmHg,县医院院长和队友们知道后,立即安排我去拉萨检查治疗,后来吃降压药成了每天晨起的第一件事。

中秋节假期的最后一天,我又接到需要急救的求助电话。这是一位产妇,产后宫缩乏力,大出血。当我赶到的时候,产妇神志淡漠,血压只有70/50mmHg,心率120次/分。我们迅速建立多组输液通道,加快补液扩容,泵注血管活性药物,维持血压,保护产妇心脑肺肾重要器官,给产科医生争取抢救的时间。由于县里没有血库,我向院长、县卫健委领导汇报,请求采集和产妇相同血型的我和一同援藏的妇产科医生的血液进行急救。但是缺乏器材，没办法实施，只有冒险尽快将产妇送往拉萨。之前产妇已经出现过一次心跳骤停，是胸外按压和肾上腺素让她恢复自主心跳。现在少一分钟耽搁，就多一分希望，于是我顾不得多想就主动要求跟车陪同转送产妇去拉萨。限速30公里/小时的盘山路，120驾驶员车速开到极限，我们坐在后面，单手捏呼吸球囊，另一只手握住担架维持平衡。很快当地医生也出现晕车等不适反应。救人要紧，我们没办法停车调整，只能用一只手套罩住自己口鼻，重复吸入自己呼出的二氧化碳，缓解症状。呕吐、缺氧、心慌、手指僵硬、头晕的症状伴随着对患者药物治疗、液体复苏、循环管理和呼吸支持治疗的全过程。平时需要两个多小时的车程只花了一百分钟就将产妇送到拉萨自治区医院的抢救部。

短短半年援藏工作时间，我完成阑尾、结扎、关节复位、无痛人流等各类手术麻醉共计20余例，带教当地麻醉医生腰麻、硬膜外、腰硬联合、静脉全麻等常见麻醉方式。参与抢救产后大出血、失血性休克、严重多发伤、脑出血等危重病号10余例。完成浪卡子县第一例无痛分娩术、第一例深静脉穿刺、第一例椎管内术后镇痛及静脉镇痛，多模式镇痛、臂丛神经阻滞等技术的临床应用及教学。我主持全院气管插管及心肺复苏理论教学及操作考核，主持院内心跳骤停应急演练，提高基层医院对心跳骤停的应急处理能力。在浪卡子县公安局举行现场急救相关知识讲座，普及现场急救知识。作为援藏代表参加浪卡子"不忘初心，牢记使命"主题教育征求意见座谈会，就"卫生援藏"发表意见。

相伴的时间总是短暂而美好的。临别时，手捧着青稞酒，听着天籁般的祝酒歌，回忆起在一起战斗的日日夜夜，我忍不住泪如雨下。总觉得自己做得还不够，觉得自己还可以做得更多，这里干净的眼神、合十的双手、淳朴的微笑，让我们的灵魂都受到洗涤。他们像牦牛一样勤恳，像雪山一样无瑕,为国守边无怨无悔。回想起治愈患者出院时感激的眼神,心里总是涌起甜甜的滋味。

"我还会回来的。"临别时我在心里默默地说,"我还会回来看看美丽的羊湖,美丽的雪山,美丽的浪卡子。"

山南市曲松县邱多江草原景区

攀登——安徽省援藏工作纪实（2019—2022）

高原上挺拔的脊梁

——记脊柱骨折手术

作　　者：史图龙

派出单位：安徽省黄山市人民医院

受援单位：西藏自治区山南市洛扎县人民医院

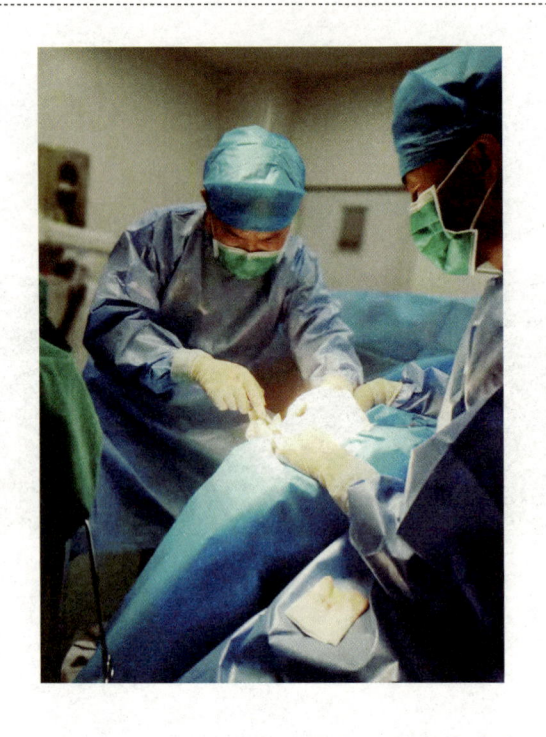

2019年10月的时候，半年短援已是归期在望。虽然在这里尽自己所能地完成了相关教学、手术及门诊等一系列日常工作，但仍然有着自己的小"私心"，想结合这边的情况去创造几个首例，让自己在这里的工作做到完美和全面。但这事或者说这类病人也是可遇不可求的，总不至于自己跑大街上去搜寻吧。

说来也巧,2019年10月11日的中午,县医院急诊科值班的医生通知我去看一个病人。藏族患者次仁格桑从自家房顶约3米处坠落,致腰部剧痛,伴有无法站立行走等症状。由乡卫生院转入洛扎县人民医院就诊,腰椎X线及CT检查提示腰3椎体爆裂性骨折,压缩严重,累及三柱,有手术指征。考虑患者才36岁,正是家中的顶梁柱,若不积极处理,腰椎骨折后期可伴有严重的并发症及致残率。县医院桑杰医生与病人和家属进行了非常详细和全面的沟通,同时详细告知了他们手术的风险和可能的意外情况。当然,在这里甚至在山南市的其他县级医院里,还没有开展过这类的手术。这对手术医生来说不仅仅有很高的要求,还有在术中突发意外时快速的反应和抢救能力的考验。一次外科手术的顺利与否,关系到手术医生,还有麻醉、手术助手及器械巡回护士等等,对于骨科而言,还有更重要的负责术中透视X线的技术员。然而在这里,人员匮乏,想要拥有与原单位同样的技术团队很难。不过,有困难不可怕,没有条件,我们齐心协力创造条件也要去完成。

我们还考虑到了为患者恢复正常的活动及提高生活质量,减少患者转院途中的风险及转院引起的经济负担,同时为弥补县医院设备和人员配备不足而自制术中需要的拱形体位架等,积极联系和配备手术所需要的特殊器械,以及手术过程中所需的相关耗材。在多学科密切配合下,2019年10月18日,我们为患者在全麻状态下做了腰3椎体骨折切开复位、椎弓根螺钉内固定手术。手术过程顺利,术中出血也不多。手术后病人的双下肢活动感觉良好,在床位上可以开始适度地翻身等活动。经过十多天的换药、治疗及护理后,于10月30日出院,并在佩带腰围情况下已经开始下地活动了,患者对术后康复情况很满意。

援藏回来已经半年有余,闲暇时我会打电话联系那里的桑杰医生,问问他曾经手术过的病人都恢复得怎么样。可惜出院的患者定期复查的意识似乎不强,没有人回去复查。也许是恢复得不错吧!我总是这样安慰自己。

后来我又相继做了另外一例腰椎骨折,以及股骨粗隆间骨折的闭合复位手术,术后患者在院期间恢复得都很不错。当时已经是短援任务的尾声了,原以为在有限的时间里创造首例是自己的奢望,不曾想终究还是让自己画上了圆满的句号。

2020年2月,我突然接到了洛扎县藏医院阿旺旦增院长的电话,说是寄来了传统的防疫藏药(九味黑药防疫散)制作的香囊,让我注意查收。挂了电话,心里很是感动。常言道"千里送鹅毛,礼轻情意重",更何况送来的是防疫的药物呢,这份情谊值得我永久珍惜。

回忆总是跳跃性的,时间的记忆有些混杂,但这段远赴藏南的日子,是深深烙刻在我心里的。也许若干年后,看着高原上挺拔的脊梁,那就是我们一起无悔的青春与友谊。

我，一只红薯的故事

作　　者：高久清
派出单位：安徽省六安市舒城县城关农业综合服务中心
受援单位：西藏自治区山南市洛扎县农业农村局

引　子

红薯(又名山芋)是许多人心目中的保健食品和餐桌上的常见物，更有"抗癌食品"之说。据营养专家称，红薯属粗纤维食品，含大量碳水化合物和多种微量元素，食之可通便、开胃、降血脂、降血压等。2019年6月,安徽省第七批短期援藏专技人员高久清从安徽舒城将"大红袍"红薯引种试种在西藏洛扎县农户蔬菜大棚里,模仿藏族群众粗放种植方式。最后试种取得成功。

时光飞逝,转眼一年过去。记得去年此时,我被一位好心人带到青藏高原,扎根在异域他乡,茁壮成长,让我平凡的"薯"生增添了一些奇异的光彩!

我的祖祖辈辈都扎根在山区,平凡得如生我养我的土石泥块,我们有一个共同的名字——大红袍。我出生在山区,那里是半沙质的土壤,特别适宜种红薯,我们耐旱,产量又高,叶秆、薯块和藤叶都可利用,故而农民伯伯几乎家家都腾出一点地来种红薯。如果不是有幸遇到这位年近半百的好心人,我不知道现在的命运是被人们当作食物吃掉了,还是静静地躺在草丛之中,化为一摊春泥……

当我被他从山区运到县城时,还不知道在我身上将会有不同于祖辈的命运发生。中年人精心挑选了几只红薯——包括我,当晚就把我们埋在机关大院一块荒地里。在黑暗里我拼命吸收水分,努力生根长芽,没几天就长出嫩芽苞,发出了嫩叶。这时中年人把我这个红薯娃娃挖了出来,装在纸盒里套了方便袋,幸好留了出气口,让我勉强能够呼吸空气。

就这样我摇摇晃晃、迷迷糊糊地随着中年人一路奔波。记得在机场检查时,安检员让中年人打开包裹看我是不是危险品,安检员还差点把土到掉渣的我扔掉。好在中年人解释说是援藏工作需要,就带了这一只红薯,才顺利过关,吓死宝宝了!跃上万米高空、历经万里迢迢,终于来到藏区。一落脚山南市泽当宾馆,中年人就打开方便袋口,将我放在窗口处,又从外面取回泥土紧紧包住我,并用水浇湿。这里是海拔3500多米的高原,窗台上的我带着好奇,花了整整一天的工夫,打量着这座城市。短暂停留一天,我又搭车匆匆赶到平均海拔3800米的洛扎县城。当晚中年人的房间还来了几位年轻的藏族技术员,因为我发了几个小枝杈,有点绿植的模样,他们问中年人:"这是什么花?""嘿嘿。"我在心里不厚道地笑了。

第二天,中年人寻求藏族技术员帮助,把我移栽到洛扎镇嘎波社区农户简易蔬菜大棚里,他又是挖坑又是填土,还要到山脚下运水来浇灌。要知道这可是高原啊,氧气十分稀薄,这里的人都会有不同程度的高原反应,何况这位刚刚进藏一天就上山、下山往返几趟干体力活的中年人!把我安顿好了,他可累坏了,以致半夜睡在床上吸不动气,惊醒后起床站、坐都难以呼吸,赶到县医院吸了一夜的氧气,后来一检查是支气管发炎了。

离开兄弟姐妹来到异域他乡,我倍感孤独,幸好中年人经常来看望我,浇浇水、培培土,打开棚室门窗透透气,帮助我茁壮成长。虽然这里土地贫瘠,但祖辈们遗传下来的良好基因使我很快适应了环境,抽出很多枝条并蓬勃生长起来。我经常听到中年人既教藏族技术员和村民种蔬菜,也指导他们如何种植红薯,怎么做垄、剪枝、扦插,以及日常管理工作等。当年8月底,我已经繁殖了一大片红薯藤了,中年人采收叶秆,去掉表皮,让干部村民品尝,称赞口感爽滑,用油炒熟后吃起来也很妙。要知道在内地,红薯叶秆在市场上可是供不应求啊!

中年人一般在红薯藤条二尺开外取枝采收叶秆,或剪取扦插苗,这样我繁殖的剩下的一大片红薯藤能够继续生长,并结出薯块。可以说,我的全身都是宝,叶秆、薯块可以食用,采收薯块后的藤叶能喂养牲畜,根系可改善土壤。

记得有一次,一头黑牛弄破棚皮闯入棚内,吃起了藤叶,刚好被中年人发现并赶走了,不然藤叶可能会被吃光呢!我现在想起来都后怕。幸好这次中年人及时向局领导汇报,由局里领导与镇村交涉,督促村民管好牲畜,修好棚皮。10月初,我的一部分枝条由援藏老师带到邻近的措美县,移植在条件更好的温室大棚里。11月底,中年人给我们灌了最后一次水,就将管理工作由局领导安排移交给洛扎县农业农村局技术员了。

因为大爱,所以博爱。正是有了这位叫"高久清"的中年人的责任和担当,我这只小红薯才有幸来到藏区,改变了"薯"生的命运。但愿红薯的好运气能够长盛不衰,世世代代在藏区繁殖下去,也算是为藏区群众做一份贡献吧!

山南市桑日县达古峡谷景区

与狗的不了情缘

作　　者：朱黎生
派出单位：安徽省宣城市旌德经济开发区管委会
受援单位：西藏自治区山南市高新技术产业区（筹）

这是我在雪域上的故事。

一份机遇、一段征程，叙说着我与一个生灵的不了情缘。

我叫朱黎生，通过安徽省委组织部的层层选拔，光荣地成为一名短期援藏队员,来到了这片陌生而又神秘的地方,那白白的云、蓝蓝的天带给我前所未有的清新,给了我触达内心深处的亲切和热爱。在不知不觉的忙碌中已度过了半年时光,马上就要离开西藏了。留恋西藏,留恋与我并肩奋斗的队友们;留恋西藏,留恋西藏人民的淳朴与热情;留恋西藏,留恋与我结下不解之缘的大狗……我心已定,西藏,我还会再次拥抱你!

初到受援单位山南市贡嘎县昌果村驻地,我顿时就蒙了,真是远离了城市的喧嚣和亲人,身体的不适和心灵的孤独都不留情面地"眷顾"了我,让我无所适从。有一天,当我到村里采购物品时,裤腿处一阵热流包裹着我的脚踝,低头一看,一只通体黄毛的大型犬正抬起头望着我,我顿时惊慌失措起来。当它突然站立起来时,已经到我前胸了,我可是一米七八的大个,瞬间还是被它震住了,手脚真的软了,一点都不敢动弹,就这样窘迫地站立在原地,对着它哭笑不得,心里却非常不服,岂能被它这么随随便便就搞定了?但羞愧的是,我依然不敢有任何的动作,就这样僵持着……估计是我满脸堆积着的赘肉和哭笑不得的表情让它很是喜欢,僵局还是先被它打破了,它竟然肆无忌惮地舔起了我的手。一句"好汉不和狗斗"的俗语在脑海浮现,任由它吧。旁边的村民不停在笑,不时还讲着我听不懂的藏语,我无奈地迎合着村民的笑声,丝毫不敢表现出对狗的一点怒颜。初来乍到就给了我一个下马威啊!它见我一动不动,便无趣地走开了,草草结束这尴尬的初次见面。

再见到它时,我竟没有了原先的胆怯,可能是村民说过这狗不咬人的缘故吧,它朝我径直奔来。原来,我们见过面!我把手慢慢放下,试探性地伸向了它的嘴边,摸了摸它的下巴,可能是感觉到我没有敌意,它不停地用它那带有倒刺的舌头舔着我的手,尾巴不停地摇着。我的手上沾满它的口水,乐滋滋地望着它的眼睛,目光交融的刹那,似乎感觉到它读懂了我内心的一些忧愁与无奈。我敢肯定地说,从它的眼神中我已经看出了它的某种忧伤,但只是不知道它的忧伤是因何而起……它似乎更激动了,猛地抬起它两只前爪,搭在了我的胸前,凝望着我,就像是久未谋面的朋友,它的嘴恨不得都凑到我的脸上了。我顺手握住了它的一只爪子,它似乎明白了什么,很绅士地端坐在地上,抬着它的另一只爪子,原来它是要友好握手啊!此刻的第六感觉立刻告诉我,这简单动作是在传递着什么信息,是它的主人平常就以这种方式与它交流?我们相互示好之后,它就很安静地跟着我跑到村里的小商店。来吃根火腿肠吧!它很斯文,没有在我手上抢,而是像个很有教养的孩子,等着我剥好后喂它。时间不早了,我该骑电瓶车回驻地了,它送了好长一段路。"回去吧!"它好像听懂了我的话,停在了原地,目送着我。

这短暂的相遇,我们彼此应该是确定了某种心灵上的交融和默契!往后的日子只要去村里,它就像有心灵感应一般,早早地便在我必经之路上等着了,我也会常常给它改善伙食,两个月时间它就比原先壮实了不少。

后来听卢红宇乡长无意中说到,它是只流浪狗,主人搬离了昌果村,丢弃了它。听到它悲惨的境遇后,我很愕然,不禁更怜惜它了,到今天我才真正读懂了它眼神里传递的信息,它是那么无助……可怜的它对前主人是怎样的一种感情?除了在昌果村这么默默地守望着主人归来,它还能怎样?它已经诠释了何为忠诚。每每想起与它相处的情形如趴在胸前、握手、不抢食……都让我想象出它曾经主人的某种素养和对它的溺爱至深。主人离开了昌果,并没有带走他的爱犬,具体原因我们无从知晓,也许有他的无奈。说到这里忘了讲我给它取的名字了——"黄壮壮",就叫它壮壮吧。是因为它通体金黄,而且又长得很壮。一声"壮壮",它总是屁颠屁颠地跳跃着往我身上蹭……

我空闲时常与村民们促膝长谈，或是帮着干点力所能及的杂活，壮壮就会很温顺地在旁边自己玩或依偎在我腿边，它喜欢我用脚挠它的肚皮，看起来很享受的样子。偶尔，我一个人孤独地闲走在村间的小路上，壮壮冲过来了，它看出了我的心思，便没有像往常一样直接扒到身上，只是抬起它的一只爪子，我们握了握手。此时见到它，我内心的孤独一下子就喷涌了出来，我蹲下来一把搂住了它的脖子，它似乎明白了我今天发生的所有事，乖巧地紧贴着我的脸一动不动。许久之后，它开始在我耳边发出呜呜的低鸣，它在和我说话吗？它是在安慰我吗？面对壮壮，我一股脑儿地倒出了心中的苦水，它慢慢地缩回自己的脖子，凝视着我，然后眨了眨眼，用舌头舔了舔我的脸，又将它的脸再次贴紧我。此刻我再也无法克制自己的情绪了，泪水一下子就涌了出来……自从有了这位忠实的倾听对象，我的内心才得以释怀；有了壮壮，我再也没有了当初的寂寞、焦虑与不安。就这样和壮壮讲了好多次的心里话。

壮壮带给我欢乐的同时也给我带来人生的感悟，它离不开我，不只是因为我给它的食物，还有一份机缘与执着：它在人群中偏偏选择了我，就像我从层层选拔中来到西藏，这是机缘；它对我形影不离，就像我对援藏工作的热爱，这是执着。我想它永远陪伴我，做我永远的倾听者，但是随着时光一天天流逝，我就要离开西藏了，也不知道壮壮能否感受到？它今后的日子会是怎样的呢？它会不会没有吃的，冬天来了它会不会冻着……每每想到这，我不禁泪水潸潸了，到最后竟不知道该不该和它告别，它又会不会挂念我呢？我想它会想我的。谢谢壮壮，它是我最忠诚的听众，我是它最信赖的寄托，有时候并不觉得它只是一只狗，而是一位不会说话的朋友！

如果可以,我还会回到西藏,回到曾经工作的地方,回到和壮壮相遇的地方,回到那充满回忆的昌果村!

西藏,我会再次拥抱你!

壮壮,今生有缘我们还会再见!

山南市桑日县思金拉措景区